—— 阅读之前 没有真相

午夜文库

时空旅行者的沙漏

[日] 方丈贵惠 著
穆迪 译

新 星 出 版 社　NEW STAR PRESS

获奖感言

此次荣获第二十九届鲇川哲也奖，我满怀感激之情。

从小我就是个一有时间就沉浸在幻想中的孩子，随着年龄增长，开始接触小说及电影，我渐渐产生了一个疑问，在脑海中挥之不去。

——从未有人看过的，仅仅只是有趣的故事会是怎样的呢？

这个疑问很孩子气，也很模糊，并且一开始我就知道穷尽一生也找不到答案……连我自己都觉得陷入了一堆麻烦之中，可这似乎成了我创作的原动力。

本书就是这样的我心无旁骛写出来的，尽管还不成熟，但哪怕只是一小步，也想向着理想中的本格推理靠近。这样一部作品能获得如此荣誉实在非常荣幸。若各位读者能从中得到一些乐趣，对我而言是再没有比这更幸福的事情了。今后我会努力进步，敬请多多指教。

最后要向评委老师和东京创元社的各位致以发自内心的谢意。并感谢支持我的家人、朋友，以及大学推理研究会的成员们。

方丈贵惠

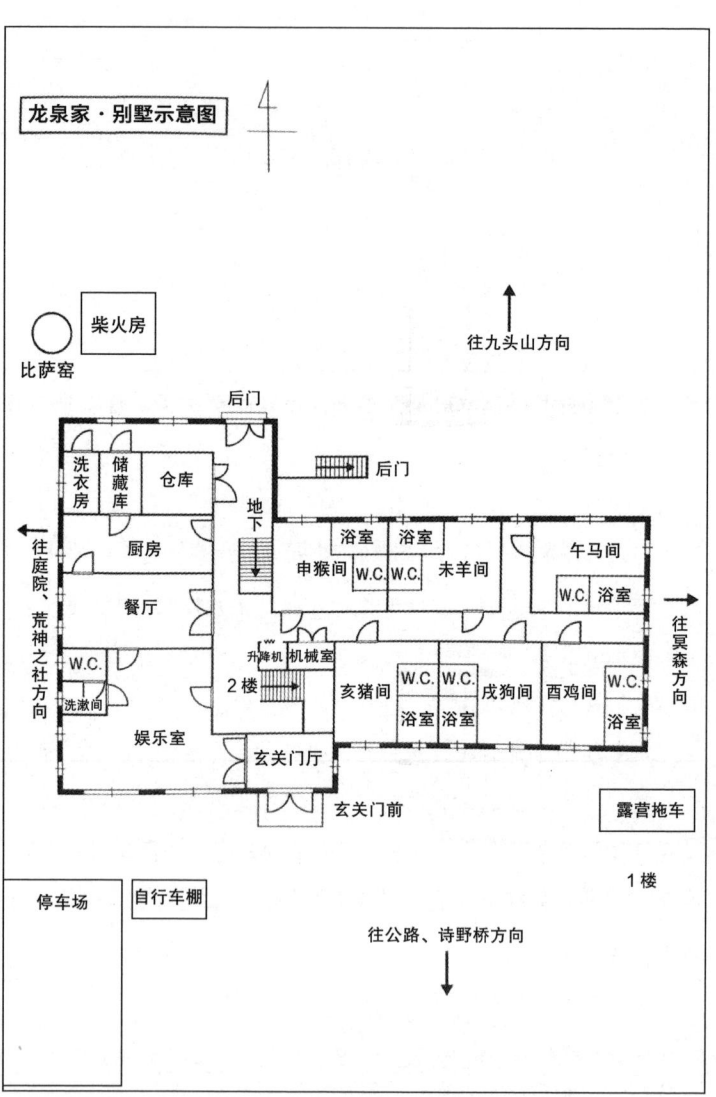

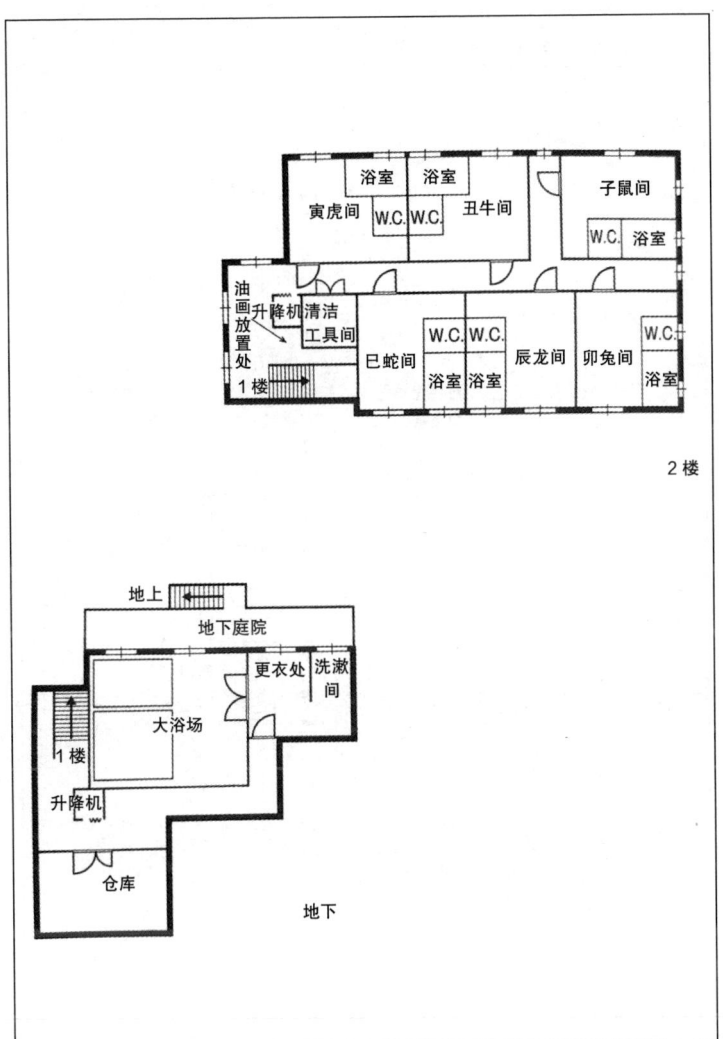

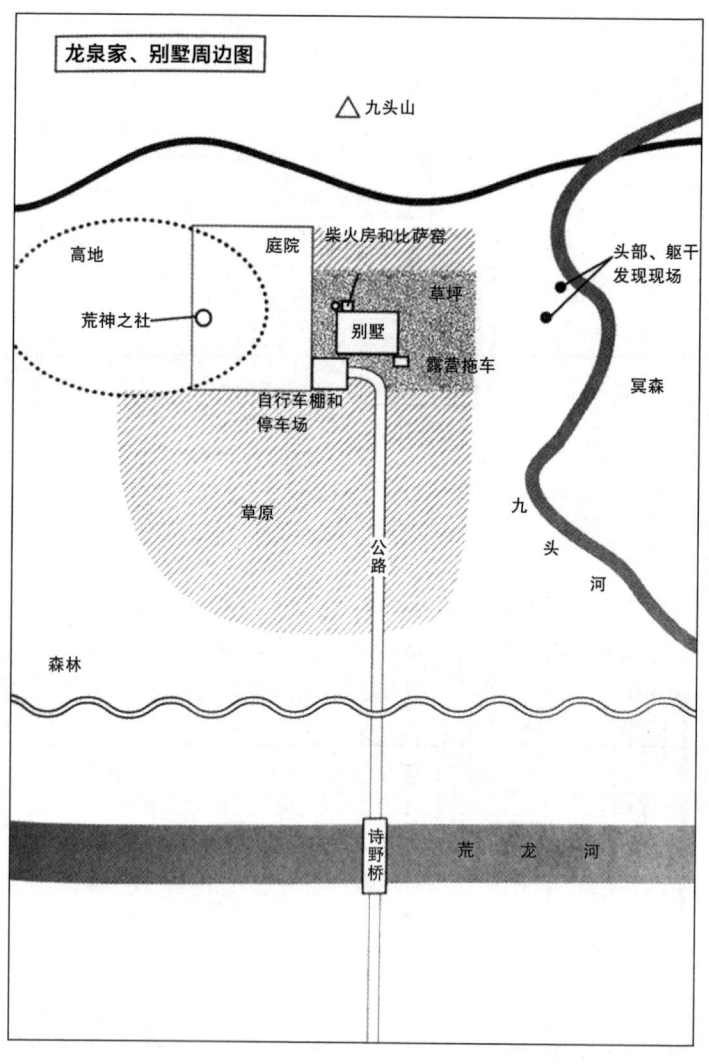

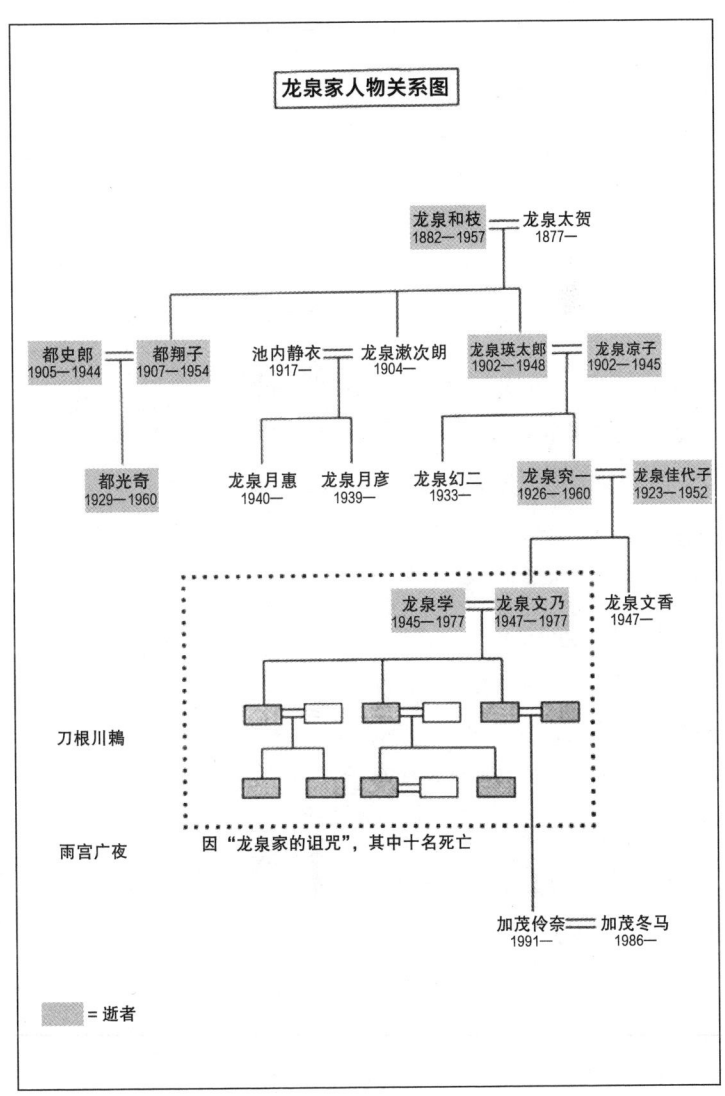

出场人物

龙泉太贺（83岁）
　　龙泉家的大家长，房间是辰龙间
龙泉文香（13岁）
　　太贺的长子（瑛太郎）的孙女，房间是子鼠间
龙泉幻二（27岁）
　　瑛太郎的二儿子，房间是丑牛间
龙泉漱次朗（56岁）
　　太贺的二儿子，房间是寅虎间
龙泉月彦（21岁）
　　漱次朗的长子，房间是巳蛇间
龙泉月惠（20岁）
　　漱次朗的长女，房间是未羊间
龙泉究一（34岁）
　　瑛太郎的长子，文香的父亲，房间是申猴间
都光奇（31岁）
　　太贺的长女（翔子）的长子，房间是戌狗间
刀根川鹈（41岁）
　　龙泉家的女佣，房间是酉鸡间

雨宫广夜（20岁）
　　寄住在龙泉家，房间是午马间

加茂冬马（32岁）
　　时空旅行者，房间是亥猪间

加茂伶奈（27岁）
　　冬马之妻，龙泉家的后裔

霍拉大师（不详）
　　时空旅行者的引路人

由霍拉大师写下的序文

下面要讲述的是一个关于"诅咒"和"奇迹"的故事。

主人公加茂冬马踏上旅程,遭遇离奇命案,挑战谜题,在这个意义上,这是一本不折不扣的本格推理小说。

尽管我这样述说,可我扮演的并不是华生医生这个角色,也不是讲故事的人。我对主人公而言既是引路人也是旁观者……既是瘟神也是福神。听起来可能矛盾,但全都是真的。

如今加茂冬马的旅程结束了,我的任务也完成了。然而,为了正在阅读这个故事的各位读者,让我再来担任故事的引路人一职吧。既然宣称本格推理小说,我也就必须公平吧?

先声明一下,我在故事中不会说谎,也不会欺骗各位读者。就算觉得我说的话内容不合常理,也不必退缩不前。

也许有人会怀有这样的疑问:故事中自称"霍拉大师"的人会不会是假冒的,会不会在这上面设下了叙述性圈套?

无须担心此事,因为出现在故事中的霍拉大师毫无疑问就是我。

序章

　　加茂冬马紧紧握着妻子的左手。一开始以为不过是普通的感冒,结果耽误了就医,这让他悔恨不已。
　　"要是我能多注意一些……"
　　躺在床上的伶奈,眼睛已经失去了神采,可她仍对着加茂微笑。
　　"一点儿都不怪你。"
　　仅仅说了这短短一句,她就蜷起身子剧烈地咳嗽了起来。片刻之后,连在她手指上的血氧饱和仪发出了警报声,这表示血液中的氧气浓度降到了危险的范围,可加茂能做的只有轻拍她的后背。
　　伶奈的鼻子里插着粗粗的软管,是用于输入氧气的大流量鼻腔插管。她的肺功能明显低下,普通的氧气面罩已经不管用了。可即使换成能够更为稳定地提供氧气的大流量系统,血液中的氧气浓度仍在一直下降。
　　主治医师判断她的体力已无法支撑下去,决定将伶奈转到ICU,做气管内插管,装人工呼吸器。
　　看到伶奈一边忍受着咳嗽的痛苦一边还想说什么,加茂将一支油性笔放到了她的右手里。她用颤抖的手在加茂递过来的本子上写下一行字。

　　我知道会变成这样的，很久很久之前就知道了。

　　字写得非常潦草。屋里只有呼吸仪输送空气的声音在空虚地回响。加茂紧咬牙，硬挤出一个微笑。
　　"没事的，马上就会好起来的。"
　　他嘴上这样说，心里其实已经做好了这可能是最后一次交谈的准备。因为医生跟他说做气管内插管的时候要麻醉，而看现在的情况，伶奈可能无法再说话或者写字了。
　　她用因发烧而湿润的眼睛看着加茂，又继续写了下去。

　　龙泉家的诅咒是绝对无法逃脱的。

　　加茂立即想反驳，然而他发现伶奈黯淡的眼睛里饱含绝望，就说不出话来了。
　　"对不起……我没保护好你。"
　　他的声音微弱得几乎连他自己都听不清。

第一章

"仅从痰和血液检查结果来看，大概不是因感染引起的肺炎。"主治医师这样跟加茂说。

此时他刚与插着人工呼吸器的插管、被监视器和大型仪器围着、一直沉睡的伶奈见了短短一面。

"确定是间质性肺炎吗？"他问道。

医生沉重地点了点头。

"根据ＣＴ结果和病情发展速度来看，怀疑是特发性间质性肺炎，并且很有可能是急性间质性肺炎。"

间质性肺炎……直到伶奈住院之前，加茂甚至不知道有这么一种病。说到肺炎，他以为就是因细菌或病毒感染导致的，只要用抗生素和抗病毒药品就能简单治好。

这种病，特殊在出现炎症的部位与普通肺炎不同。医生解释说她的免疫系统紊乱，开始攻击自己的肺部间质。然而连医生也不清楚发病的原因。

病魔以惊人的速度摧毁着伶奈的身体。

一开始是出现类似感冒的症状，之后没几天咳嗽严重起来，一个星期之后开始呼吸困难，甚至无法行走。带她到医院照了Ｘ光片，发现双肺下部已是一片白色了。

伶奈当天就住进了医院，之后仅仅过了五天，五月十九日，病情已经恶化到必须使用人工呼吸器了。

"您太太这个情况，类固醇脉冲治疗也没见好转，接下来要开始用免疫抑制剂的脉冲疗法。但如果依旧控制不住病情恶化的话，恐怕会有生命危险……这三天是关键，希望您了解。"

听着医生苦涩地说出这番话，加茂觉得一阵眩晕。

他在网上查过资料，所以知道急性间质性肺炎的致死率在六成以上，类固醇无效的情况下治疗会更加困难，最后的救命稻草——免疫抑制剂——也不能保证有用。

听医生讲解完今后的治疗方案，加茂在伶奈进入ＩＣＵ时需固定身体的同意书上签了字。之后，他告别了主治医生，走向停车场。

Ｈ医疗中心位于神奈川县的山间，停车场非常大。加上周六门诊不开放，停车场更是空空荡荡的。从石墙外的杂树林里传来鸟叫声，让人心烦。

ＩＣＵ的探访时间有限，下次是下午两点半，加茂打算在这期间买齐住ＩＣＵ病房需要的东西。智能手机显示现在是十点五十，还有将近四个小时。

脑子里已想好了下一步计划，可他呆坐在驾驶座上，没有行动的力气。他的视线茫然地落在副驾驶座上的公文包上，从包里露出几页资料。

那是伶奈住院前他一直负责的杂志策划案，题目是《召唤幸福的都市传说～奇迹的沙漏～（暂定）》。

"奇迹的沙漏，唉……"

大概两年前，社交网络上流传起"奇迹的沙漏"这一都市传说。这类都市传说大多没什么特色，内容就是说如果捡到沙漏吊坠，就能实现一个愿望。

要是世上真有这种沙漏，那是不是也能治好伶奈的病呢？加茂有些逃避现实地想着，透过车窗仰望ICU所在的住院楼二楼。

对母亲早逝、与父亲断绝了关系的加茂而言，伶奈是唯一的亲人。伶奈也一样，不过她之所以孑然一身，理由很特殊……

"不不，怎么可能有什么诅咒呢……"

低声自言自语了一句后，加茂把手伸向车钥匙。

就在这时，手机铃声响起，吓了他一跳。他还以为是医院打来告知伶奈有突发情况，看到手机上显示的是"不明来电"，才松了一口气。很可能是骚扰电话或者推销电话，但也说不定是跟工作有关的电话，加茂按下了通话键。

"有的。"

一个声调平板的男声传入耳中。这句莫名其妙的话让加茂感到的不是吃惊，而是不耐烦。

"骚扰电话能不能打给别人！"

"似乎是我表达有问题……龙泉家的诅咒确实存在。"

加茂不由得倒吸一口气，瞬间明白这不是随便乱打的骚扰电话。

"你什么意思？"

"啊，我不是想给你出题。你的太太伶奈，用旧姓说就是龙泉伶奈，正如她所惧怕的，她继承了龙泉家的血脉，遭到了诅咒。"

加茂从喉咙深处发出笑声。

"这取材方式倒是新鲜，你是哪家杂志？"

"我不明白你这是什么意思。"

"三流神秘学杂志的记者，想拿别人的不幸当有趣写成一篇稿子，就是这么回事吧？你是觉得用正常方式来找我会被拒绝吧？"

"不好意思，这说的不是过去的你自己吗？"

加茂皱起了眉。

"连这都调查出来了？你是闲得没事干了吧？"

"五年前，作为一家不怎么样的神秘学杂志社的撰稿人，为了写《被诅咒的龙泉家》一稿而强行采访龙泉伶奈，结果惹上了警察，这是哪里的哪位呢？"

"你这是在挖苦我吗？我承认，我跟她的相识过程是最差劲的一种。"

"这样的两个人居然结成了夫妻，世事真是难料。"

"轮不到你来评判。"

说完加茂就要挂断电话。

"说到龙泉家，战前在制药界名气极大，战后与GHQ[①]建立了合作关系，把事业扩展到食品制造领域，成为富豪家族。然而，一九六〇年八月，最初的不幸降临到了他们头上。"

加茂当然不是被对方的话吸引，他想挂断电话，可手机不知是不是死机了，没有反应。

"N县有一个叫诗野的地方，那时龙泉一家及相关人员共十人，前去诗野的别墅为大家长龙泉太贺庆祝生日……可这些人被困在了陆地的孤岛上，被心存杀意的人——杀害。"

加茂恨恨地低头盯着无法操作的手机，说："这个故事我比你熟悉。手机出问题是你搞的鬼吗？"

对方没有回答，自顾自地说了下去。

[①] 全称为驻日盟军总司令，特指道格拉斯·麦克阿瑟将军。

"但其中有几个人从心存杀意的人手中逃脱,活了下来。然而,命运如此无情……他们又被卷入紧接着发生的泥石流中,无一幸免。在讲述这起不幸事件时,地方报纸和杂志都不用'诗歌'的'诗野',而喜欢用那片土地更古老的名字,'死亡'的'死野'。"

"于是这一连串事件就被称为'死野的惨剧',你接下来是想这么说吧?"

加茂插了句嘴,心里还在想着能用什么办法挂断电话。

"正如你所说。人们本以为龙泉家的人全死了,没想到律师调查后发现,太贺的曾孙女文乃被秘密寄养在别人家。这么一来,年芳十三的她继承了全部遗产……可纠缠着龙泉家的不幸似乎仍在继续,不到十年的时间里,她继承的财产就几乎全被骗走了。"

"文乃是我妻子的祖母,这些我全都知道。"

"一九七七年,文乃夫妇遇到强盗,双双遇害。这就像是序幕,之后,继承了龙泉家血脉的人纷纷遭遇不幸,接连送命。死亡原因多种多样,被杀、意外、自杀……如今,你太太是最后一个人了。"

加茂发现自己正瞪着手机,对方不带感情的淡然口吻刺激着他的神经。

"你是想说那全是龙泉家的诅咒引发的吗?"

"本来就是啊。文乃和她的子孙以及各自的配偶共有十六个人哦,其中十二个人在三十五岁之前身亡,从统计学来说也是异常的数字。"

对方要是注意到自己心下动摇就会更纠缠不休了,加茂这样想着,至少保持住了表面上的冷静,回敬道:"你搞错了,死去的是十个人。"

"我不会搞错,我精准无比。"

"我听不懂你在说什么。"

"首先是文乃夫妇被强盗杀害,之后是你妻子的双亲死于交通事故,接着是她的叔叔和姑姑二人一人自杀,一人滑雪时意外身亡……伶奈的表兄弟姐妹四人,一人死于意外从高处跌落,两人死于交通事故,剩下一人被无差别杀人魔结束了性命。"

"这还是十个人啊……你该不会是指……"加茂脸色一变,叫道,对方的声音里透出了笑意。

"是的,我把最新的遇害人也算进去了。四个月前流产的孩子和马上就要死去的加茂伶奈两个人。"

"少胡说!"

加茂用力把手机砸向前车窗,然后双手抱住头,呜咽出声。

"为什么……会变成这样……"

加茂是在二〇一三年的夏天结识伶奈的。一开始他因非法入室被警察抓走,情况极为糟糕,可他们的相识彻底改变了两个人的人生。

当时伶奈已经足不出户半年多了,原因是两个表兄弟姐妹因交通事故身亡,她无法释怀,无法振作。她惧怕龙泉家的诅咒,患上了严重的恐慌症。

而加茂则是那种不管去多么可怕的闹鬼胜地取材,哪怕在现场做出遭报应的事情,都不以为然的人。他这么粗神经的人,根本不可能相信什么诅咒。

两个人经历了种种曲折后开始交往,两年后结了婚。

加茂觉得自己能和伶奈结婚这件事本身就是一个奇迹,因为伶奈十分漂亮，又无比温柔。

相比之下，他浑身都是毛病。与其说做事大胆，不如说莽撞。高中时就因打架而多次惹下惊动警察的麻烦，他就不是个遵规守法的人，常常不按常理行事……然而，伶奈接受了他的一切，还说就是喜欢他这样。

两个人的婚姻生活很美满。也许彼此性格完全相反反而是件好事，和加茂在一起后，伶奈的恐慌症居然好了。同时加茂的性格随和了许多，身边的人都大跌眼镜地说他简直像换了一个人。

二〇一七年九月，伶奈怀孕了。如果一切顺利的话，这个星期就是预产期了。然而命运是残酷的……怀孕第二十一周的时候，伶奈说肚子疼得厉害，结果流产了。

这不幸的意外让伶奈的精神状态再次出了问题，她又想起了诅咒的存在，这也情有可原。但是，原本不相信诅咒的加茂发现自己竟也萌生出一种理智无法压抑的恐惧。

之后两个人不断努力，试图摆脱悲伤，积极地活下去。可就在心情快要平复的关头，伶奈确诊了急性间质性肺炎。

隐隐听到有声音从远处传来，加茂抬起了头。

掉落在脚边的手机边角有些小裂痕，但看起来没有损坏。他捡起手机，听到混杂着极大杂音的说话声。

"龙泉家的诅……只要还在，不幸就会继……吧。"

看来部分功能摔坏了，只能听到断断续续的声音。加茂摘下黑框眼镜，用右手抹了一下眼角，抬起头。然后他试着打开了外放功能。

"我知道未来的事情。"

也不知是幸还是不幸，手机的外放功能没坏，对方的声音一下子清晰起来了。加茂重新戴上眼镜，眯起了眼睛。

"不会是你给伶奈下了毒吧?"

"怎么可能!又不是我想杀她。我有特殊的能力。"

"是啊,调查清楚我们的事情,再黑进我的手机,是吧?我就知道你有毛病。"

扬声器中传来淡漠的奇怪笑声,然后那声音继续说道:"问你一个问题,你不想试试去解除龙泉家的诅咒吗?你要是愿意,我能帮你。"

"你能帮我什么?伶奈的病——"

"不是我去帮你解除诅咒,必须是加茂你自己去。如果你有决心,或许没有什么是绝对不可能的。"

"你到底是什么人?"

"我是霍拉大师。"

这意想不到的回答让加茂感到困惑,他立即回道:"是米切尔·恩德的《毛毛》①一书中的出场人物吧,是时间的守护神?"

"对,那就是我。"

听到对方坦然的回答,加茂放弃了追问,他觉得不管问什么,对方都不会好好回答的。

"我觉得我有没有决心都没什么意义,但如果能救伶奈的话,不管什么事,我都会做……这么说你满意了吗?"

这是他的真心话。不过此时他这么说,是想知道对方会出什么牌。

"那么,你就按我说的去做。请下车。"

加茂稍微踌躇了一下,然后下定决心,打开车门下了车。不知道霍拉大师在哪儿看着他,下车后就间不容发地给出了下一个

---

①米切尔·恩德(Michael Ende,1929–1995),德国当代幻想文学作家。《毛毛》为其代表作之一。

指示。

"你能把车下面的东西捡起来吗？"

加茂膝盖跪地趴在水泥地上一看，倒吸一口冷气。

车前轮旁有一个沙漏。看起来是用非常薄的玻璃制成的，里面装着亮闪闪的白沙子。这个沙漏直径不到一厘米，高大概三厘米，连着一条银色的长链子，似乎可以挂在脖子上。

加茂意识到，这些特征都和都市传说中的"奇迹的沙漏"相符。

"我听过一个传说，里面的沙漏跟这个一模一样。"

"随便你怎么想……请将沙漏戴在脖子上，找一个半径一点五米内什么都没有的地方。"

加茂耸耸肩，算是表示不满，但还是依言把吊坠挂在了脖子上。链子很长，沙漏垂到了胸口。

他用遥控钥匙锁好车，迈步往前走。钱包还留在车上的公文包里，不过大概马上就会回来吧……他这样想着，把车钥匙塞进了裤兜。

离住院楼越远停着的车就越少，没走几十米他就找到了符合条件的地方。是在一面被苔藓覆盖的石墙旁，石墙上方有漂亮的垂樱，枝条纤长，嫩绿的树叶很美。

加茂在距离石墙大概一米五的地方停下了脚步，看向四周。停车场里不见半个人影。加茂口中嘟囔："那家伙在哪儿监视我呢？"

既有可能藏身在某辆停着的车里，也有可能是通过偷拍摄像头监视。

"可以了，那么开始转移吧。"

"什么转移，刚才你可没说啊？"

"你拒绝也没用了，我们必须回到一切开始的地方。"

不明白这句话的意思，加茂不解地低头看向手机，但不知何时，跟霍拉的通话已经结束了。

"见鬼，费了这么大的劲，结果还是个恶作剧啊。"

加茂心知不可能有什么奇迹的沙漏，然而期待沙漏真的会带来奇迹也是真情实感。此时他觉得完全被恶劣的恶作剧骗的自己像个傻瓜。

他准备回车里，然而一瞬间觉得不对劲，低头一看，沙漏中纯白的沙子动了起来。

"怎么……回事？"

用玻璃制成的沙漏，看不出藏着电子芯片或机械装置。然而，沙漏发出如阳光般的强光，里面的沙粒正违反重力，慢慢上升。

龙泉文香的日记

昭和三十五（一九六〇）年八月二十一日

　　明天就要去为爷爷庆祝生日了，我都快等不及了。

　　爷爷最了不起的一点就是绝对不放弃。他住了很长时间院，最后必须坐上轮椅，那时他也没让我们看到他痛苦的样子。现在除了腿无法恢复，日常的事情爷爷几乎全能自己做。

　　不过今天早上爷爷没戴每次打领带时都会戴的珍珠领带夹，我问他为什么，他说昨天晚上就找不到了。

　　上午我看了幻二叔叔给我的英文小说。

　　是阿尔弗雷德·贝斯特（Alfred Bester）的《群星，我的归宿》（The Stars My Destination）。叔叔送给我的书每本都很有意思，我很喜欢。可是爱挑人毛病、有时还会挤对人的光奇每次看到我在看科幻小说，都会说"这不是女孩子看的"。

　　明明是表兄弟，可光奇和爸爸、叔叔一点儿都不像。不，这么说也不对，因为爸爸和光奇外表挺像的，可他们的性格截然相反。幸好我不是光奇的孩子，而是总是很温柔的爸爸的孩子。

　　看完书之后我去找刀根川玩儿，她正在准备中午的三明治。

　　刀根川是个烹饪天才，她做的餐点不输任何餐厅的大厨。我暗暗崇拜她。

　　中午，漱次朗大叔伯一家来了，不过今年大叔母不来。大叔母是唱歌剧的歌手，正在罗马进行《卡门》的公演。我还很期待她在庭院里展示出色的歌喉呢，真是遗憾。

　　漱次朗大叔伯瘦了，他跟大叔母离婚已经快十三年了，这次不能久别重逢他会不会失望啊？可月彦却说什么他妈妈不来才清静。（此处有泥污）

　　下午我想象自己是侦探，去找爷爷的珍珠领带夹，可没找到。丢哪儿去了呢？

　　今天的日记就写这么多吧，早点睡觉。

昭和三十五年八月二十二日

　　不想写日记。可是躺到床上、闭上眼睛，脑子里浮现出的全是可怕的事情。我之前从不知道什么都不做地待着是这么痛苦的事情。

　　所以我决定把迄今为止发生的一切都写下来。

　　今早六点我就醒了，头昏昏沉沉的，想再睡一会儿却睡不着，所以六点半我就去餐厅了。明明是个大晴天，我的脑子却昏昏沉沉的。

　　我下到一楼，听见这么早就有声音从娱乐室传来，吓了一跳。我一看，漱次朗大叔伯、幻二叔叔和雨宫在里面。

　　三个人的脸色都不太好，大概是熬夜了吧。昨天晚饭的时候大叔伯跟月彦说想下棋，后来一问，下完棋大叔伯还跟叔叔打了一夜的桌球。

刀根川今天做的吐司和鸡蛋也棒极了。

正在享用可可和水果拼盘的时候，爷爷来餐厅了。今天是个喜庆的日子，我也自然和爷爷聊得很开心。

吃完饭我离开餐厅，听见玄关门厅那边有喧哗声。

我起了恶作剧的念头，决定去偷听……因为他们谈论要紧事情的时候总是不带上我，说我还是小孩子。

紧挨玄关的娱乐室里已经没有大叔伯等人的身影了，我看屋里没人，便把耳朵贴到通向玄关门厅的门上。

"你们无法相信的心情我理解……可是，究一真的被杀了。"

爸爸被杀了？听到这句话的我脑中一片空白。

听声音，喘着粗气说话的是月彦。

"不光我看到了，月惠和雨官也看到了。那个……要怎么说……究一的头……"

我想我叫了一声，回过神来时，门已被打开，幻二叔叔和雨官的脸出现在面前。

我对自己说"这是一个噩梦，醒来之后一切就都过去了"，可看着叔叔毫无血色的脸，我明白了这是现实。

接下来我不知怎么回到了自己的房间。

我想我是一口气跑上了二楼，几乎喘不过气来，然后用颤抖的手从房内锁上了门。

叔叔在走廊问我"没事吧"，可现在我想一个人待着。我逃到浴室，哭了。叔叔嘱咐我绝对不要打开门，就离开了。

叔叔可能是怕杀害爸爸的凶手就在附近才这么说的。（以下有泥污。）

我不愿相信爸爸死了。

昨天没怎么跟爸爸说话，可我有那么多话想跟他说，想告诉他在冥森散步的时候看到了鹿，想跟他讲讲叔叔给我的书……我想再听一次爸爸的声音，想好好用语言表达对爸爸的感谢。想告诉他我爱他。

各种思绪涌上胸口，我无法呼吸。

过去了多长时间呢？幻二叔叔再次来到我的房门前，问我能不能出来。我实在不愿意。

叔叔开口了："希望你能冷静听我说。不光哥哥被杀了……光奇也被杀了。"

我害怕起来，打开房门，扑向叔叔，号啕大哭。叔叔温柔地抱着我。

"文香才十三岁，爷爷说最好什么都别告诉文香，可我觉得那么做才残酷。"

我抽泣着点点头。

"我想知道。"

幻二叔叔告诉我，在我把自己关在房间里的时候，漱次朗大叔伯去了冥森，确认父亲已死。然后，漱次朗大叔伯在小河边发现了人体的躯干部分。

那时大叔伯以为那躯干是父亲的，可就在同一时间，幻二叔叔去爸爸的房间查看，发现了一具没有头的死尸。

横陈冥森的躯干是光奇的。光奇的头、手臂，还有腿，后来在别墅的地下浴场发现了。

有人对爸爸和光奇做出了只是写下来都会让人不寒而栗的事情。

"有人盯上我们了，证据就是电话线被割断了。"

叔叔接着这么说，听得我打心底感到恐惧。

为了安抚我，叔叔又微笑着说："不过没事的，我和漱次朗这就去找警察。只要警察来了，应该马上就能抓到凶手。"

之后我回到房间，锁上了门。眼泪又涌了上来，我便又进了浴室。在这里不管流多少眼泪都没人知道，这里是对我而言最适合哭泣的地方。

叔叔和大叔伯出去了不到一个小时，回到别墅时正好是吃午饭的时间，那时我还在房间里。当听到发生了什么事情时，我不禁发抖。

有人对吊桥做了手脚，车刚开上去桥就断了。叔叔他们好歹逃了回来，可车报废了……这肯定也是夺走父亲性命的凶手干的，只要毁了那座桥，就能把我们困在这里。

现在不知道凶手是谁，也没找到任何线索。爷爷说："今晚大家都待在自己的房间里，锁好门，等天亮。"一个人待着实在害怕，不过刀根川的鼓励让我生出了勇气。

写着写着日记，感觉自己的心情一点点平静下来了。今天光是哭了，什么都没做，可必须把杀死父亲和光奇的凶手找出来。

明天开始我不会再哭了，就算是为了父亲，我也必须成为一个坚强的人。

第二章

"这里是什么地方?"

加茂弯着腰,剧烈的喘息使得双肩起伏。他感觉手脚发麻,情绪几乎陷入恐慌。

就在刚才,他还在 H 医疗中心的停车场。然而眨眼的工夫,就转移到了一个不认识的地方。眼前的景象与水泥铺地的停车场毫无相似之处,脚下踩着一片打理得很好的草坪。

远处是一片森林,不过不是《格林童话》中写的充满异国风情的森林,而是在日本随处可见的"树海"。远处层层叠叠、绵延起伏的山也似曾相识。

天空蔚蓝,照在草坪上的阳光火辣辣的,穿着外套的加茂很快就出汗了。耳边有树叶摇曳的哗啦声,加茂紧握着的手机响了起来,显示"未知号码"。

他马上接通电话,并打开外放功能。

"这里就是目的地附近了。"

"你该不会是用药迷昏我之后把我搬到这里来的吧?"

加茂用力握着沙漏,几乎要把它捏碎。如今沙漏已不再发光,恢复了普通的样子。明明刚才那么闪亮,此时却不带一丝热度。

"我希望你别再找我的碴儿了。不用我说,你也应该知道这里是哪里吧?"

霍拉的挑衅话语让加茂感到不解,他向四周望去。

不知为何,他脚边的草坪上散落着一些像是薄水泥碎片的东西,前方还有一截樱花树枝,像是用什么锋利的东西割下来的。嫩绿色的漂亮树叶还水灵灵的,让人觉得是刚被割下来的。可近处没有樱花树啊,加茂想不明白其中的原因。

右边八米开外停着一辆露营拖车,造型复古的车身看着很新,可能是复制版吧。

回头看向身后,距离不到十米处耸立着一栋豪华的欧式建筑。墙面上贴着发黑的仿砖石,风格很像都立旧古河庭院①里的洋馆。

仰头看到房子的瞬间,加茂惊讶地瞪圆了眼睛。他想开口询问,却又马上闭上了,重新打量整栋房子。

"我见过一张照片,照片上的别墅跟这栋房子一模一样。是在为龙泉家的诅咒那篇稿子做调查的时候……"他喃喃自语。

霍拉像是觉得很有趣,说道:"正如你所想象的那样,这就是诗野的别墅哦。"

加茂听到这句话,不由自主地尖叫出声。

"太荒谬了!那栋别墅早在五十八年前就被泥石流冲毁了,这绝对不是那栋房子。"

"不如你稍微变换一下思考方式,比如我们现在在泥石流发生之前。"

对方这不慌不忙的回应让加茂觉得滑稽,继而笑了出来。他

---

①位于东京都北区的都立庭园,为一九一九年古河财阀的古河虎之助男爵的府邸,现为日本国有财产。

会笑并不是破罐子破摔，也不是为了掩饰慌乱和怒火。

霍拉问道："你怎么笑了？"

"这就叫识时务吧？看起来我是被一个神经病带到了龙泉家别墅的复制品前，或者也可能是奇迹的沙漏的力量，让我穿越了时空。"

"不管怎么说，你无法凭自己的力量离开这里，好好听我说如何？"

加茂叹息一声，说："如果按你所说，我现在就是身在一九六〇年。"

"正是如此。"

"你之前说你拥有'特殊的能力'，也是指……"

"当然，就是穿越时空的能力。你也可以说它是'奇迹'。"

加茂擦了擦额头上的汗水，脱掉外套，抬头看向灿烂的阳光，说："感觉全是胡扯，可看起来真像是真的啊。"

"你这就相信了？"霍拉惊讶地说道。

加茂看向手里的手机，上面显示的时间是五月十九日十一点十四分。

"就在刚才，我还在神奈川县，今天是一个阳光和煦的春日，可眼下这温度，简直就是盛夏。阳光猛烈又闷热，五月不会有这样的天气。这样一来，一般人会想是不是被带到了比日本更靠近赤道的地方。"

"说不定是哦。"

"然而，那边的山和森林怎么看都像在日本。如果不是换了地方，那就只能是我被移到了不同的时间了吧？不管是用药让我睡几个月，还是真的穿越了时空……总之，你干的事不能以常识判断。既然明白了这一点，我也就放弃挣扎，全盘相信了。"

加茂会得出这个结论，并非没有理由，但他故意没跟霍拉解释。

"看来……选择你是正确的。"

霍拉突然冒出这么一句，让加茂怔了一下。

"第一次听你说，我还是被选出来的？"

"是的，没有能力解除诅咒的人，就算带他穿越时空也没有意义。若选中的人不具备无论面对任何情况都能灵活应变的能力，我也会很为难。"

"我觉得我是个性格马马虎虎的人啊。"加茂嘟囔着。

霍拉继续平静地说道："当然，选择你的理由不仅仅如此。还因为你虽然不是警方的人，但擅长调查过去的事情。"

从某种意义上说确实如此。

跟伶奈相识后，加茂辞掉了神秘学杂志的工作。因为他亲眼看到自己写的稿子伤害了他人，打从心底讨厌起这份工作了。

那之后，他在熟人当总编的月刊杂志《*Unsolve*》（未解决）上开了新的专栏，主题是冤案，跟他之前写的题材风格截然不同。

为了写文章，加茂会通过信件采访声称自己是蒙冤入狱的服刑人员，重新梳理整个案件。当然，身为一个普通人，他能弄到的信息有限，但即使这样，他也一直在力所能及的范围内调查，推理出清晰的新见解。

刚开始连载，这个栏目就受到了好评。

连载的次数多了，相关涉案服刑人员的律师也开始采取行动，最终有一起案件法院决定重审，这在日本的司法制度中是一个奇迹。

重审一事在网络上成为热门话题之后，一位罪犯的家属找到编辑部，指名要见加茂。

但话说回来，案子能重审，是因为责任律师的热忱和几重幸运的叠加。加茂既不是查案的专业人士，也不具备任何取证调查的专业知识。

"先不管我是不是真的有才能，这跟救伶奈有什么关系？"

"你还不明白吗？'死野的惨剧'正是让龙泉家五十八年来饱受折磨的诅咒的根源。想要破除龙泉家的诅咒，就必须查明这起案件。"

霍拉的话很有冲击力，加茂抱住了头。

"事情怎么会变成这样？"

"不管你信不信，正是此时，凶手盯上了龙泉家的人，要取他们的性命。当然，还有不可逆转的泥石流……但只要你能阻止凶手行凶，救下龙泉家的人，过去就会发生巨大的变化。"

"那么未来也会发生变化，诅咒将不存在？这逻辑倒也不是说不通……不，这逻辑还是说不通。"

"接下来一切就看你的行动了。我建议你谨慎行事。好了，我差不多要——"

见霍拉好像要结束通话，加茂想也不想地叫了出来："喂，你打算把我丢在这里吗！"

"我是这么打算的，怎么了？"

"太胡来了吧？！叫我解决，可我要怎么做才好啊？！"

"我给了你机会，把你带来了这里，就算是单程票你也没资格抱怨吧，不是吗？"

这句恫吓般的话让加茂脸色大变。

"我回不去二〇一八年了吗？"

"等你查明案件真相，第二天破晓时分，我就带你回到你原本所在的时代。"

对方说得很肯定，可是加茂感觉不能相信，但他也只能无奈地撇撇嘴。

"不管怎么说，逃跑好像没什么用。"

"是的，你没有别的选择。"

"我倒也没打算逃跑。只要阻止'死野的惨剧'发生就好了是吧？如果这样能救伶奈，我愿意做。"

"这才是明智的判断。祝愿加茂成功。"

与言语相反，对方的声音不带一丝温度。加茂放弃去试探霍拉的真意，无力地笑了。

"等一下，有个事我必须问一下。穿越时空的惯例是不是不能让这里的人知道我来自未来，也不能向他们透露未来会发生的事？"

"是的。把未来的事情告诉过去的人是非常危险的，因为无人能预料历史会被怎样改写。"

闻言加茂重重地点点头。

"严禁'剧透'啊，果然如我所想。"

然后他抬起头看着诗野的别墅，喃喃道："会不会已经晚了呢？"

*

加茂凝视着别墅二楼右侧的窗户。

仿佛回应他一般，一个少女的身影出现在打开的窗边。她五官标致，梳着娃娃头，很可爱。但窗户外的黑色窗格隐约挡住了她的脸，看不清她的表情。

刚才抬头看向别墅的时候，加茂就注意到了这个少女……确切来说是与她的视线对上后加茂赶忙躲了起来。

正是看到这名少女惊愕面孔的瞬间,加茂开始怀疑自己可能真的穿越了时空。因为少女和他在调查资料时查到的一名龙泉家的少女长得一模一样。他会痛快地决定相信霍拉的话,也是因为这名少女。

"看来我们说的话全被人听见了。"加茂对着手机说。

"偷听的人倒是相当可爱,这是预料之外的。"

听到霍拉说出可爱这个词,加茂知道他现在仍能看到自己,或许是戴着的沙漏吊坠上有什么玄机。

终于,少女发出颤抖的声音,轻微到几不可闻。

"刚才那是瞬移(jaunting)?您是瞬间移动出现在这里的吧?"

陌生的单词让加茂茫然。

"她好像是在说瞬移效果[①]。"

霍拉的补充说明也不知所云,加茂皱起眉头。

"那是什么啊?"

"是存在于阿尔弗雷德·贝斯特的科幻小说中的一种超能力。那本书里的人们都能瞬间移动。"霍拉进一步解释道。

"其实我刚看完 The Stars My Destination。"少女说道。

"你看的不是日文译本而是英文版?"霍拉略显惊讶地问。

"是的。那块白板,一定就是未来的无线电吧?"

少女很冷静,正细细打量加茂的手机,看上去她并不认为加茂是在用腹语自言自语。不管是瞬间移动,还是对着一块白板滔滔不绝地说话,少女都能平静地接受,这肯定是因为孩子才有的

---

① Jaunte,《群星,我的归宿》中表示瞬间移动的名词。

率真和幻想能力。

加茂抬头看着这个不可思议的少女,咳嗽了一声。

"你们正聊到兴头上,这时候打断真不好意思。不过我要趁没被其他人看见之前先离开这里。"

"这您不用担心,除了我以外,大家都在餐厅里商量事情呢。啊,叔叔他们出去了,不会马上回来的。拜托您在那儿等我一下。"

少女说完急忙关上窗户,消失了。

加茂正踌躇时,见少女上气不接下气地跑了过来。她穿着一条褐色格子图案的无袖连衣裙,看着像是个初中生,脸上稚气未脱,身高一米五左右。

"刚才说的是真的吗?会发生泥石流,有诅咒降临到龙泉家?"

劈头盖脸就是这个问题,加茂回答不出来。此时从近处看,少女的脸和伶奈莫名相似。加茂发现她眼睛通红,像是哭肿了,一时间更不知要如何回应。

霍拉替他回答:"能告诉我你的名字吗?我是霍拉大师,他叫加茂冬马。"

少女对霍拉这个名字没什么反应,加茂马上想到这时《毛毛》还未问世,她不可能知道这个名字。

"我?我叫龙泉文香。"

加茂知道这个名字。叫这个名字的少女是伶奈的奶奶文乃的双胞胎姐姐,不仅如此,她还在"死野的惨剧"中扮演了重要的角色——这名少女是惨剧的记录者。

后世之人能知道龙泉家的别墅里发生了什么,皆因她以日记的形式留下了记录。

那本日记能被人发现就是个奇迹。

"死野的惨剧"发生之后,龙泉家的别墅彻底被泥土掩埋,据说只有一个叫"荒神之社"的神社幸存。而日记和少女被埋在离荒神之社不远的地方,所以才被人们发现。

这在加茂所在的未来,是过去发生的事情。而对于眼前这个少女而言,是正等待着她的命运。

加茂马上瞪向手机。

"这是怎么回事啊,霍拉?这孩子的眼睛都哭肿了,也没对有人要杀龙泉家的人一事表示疑问。你到底把我带回到了哪一天啊?"

"一九六〇年八月二十二号。具体时间我也不知道。"

看到文香点头,加茂紧紧咬牙,道:"太迟了,第一位受害者是在八月二十一号晚上遇害的。"

少女眼里涌起泪光,像是接过他的话般闷声说道:"是的,我、我父亲……和光奇……"

"奇怪。记录里,第一起凶杀案是八月二十三号深夜发生的啊。"

听到霍拉淡然的回应,加茂再次怒视手机。

"这就是你的回应吗?"

"即便你这么说我也……不过你居然记得几年前调查过的资料的内容,加茂你的记忆力真让我吃惊。你还记得些什么吗?"

"少装傻了!要不是你搞错了日期,说不定还能救下她的爸爸呢!"

"是有这个可能。不过凶杀案还会继续,你有足够的时间来查明真相。"

"你是不是冷血啊!该不会你就是对龙泉家下手的真凶吧!"

加茂厌恶地说完，从扬声器传出一阵低低的笑声。

"怎么会呢，我仅仅是个引路人。"

"我想……如果你能再穿越一次时空，回到昨天，是不是就能顺利阻止一切？"

文香突然出声，加茂惊讶地抬起头。尽管她的眼睛哭肿了，但似乎还能冷静地分析事态。

加茂觉得应该整理一下思路，缓缓说道："确实如此。如果能随意穿越时空的话，那只要在这几天之间来回穿梭，抓住凶手，就行了。没必要老老实实去查明整个凶杀案，只要在那家伙行凶之前抓住他就好。"

电话另一边的霍拉深深地叹了口气。

"人类为什么如此愚蠢又自大呢，上一刻还在为发生奇迹而感动，下一秒就要求'加菜'。"

这句话让文香红了脸，加茂却嗤笑出声。

"奇迹真是个方便的词语，但不巧，我不信这东西。既然你能做到让我穿越回这里，肯定能再做一次同样的事吧。"

霍拉沉默了一会儿，终于像是投降般回答道："抱歉，我不能满足你的愿望，我也不是无所不能的。一次穿越到下一次穿越，需要间隔至少十二个小时。信不信随你们。"

文香咬着嘴唇思考了片刻，然后再次开口："这样的话，就是可以再次穿越时空的。那就等十二个小时之后，回到二十一号的早上，怎么样？"

"不行……看来要跟你们讲一下'时空穿越的四条限制'了，为了以后不再浪费更多的时间。"

"什么嘛，原来穿越时空的缺陷竟有四个之多。"

加茂语带讥讽，可霍拉没有理会他的挑衅，继续说道："第一条就是刚才我说的，要间隔十二个小时以上才能再次使用穿越能力。"

"真是只顾自己方便，我怎么觉得听起来就是为了不让我们现在就穿越的借口。"

"这纯粹是技术上的问题。穿越时空所需的能量是十分巨大的，要把能量补充足，需要时间。"

"知道了，知道了，我就当相信你了。第二条呢？"

"第二条限制是，那根樱花树枝就是个很好的例子。加茂，出发前我给你的指示是什么？"

"你叫我找个半径一点五米内什么都没有的地方。"

"但看来你没留心上方，证据就是树枝一起穿越时空过来了。"

加茂捡起掉落在草坪上的树枝，那是一根覆满嫩绿新叶的垂樱枝条。明亮的绿色是五月所独有的，与此时的盛夏天气并不相称。这根树枝和他一样，都是不该出现在这里的。

几乎与此同时，他想起了 H 医疗中心停车场外伸展的垂樱枝叶。

"莫非，穿越主体半径一点五米范围内的东西会跟着一起穿越？"

"这么说并不准确。我能带领穿越时空的最小单位是边长三米的立方体，这次我是以加茂鞋底所压的直线为正方体的底边进行转移的，结果就是在你头顶的树枝也一起跟来了。"

"这么说来，我脚边散落的水泥碎片，是因为停车场的地面被揭下来了一部分，一起穿越时空了？"

"正是如此。第三条限制是关于时空转移地点和时间上的误差。"

"就是无法精准地进行转移吗?"

"很遗憾,时间和空间的关系具有不确定性。"

加茂和文香互相看了看,确认彼此都没听明白。

加茂不耐烦地嘟囔道:"见鬼。既然是'奇迹的沙漏',我还以为会有什么梦幻的解释呢。"

"真不巧,我天生就是一板一眼的性格。由于其特性,时空转移具有不确定性,像概率学。若要严格指定地点进行转移,时间上的误差就会变大;要精确指定时间,地点的误差就会变大。"

文香眨眨眼,看来依旧跟不上,无法理解。

加茂嘴角泛起苦笑,说道:"你的说明让我想起探索频道上播的量子力学特别节目了。素粒子好像也有这种特性。"

"是不确定性原理吧?素粒子的话,要是想同时测定其位置和运动量,那测定值无论如何都会产生不确定性。话说回来,你只在电视上看过一次就能记住,记忆力真是太出众了。"

"嗯,看过或听过一次的东西,我基本上都能记住。"

"也就是说,只要你想,就能准确回忆起过去调查过的资料的内容吧?要是这样,说不定能对你有些期待。"

霍拉这句话也不知是褒是贬,加茂听了苦着脸。

霍拉对他的反应无动于衷,继续自顾自地说了下去。

"若要进一步解释第三条限制,我就必须先问一个问题。你觉得在进行时空转移时,哪一点最需要精准?"

加茂抱臂沉思起来,好一会儿才开口道:"整个世界可以看作三维空间再加上时间的一个四维时空,说白了,就是前后、左右、上下和时间四个要素。把它们分别用 x 轴、y 轴、z 轴和 t 轴坐标来表示,应该就能确定这个世界的一个点。

"可如果要移动到地球上的某个地方的话,还需要综合考虑纬度、经度和海拔。

"这么一来，答案就是海拔了。要是穿越到空中一千米或地下一千米的话就完蛋了，不是摔死就是被活埋，跟转移到的那个地方的大地融为一体。"

这句话让霍拉轻声笑了起来。

"顺便提醒一句，我不仅能让人穿越时空哦，极限情况下我可以让边长六米的立方体内的物体和人一起转移。"

"哦，那你也能让小型飞机穿越时空吗？"

"只要飞机上有人就可以，不过要是转移到地底深处就麻烦了。总之你答对了，海拔是最需要精确的元素。"

文香不解地问："概括起来就是说，海拔要精确，而代价就是除此之外的元素都会变得不确定？"

"对，纬度、经度和时间会以指定值为中心，在一定范围内波动。最终有多大的误差是受概率支配的，无法事先知道结果。"

"那误差普遍有多大呢？"

"用米来说的话，地点是正负五米之内，时间是正负两个小时之内。"

听到这句话，加茂黑框眼镜后面的眼睛眯了起来。

"有些微妙啊。这误差说不好是大还是小。"

文香怔了一下，看向他。

"不就是五米和两个小时吗？"

"听这家伙的语气，穿越时空不是个安全的转移方法。照这么想，那即使是这个程度的误差，也不一定算小的。"

事先没给任何预告就做出带他穿越到过去这么危险的事，加茂心里不满，透过手机瞪着霍拉。对方却不以为意地回道："你说得对。时空转移的目的地若是室外的话，倒是没什么大问题，空气或雨滴之类的不会产生太大的影响。可如果转移的目的地是屋里或地下，或者位于其他人的上方的话，就又是另一回事了。这种情况可是非常要命的，可能会以细胞为单位发生融合，内脏——"

"别说了，我不想听。"

霍拉听话地结束了上一个话题，说："最后是第四条限制，关系到时空和世界的稳定性。"

闻言加茂不禁嘿地一声笑了。

"说到穿越时空，果然免不了要提到时间悖论啊。就是回到出生之前，杀掉自己的父母那个有名的悖论吧？"

"你说的这类时间悖论，只要注意是可以避免的。比起这个，有一个更大的原则问题，那就是同一时空里不可以同时存在两个同一人物。"

文香不解地小声问："什么意思？是说我不能回到过去吗？"

"你说到点子上了。你们可能会觉得很意外，但穿越到未来要比回到过去容易得多。"

"嗯，现在的我穿越时空的话，未来就不会有我了吧？未来不可能有另一个我存在。"

"与此相对，回到过去是在时间中逆行的反常行为，会让世界失去稳定，容易发生时间悖论。"

加茂怀着半信半疑的心情看向手机，问："但我顺利穿越到了过去，这又是怎么回事？"

"加茂你是穿越到了出生之前，所以避免了时间悖论。转移到比较近的过去是非常危险的。"

文香"咕"地咽了一口口水，问道："如果我硬要回到三个小时前的世界，会怎样呢？"

"那么三个小时前的时空里就会存在'穿越回去的文香小姐'和'三个小时前的文香小姐'两个人,可同时存在两个同一人物是不被允许的,一定会发生时间悖论。你可以想象一下电视游戏中会引起严重死机的错误操作,这样比较容易理解。"

文香似乎还是不明白他在说什么,但加茂听了点了点头。

"嗯,游戏彻底死机,玩不下去了。不过游戏机的话,只要重启一下基本就行了,可现实世界不一样吧?"

"现实没有必要重启。'她'自己有自净功能,会马上消除时间悖论。"

加茂和文香不由得面面相觑。

"'她'是指谁?"

"指这个世界啊。我用了拟人手法。"

"吓我一跳,干吗突然拟人啊?"

听到加茂的指责,霍拉显得很惊讶。

"把世界当成一个人来看有那么奇怪吗?"

"相当奇怪啊,虽然你自己好像不觉得。"

"不管怎么说,这个'世界'会在迎来'穿越来的文香小姐'的前一刻毁掉'三个小时前的文香小姐',但这样一来,未来的'文香小姐'也会消失,这就是这个世界的自净功能,这样就不会发生时间悖论了。"

文香嘴唇发青地说:"也就是说,为了让回到三个小时之前的整个世界正常运转,我就得从这个世界上消失了?"

"是的,你不在了的世界会继续运转。"

一阵沉默。这期间加茂隐隐听到从不知何处传来有人说话的声音,但声音太小,他也判断不出是不是听错了。

过了一会儿,加茂终于开口道:"文香不能穿越回昨天,这个我明白了。但我不一样吧?"

"加茂你不存在于昨天的世界,所以即便回到昨天,也不会引发刚才说的时间悖论……只不过那样的话,世界会失去平衡。"

"什么意思?"

"受到你来了'这里'的影响,未来将会有极大的变化。你应该能理解现在这个世界正处于不稳定的状态,在此之上回到刚刚发生的过去,会再次带来影响,这样一来世界的平衡就会被打破,非常危险。"

"可明明只是对过去干涉了两次而已啊!"

霍拉像是在踌躇该如何解释,过了一会儿才又开口。

"我将各种情况全部考虑进去后做了一个模拟,理论上……你要是回到昨天,改变过去,这个世界就会失去平衡,连自净功能都起不了作用,世界搞不好会直接毁灭。"

闻言文香的眼中涌上泪水。

"那就是说,无论如何都没办法救我父亲了吗?"

"是的,我不能为了两个人的性命,将整个世界置于危险之中。"

这残酷的回绝让她双手掩面开始哭泣。看到那小小的肩膀无力地颤抖,加茂感到无地自容。

遇到加茂和霍拉,少女的心中燃起了希望。他们是穿越时空而来的,肯定能救她的父亲……然而,希望被无情地打碎,她再一次品尝到绝望的滋味。

看着文香,加茂察觉到一个问题,那就是他已经介入了文香的命运,有可能会让未来向更糟糕的方向发展。如果他不能成功阻止接下来将要发生的凶杀案,也许会带来更为巨大的不幸和绝望。

但即便如此,他也不能就此放弃。

轻吸一口气,加茂开口道:"这个时候说这种话时机实在很糟糕……但我希望你能听进去。有人要害龙泉家的人,这是事实,之后那个人还会继续杀人。然后二十五号会发生泥石流,所有人都会送命。再往后,龙泉家的诅咒还会害死更多的人。"

文香没抬头,继续哭着。真不想说出这番话啊,真想给她一些安慰啊。然而加茂还是继续说了下去。

"你或许会想,既然我是从未来来的,那么应该知道凶手是谁。但我要告诉你,这起凶杀案在我所在的时代仍然没能查明真凶……因此,我们必须行动起来,才能改变这一结果。"

文香终于慢慢抬起了头。

"加茂先生……您来这里,是为了救我们吗?"

她那泪湿的眼睛直视着加茂,加茂顿感狼狈。

"事情自然而然就发展成这样了。我可能不是你所期待的那种人。"

文香定定地望着加茂,面对她无言的追问,加茂小心斟酌着措辞,答道:"我并不清楚自己是怎么穿越回来的,实话说,眼下也没有想到救你们的办法。岂止如此,连我是否有能力胜任都值得怀疑……不,多半没有。"

听到这话,霍拉语带讥讽地说:"这可真意外啊,加茂会这么谦虚。"

加茂权当没听见,继续说道:"但我并不害怕这一切,因为我必须救我的妻子伶奈。"

"您的妻子?"

"其实你有一个双胞胎妹妹,你们还是婴儿的时候就被分开了。"

文香本来就大的眼睛此时睁得更大了。加茂说了下去。

"我不知道个中缘由，但你的妹妹文乃寄养在别人家里，所以逃过了这场惨剧。我的妻子伶奈是她的孙女，此时正遭受着龙泉家的诅咒的折磨……霍拉说，要想救她，就必须查明这次凶案的真相。我不知道自己能做些什么，但我答应你，我会尽力保护你和你的家人……所以，你能帮我一起阻止更多悲剧发生吗？"

文香紧握双拳，直视着加茂的眼睛。这次他没避开她的视线。两人沉默了十秒左右，她点点头。

"我明白了。我也想救我的家人。"

这时霍拉又插嘴道："这样真的好吗？加茂可是突然出现在诗野的可疑人物哦，正常来说会先怀疑他才是杀人凶手吧？"

"你到底是站在哪边的啊，霍拉！"

加茂嘴里这么回敬，心里其实很虚。这名少女会表示愿意帮助他，肯定是因为没想到这个可能。然而，文香看着加茂说道："我看到了，他是瞬间移动过来的，所以我相信他来自未来。"

手机另一边的霍拉进一步挑拨道："那你凭什么能肯定他没有利用我的能力行凶呢？"

"可是……他的样子看起来不像在骗人。"

"愚蠢的人才会相信直觉，文香小姐。"

"我不这么觉得……得知父亲被杀的时候，我就觉得凶手可能在我们龙泉家内部，现在心里仍旧这么怀疑。"

加茂愕然，这真不像一个初中女生会想的问题。

"你这么认为，有什么依据吗？"加茂问道。

文香慌忙摇了摇头。

"也没什么具体的理由，可到现在心里还是在怀疑这种可能性……所以我想，必须在还来得及的时候做出决定。"

"做出什么决定？"霍拉冷冷问道。

她马上答道："是把加茂当嫌疑人抓起来，还是相信加茂，和他一起去阻止发生更多命案，我必须做出决定。而我的决定是，相信加茂。"

手机里传来轻轻的笑声。

"既然你的决心这么坚决，那好吧……加茂，你得到了一个好帮手啊。"

此时加茂很想知道，霍拉是出于什么意图才如此挑拨文香和自己的关系。就在他要开口问个究竟的时候，头顶上方传来了开窗的声音。加茂把手机塞进胸前的口袋，抬头看向别墅，刚才文香在的房间里有一个年轻男人的身影。

"文香，你在哪儿！"

那年轻人边喊边凑近窗边，注意到站在下方的两个人，马上瞪圆了眼睛。抬头看向二楼的文香轻声道："啊，怎么办？是幻二叔叔。"

这位幻二叔叔看起来比加茂要年轻五岁左右，估计不到三十岁。他找到了文香，好像放心了，可大概因为文香旁边站着个陌生男人，他语气严厉地说："再三告诉你不要离开房间了，文香，马上回到屋里来。"

"可是……"

见她没有听从的意思，年轻人转身离开窗边。

加茂面露苦笑，问道："你不是说大家都在餐厅商量事情呢吗？"同时在记忆中搜索"死野的惨剧"的相关人员姓名，确实有龙泉幻二这个人。

文香好像也对叔叔会出现在自己的房间感到意外，她掩饰不住疑惑地取出了怀表。那是一块银色的怀表，上面雕着一条抽象的龙。

"才十二点？叔叔刚才出去找警察了，可即便是去最近的警察局，解释情况也要花些时间的啊，怎么这么快就回来了呢？哎呀，要是我把房门锁上就不会被发现了。"

她边说边几乎下意识地转动龙头，发条式怀表发出吱吱嘎嘎的声响。

"我想我知道你的幻二叔叔为什么会回来……为了将龙泉家的人困在诗野，凶手弄断了诗野桥——至少在我所生活的未来，曾看过这样的记录。"

这番话使得少女的双眼蒙上了恐惧的暗影。这时传来不知哪扇门被粗暴打开的声音，接着就看到一个瘦瘦的年轻人向他们走来。

加茂在龙泉家的合影上看到过这张脸，五官端正，不过跟文香漂亮的脸蛋不太相像。硬要说的话，属于常见的日本人长相。

他身穿灰色立领衬衫和黑色牛仔裤，乱糟糟的头发随意地往后梳，一副不修边幅的样子。他这副打扮倒是放在二〇一八年也不会显得突兀。

幻二应该是跑着过来的，显得上气不接下气。

"你没事吧，文香？"

"我没事。"

幻二从头到脚仔细打量站在文香旁边的加茂。跟身高一米八的加茂相比，幻二大概矮了十厘米，然而不知为何，加茂却有种被俯视的错觉。恐怕是因为幻二尽管年轻，但已经习惯了高高在上的感觉吧。

"是文香的朋友吗？"

他的声音很平稳，可眼睛里透出一股邪气，仿佛在说接下来怎么对付你，就看文香怎么回答了。不过，侄女和一个可疑人物待在一起，他会这样也是理所当然的。

眼下的局面让加茂不知所措，这时文香开口了。

"这位是加茂冬马先生，他是东京很有名的私家侦探。"

她说得极为认真，加茂听了却不由得呛到。

"侦探？"幻二诧异地小声说，交替看着咳嗽不止的加茂和随口说出谎言的文香。然后他以审问的口吻问："侦探先生来这里，是有什么事吗？"

这时一个陌生的声音插了进来。

"接下来的话进屋问吧。"

从别墅转角走来一位绅士，明明是盛夏却穿着一身平整的米白色西装。他年龄约五十岁过半，身高一米七以上，整齐的胡须中夹杂着几缕银丝。

可是，看到这名绅士握在手中的东西，加茂怔住了。他手上拿着一把猎枪。幻二好像也吓了一跳。

"你怎么了，漱次朗，怎么把猎枪都拿出来了？"

"见你慌慌张张跑出屋子，以防万一我就拿了枪跟出来……这附近可是有杀人魔在徘徊啊。"

看绅士的眼神，显然他已经认定加茂就是那个杀人魔。

*

一踏进餐厅，加茂就沐浴在猜疑视线的炮火之下。

这个房间以白色为基调，是纯西式结构。有二十贴大[①]，但

[①]一贴为一张榻榻米大小，约为一点六二平方米。

房子是旧时样式，因此天花板很低，没有特别宽敞的感觉。刚才看外观房子已经很老了，不过内装还很新，应该是最近进行过大规模翻修。

正中间放着一张古香古色的大桌子，围着桌子摆着十二把椅子，屋里的每样物件都是加茂平时见都没机会见的高级东西。光看房间里摆放的东西就能看出，龙泉家是完全西化的。古旧的柱式挂钟显示此时是十二点十二分。

房间里有男女共八人。

文香坐在桌子左侧的第一把椅子上。她掩饰不住心里的慌乱，眼神飘忽地四下看着。幻二抱臂坐在她旁边。

再旁边是那位叫漱次朗的绅士。可能是为了震慑凶手，此刻他仍抱着猎枪。不过大概是怕走火，进屋之前他取下了子弹。

坐在上座的是一名穿着白色立领衬衫，坐在轮椅上的老人。

他肯定有八十多岁了，膝头盖着一条深红色的毛毯。隔着衣服也能看出他肩臂上的结实肌肉，而他的眼神更是比房间里的任何一个人都要锐利。

加茂猜到这个老人肯定就是龙泉家的当家，龙泉太贺。文香在日记里称他为"爷爷"，但实际上他是她的曾祖父。跟资料上的黑白照片相比，眼前的老人充满活力，简直不像同一个人。

老人斜后方站着一名女佣，正双眼低垂，瞄着加茂。她穿着以黑白为主色的老式女佣服。

太贺的保姆只有刀根川鹈一个人……加茂边回想资料边细细打量她，她的名字在文香的日记里出现过好多次。

她是个美人，妆化得很浓，年龄在四十岁左右。最让加茂惊讶的是她的身材之好，分明已不年轻了，可系得高高的围裙勾勒出完美的身体曲线。

太贺开了口，声音嘶哑，语速缓慢。

"你是叫加茂吧，能解释一下你为什么会在诗野吗？"

不过加茂还没来得及回答，文香抢先说道："爷爷，是我邀请他来别墅的。"

房间里一阵沉默，太贺老爷子一脸疑惑，视线移至文香身上。接着他问："那是为什么呢？"

加茂看到文香眼里透出挑战的神色，像是心下一横做出了什么决定。他有种不好的预感。

"这位先生是解决过许多疑难案件的名侦探，警视厅也常常找他帮忙，他还获得过勋章。"

听到文香给自己添加的古怪名头，加茂恨不得破窗逃离这里。

自不待言，"名侦探"只存在于小说中，不管是二〇一八年还是一九六〇年，这一点应该是一样的。

"名侦探啊……"

小声嘟囔的，是坐在桌子右侧的三名年轻人中的一人。

他和另一个年轻人长得很像，一眼就能看出是兄妹俩。两个人都是二十岁左右，面容姣好，能和文香媲美。加茂想起他们的名字分别是龙泉月彦和龙泉月惠，都是太贺老人的孙辈。

哥哥月彦眼睛细长，透出冷漠，应该很受女性欢迎。他薄薄的嘴唇仿佛也表露出内心的冷酷。他穿着夏威夷衬衫，立起衣领，胸前的口袋里装着太阳镜，是这些人里打扮得最时髦的。

呆愣地盯着桌面的月惠有一双水汪汪的大眼睛，漂亮得让人眼前一亮。她披着一条嫩绿色的披肩。

月彦盯着加茂，眼睛里有一种与欺负小鸟的蛇类似的冷酷，这表示他已看穿文香的谎言。加茂戒备着，又听见下一句话来自意想不到的方向。

"你说他很有名，可我怎么不知道有这么个侦探？"

说这话的是幻二。

文香立即回应："叔叔平时都在国外，难免会不知道国内的事。"

"可能吧。不过，你为什么会想到邀请名侦探来呢？"

文香似乎兴奋了起来，红着脸开始找理由。

"今天是八月二十二号，爷爷的生日嘛，我想给爷爷一个惊喜，就偷偷邀请了加茂先生……爷爷不是很喜欢看侦探小说吗？"

不知是不是被曾孙女的热情压住了，太贺的威严瞬间消失，他露出尴尬的笑容，道："这我倒是不否认。"

"对不起，我以为爷爷会高兴呢。我中学里的一个朋友的爸爸认识加茂先生，我就拜托他帮忙，结果加茂先生正好有空，所以就……"

文香说得太多了，这是说谎的人的典型表现，可太贺和幻二居然都在认真倾听。

等她全都解释完，幻二依旧冷静地问："你说的是真的吧，文香？"

"当然。"

她的眼神除了认真，还是认真。幻二看着她，眼里闪过饶有兴趣的光，但只是一闪而过。他转而对太贺老人说："您也知道文香这孩子不会骗人，看来她就是一心想给爷爷一个惊喜才干出这种事的。"

太贺似乎极宠这个曾孙女，他的眼神有了松动。但即便如此，也还不至于让他接纳加茂。

"也许是这样。可这个男人也有可能是要害我们的杀人犯。"

这话合情合理，不过幻二微微摇了摇头。

"我想这不太可能。从情况来看，凶手应该从昨晚到今天早上都在别墅里，而这段时间里不可能有什么人从外边闯进来。"

这一情况文香好像也是头一次听说，她眨着眼睛。

太贺老人沉思了一会儿，终于说："这我知道。只是，本来也不可能有人把遗体的一部分带到别墅外边去，可实际上尸体的头部和躯干不是都被运出去了吗？"

"是的，只能说这是一起不可能犯罪。"

"那么，就不能说这个男人没有机会行凶了吧？既然凶手能把头部和躯干带到外边，那也就存在不被人看到的出入别墅的可能。"

"您说得很对，可这一点适用于在场的所有人。"

闻言，太贺那夹杂着白须的眉毛皱了起来，说："确实如此。"

幻二接着说："您也看见了，这位先生的衣服很平整、很干净，几乎没有褶皱或污渍，麻布鞋上也几乎没沾泥。如果他昨天晚上就潜伏在别墅外，又曾在雨后往返森林和别墅内的话，应该没办法保持这么干净吧。"

"麻布鞋？"加茂低头看着自己脚上的运动鞋，不由得嘟囔了一声。

刚才进门时被告知不用脱鞋，所以他现在还穿着某国外品牌的运动鞋。

"但是，我越看他这身衣服就越觉得奇怪。"

太贺边说边再次打量起加茂。加茂身上的衬衫和长裤都是二〇一八年常见的修身款，放在这个年代确实有点突兀。

龙泉家的男士都穿着肥大的裤子，漱次朗身上的西装也是宽松的设计，用料一看就不一样……而加茂穿的衬衫是记忆纤维面料的，这个时代可没有这种东西。再看大家穿的鞋子，都是黑色、褐色或白色的皮鞋，穿运动鞋的只有他一个。

加茂生出一种自己穿着奇装异服的感觉，有些郁闷。不过幻二似乎觉得他这样很有趣，又开口说："说起来，虽然刚才我说从没听说过，但事实上，我刚想起来，的确听传言说东京有一个叫加茂的名侦探。"

文香像是被这话电到了一样抬起头，加茂也差点儿叫出声来。幻二不在意这两个人的反应，继续往下说："这孩子说得可能稍有些夸张，但这位先生应该的确是私家侦探。"

看他面上浮起恶作剧的笑容，就知道他已经看穿了文香的谎言。可尽管如此，他并没拆穿，反而帮着文香和加茂，甚至还加了一句"听过加茂这个名字"的谎话……

文香向叔叔投去感激的视线，幻二微微点了点头。

幻二的谎言起了极大的作用，餐厅里的气氛彻底变了，连太贺也放柔了态度，冲加茂微笑。

"请原谅我们的无礼。我是龙泉太贺，这孩子的曾爷爷。我要是知道她向你提出这么胡来的请求，说什么也会阻止她的。"

"哪里，哪里，我非常高兴能受到邀请。"

加茂前言不搭后语地回话，边说边将视线投向幻二，他完全摸不清幻二对初中女生说的破绽百出的话予以声援的意图。从结果来看是帮了加茂和文香，可不知道背后隐藏着什么，心里也微微有些不舒服。

另一方面，打消了警惕的太贺此刻眼里浮现出悲伤的神色。他压低了声音说："刚见面就要跟您说这些话，我心里很过意不去。"

加茂微微点头,接下了话头。"别墅里发生的事我已经听文香小姐说了。"

他怀着淡淡的期待,想着能不能顺势直接问出凶案的信息,却听到月彦没头没脑地发问:"你是怎么到这儿来的?开车?"

看样子他很不满明显的谎言被接纳。

"月彦,对客人太没礼貌了。"

太贺责怪道,可月彦不肯停嘴。

"我们都各自报告了昨晚的行动,对自己人都彻底调查了不在场证明,没道理不问客人吧。这位加茂侦探,你能回答吧?"

加茂陷入沉思。月彦问这个问题肯定是想给他下套,自己的言行跟八月二十二号发生的什么事是矛盾的吗?加茂仔细回想五年前看过的《龙泉文香的日记》里的内容,以他的记忆力,要回想起具体内容并不难。

"我是步行来的。"

听了他给出的回答,月彦表情扭曲,简直毁了他英俊的形象。看到对方的反应,加茂更有信心了,他微笑着继续道:"我是神秘来客,坐车来的话太引人注目了。于是我让朋友开车送我到桥边,然后走过来的。"

这别墅应该有停车场,当然了,那儿没有加茂开来的车。加茂猜到月彦是注意到了这一点才出言质问的。

月彦默不作声了,而坐在他旁边的年轻人像没意识到似的开了口。他是屋里仅剩的加茂还不知道名字的人。

"从诗野桥到这儿差不多有两点五千米呢,走过来很辛苦吧。文香小姐,你要是早点儿告诉我,和我分享秘密,我就能开车去接加茂先生了呢。"

这话倒不像在对文香提要求,语气中流露出自己未能参与到有趣的事情中的遗憾。跟旁边的月彦正成对比,这个年轻人面容和善,体形纤瘦得几乎和女生月惠一样,年龄二十出头,穿着深红色的POLO衫。

既然他管文香叫"文香小姐",那他应该不是龙泉家的人。但是他又和刀根川不同,能跟龙泉家的人坐在同一张桌子上。在加茂的记忆中有一个年轻人,不知是太贺朋友的孩子还是什么人,中学时就被龙泉家领养,之后一直寄居在龙泉家。名字应该是雨宫。

文香似乎跟这个年轻人关系很好,她做了个调皮的表情,对他道歉。

"对不起,可要是跟雨宫说了就会传开的。"

"真没礼貌,我嘴有那么碎吗?"

这两个人的你来我往缓和了气氛,月彦像是不高兴看到这情形,又问了一个问题。

"那你是几点到这儿的?"

自穿越时空以来,加茂感觉好像过了一个小时。房间里的时钟指向十二点二十六分,所以他应该是十一点三十分左右到"这里"来的。

加茂谨慎地选择措辞,这样回答:"我不知道准确时间,特别是见到文香小姐之后说了很多话。不过我想应该不到十一点吧。"

将到达时间说得比实际要早是有原因的。

如果加茂没记错,文香的日记里是这样记述的:幻二和漱次朗开车去找警察,可不到一个小时就回到了别墅。这是中午左右的事。

月彦大概打算追问幻二开车出去的时候有没有在路上碰到加

茂吧,这样一来他就只能在幻二他们出发之前就来到了这里。

因为他没露出破绽,月彦低哼了一声就不再说话了。

"顺便问一下,你过诗野桥的时候有什么异常吗?"

这次提问的是漱次朗,他现在已经把霰弹枪对折放在了桌子上。看到他解除了武装,加茂打心底松了一口气。

在他的记忆中,漱次朗是太贺老人的二儿子,也就是月彦和月惠的父亲。他的面容端正,可比端正的面容更惹人注意的是他眼睛和嘴唇处神经质的细微动作。

来自未来的加茂自然知道桥塌了,可他决定装作不知道。

"没留下什么特别的印象。那桥怎么了吗?"

"有人动了手脚,弄坏了绳索和桥板。在加茂先生过桥之前很可能已经被动过手脚了。"

文香倒吸一口气,捂住了嘴,而其他人看样子都已经知道了。

幻二接过话说下去:"其实一发现别墅里的电话打不通,我和漱次朗就决定去找警察。我们应该是十一点左右出发的,刚开上诗野桥就发现桥的绳索被割断了……可来不及了,后来桥塌了,车也掉了下去。"

明明刚发生了要命的大事,可幻二说下来面不改色。反倒是文香听得脸上失了血色。

"大叔伯还有叔叔,幸好你们没事。"

"漱次朗及时发现不对劲,才算逃过一劫。"

加茂回想着到目前为止众人的发言,在心里一一确认跟文香的日记是一致的,这才摇着头开口道:"我是走过来的,所以还好,要是运气差一点,说不定走到一半桥就塌了。"并表现出非常后怕的样子。

太贺听罢,语气沉重地加了一句:"我觉得是有人想把我们困在这里。"

"如果是这样的话,对桥动手脚的嫌疑好像就落到我头上了呢,因为我是最后一个过桥的人。"

加茂会这么说,是想着与其等被谁指出,还不如自己说出来。他小心观察着众人的反应,却看见太贺老人露出狡猾的微笑。

"请放心。漱次朗和幻二说绳索和桥板应该不是刚弄坏的,因为破损面上有泥土等污渍。是这样的吧?"

漱次朗和幻二点点头,太贺老人又继续说下去。

"直到昨天,二十一号的早上,一直都在下雨。昨天傍晚又下了一场,所以那条河的水涨了不少。破损断面上的污渍应该是涨水时弄上的,因此桥肯定是在水退之前被动的手脚……也就是说,是在漱次朗他们昨天中午开车过桥之后,到昨晚水退之前发生的事。"

加茂呆呆地半张着嘴望着太贺。

该怎么说呢,不愧是喜欢侦探小说的人,尽管身处危机之中,太贺仍冷静地分析了情况。或者该说没有这种程度的心理素质,他也不可能在战争时及战后的混乱中开拓出一条路,并积累起那么多财富。

老人对加茂的反应感到满意,微微一笑,下了结论。

"因此,最后一个过桥的人不会有嫌疑。"

"顺便问一句,桥塌了,那这一片就成了陆地上的孤岛,这么想没错吧?"加茂重整心情问道。

太贺皱着眉点点头。

"确实如此。电话线也被破坏了,甚至无法求救。而且我们原本打算在此避暑几日,准备大家一起住四天左右,来之前还叮嘱过公司里的人不要往别墅打电话,所以也无法寄希望于外人来救援。"

"能不能穿过森林,找条路到镇上呢?"

插嘴的是文香。雨宫小心翼翼地回答:"行不通。沿着河前进会被悬崖挡住,往九头山方向前进的话,别墅里别说登山装备了,连周边山岳的地图都没有。后面几天天气应该还会变差,毫无登山经验的人贸然进山,相当于自杀。"

听到这话,文香并没露出失望之情。不仅如此,她还紧紧盯着曾祖父,开口说:"爷爷,那我们委托加茂先生调查凶杀案吧。"

"什么,委托加茂先生?"

"是啊。这位侦探先生,接手的案件全都解决了呢。"

这是非常大胆的提议。而最为吃惊的当属摇身一变,成了"最厉害的名侦探"的加茂本人。

第三章

"居然没被关起来,真是奇迹。"加茂嘀咕了一句。

现在餐厅里只有他和文香两个人,所以他能无所顾忌地说出心里话。此时是十二点四十五分。

文香惊奇地看着他,说道:"是吗?我之前瞒着大家邀请魔术师到家里来的时候也闹出了很大的动静,那次我也成功说服了大家呢!"

加茂忍不住笑了出来。

"你还有这样的前科啊。不管怎么说,多亏了你,我才能被委托调查凶杀案,真的很感谢你。"

刚才,太贺接受了文香的提议,于是加茂有了调查凶杀案的正当名分。说着说着,连找回前天丢失的珍珠领带夹一事也一并接下了。

不过太贺老人可不傻,他加了一个条件,要让幻二和雨宫随同调查。文香说她也要一起,太贺看起来不太乐意,可见文香意志坚决,便让了步。

之后幻二被太贺叫到房间,只有雨宫一个人履行监视他们的任务。可他好像不太擅长怀疑别人,文香叫他帮忙找东西,他也毫不疑心这是为了支开自己,留下两个人,离开了餐厅。

不知是不是文香让他找的东西比较费工夫，雨宫半天都没回来。加茂便开始问文香问题。

"我有一个担心，太贺是不是很喜欢推理小说？"

"推理小说……指的是侦探小说吗？如果是的话，回答是'Yes'哦。我们家本宅有间图书室，里面全是侦探小说，我还经常去借书看呢。"

自己的直觉被验证了，加茂叹了口气。

"那么，此时在别墅的人里，还有其他人也喜欢推理小说吗？"

"有啊，幻二叔叔和月彦都经常看侦探小说。不过这跟这次的凶案有关系吗？"

加茂的嘴巴抿成"ヘ"字形，说道："可能是我的偏见吧，我总觉得喜欢推理小说的人，一旦发现身边发生了凶案，就不能老实待着了。特别是在一直没有警方介入的情况下，可能会忍不住要自己去调查或尝试推理。"

听了这话，文香的脸唰地红了。

"我可不是因为好奇才想去调查案件的……"

注意到她悲伤的神色，加茂慌忙说道："抱歉，我不是那个意思。不管是太贺和幻二尝试对凶案进行分析，还是月彦对我的连连质问，都是为了保护家人。身处这样的情况，他们三个没有丧失冷静，还分析得很有条理。可是这可能反而是个问题。"

"为什么？"

加茂把音量压得更低，用只有文香能听到的声音悄悄说："因为就我所知，未来这三个人都送了命。可凭他们三个人的能力，应该是能找出凶手，提前防范的。"

文香恍然大悟，也小声说："而他们没做到。那是因为凶手极其狡猾？"

"我想是的。我一直以为'死野的惨剧'未能真相大白，是因为留给警方的线索太少了而已。"

由于发生了泥石流，事后搜查队只找到了残缺的文香的日记、化成瓦砾的别墅残骸，以及数具死于泥石流冲击的惨不忍睹的遗体。而这些也是在泥石流发生后一个多星期才挖掘出来的。

之后警方调查了尸体，发现多数死于谋杀，这才又转为按凶杀案进行调查。然而几乎没从现场留下来的证据和尸体上获得任何信息。

加茂用更小的声音继续说道："发生凶杀案谁都会恐慌，凶手肯定是趁大家慌乱，再加上点运气，才杀死了这么多人——我曾经这么想过，可现在看来并不是这样的。"

文香圆睁着大眼睛，听完却露出一副不认可这番话的样子。

"你都还没开始调查，凭什么这么肯定？"

"幻二说过这是一起不可能犯罪事件吧？如果凶手是故意制造不可能犯罪的话，那我们所面对的就是一位非常麻烦的对手。他肯定为了洗脱嫌疑而做了诸多部署。"

加茂边这么说边习惯性地取出手机。看见手机，文香立即说："这台无线对讲机不出声了呢，霍拉不在了？"

看到电量已所剩无几，加茂耸耸肩。

"不知道去哪儿了。不过这上面肯定有什么机关，有事的时候他会联系我的。"

加茂又托起挂在链子前端的沙漏，文香见状，眼里闪着好奇的光。

"好漂亮啊。"

"说不定这个真的是……奇迹的沙漏。"

加茂口中喃喃自语,耳尖的文香听见了。

"奇迹的沙漏?"

就在这时,大门被猛地推开,雨宫的身影出现在门口。

"对不起,找了半天。"

他的左手拿着放大镜,是文香让他去找的,理由是这样比较像侦探。他把放大镜递给文香,对加茂微笑着说:"真是个有趣的名字呢,是叫奇迹的沙漏?"

加茂只好苦笑。看来这家人全都是顺风耳。

"起这种名字,最后只会落得徒有虚名……不说这个了,开始查案吧。能带我去冥森看看吗?"

加茂由雨宫带着,离开了餐厅,去往旁边的娱乐室。时间已经快下午一点了。

娱乐室里摆放着皮沙发和桌球台等,面积比餐厅大了一圈。穿过娱乐室,就到了贴着几何形状彩色玻璃的门厅兼玄关。

加茂注意到这间门厅只与娱乐室相通,觉得很意外。这样的结构,要从正门出别墅,就必须穿过娱乐室。不过可能娱乐室也兼作会客室。

走出玄关,就能看见房子周围的漂亮草坪。虽然仍是晴空万里,吹来的风却很强劲。

右边十几米开外处是有顶棚的自行车停放处,旁边是停车场。停车场里停着的车型加茂都不认识,大部分看起来像是进口车。不知是不是注意到加茂在看停车场,雨宫开始解释。

"停车场里有六辆……不对,有五辆车。幻二的车在我们准备过诗野桥的时候掉下去了,所以现在那里就是老爷的车、别墅专用的接送车、究一的车、漱次朗的车和光奇的车,共五辆。"

"自行车呢?"

"是公用的，有三辆。"

加茂的视线从自行车棚滑过，落到立在旁边的东西上。

"电线杆……这里通电吗？"

深山里的一栋房子，设施居然如此完善，他因过于惊讶而脱口说出这句话。再放眼看过去，只见通往吊桥的路边整齐地排列着许多电线杆。

雨宫不以为意地点了点头。

"老爷和电力公司达成了协议，给他们投了资，于是才把电线牵进来的。另外，从那边再往里走，是庭院。"

加茂看向雨宫所指的方向，看到一个规模远远超出私人庭院的广阔院子。

面积超过一百平方米，有高有低，分成多个层次，错落有致。庭院里种着风情各异的植物，各层之间以木头台阶巧妙地连在一起。一眼望去能看到有种果树的层、打造成日式庭院的层、充满英国风情的层……每一层都有独自的个性，神奇的是整体又很协调。

事关重要的冥森在和庭院相反的东侧。他们刚开始往那边走，幻二就追来了。看来是跟太贺谈完话来找他们的。

他边走边开始说明凶案的经过。

"是月彦、月惠和雨宫发现了哥哥的头部。他们有每天早上散步的习惯，正是在散步的时候发现的。"

根据雨宫的说明，早上的情况如下。

早上七点左右，散步的三个人发现了究一的头部，马上返回别墅。就在他们向漱次朗报告的时候，文香出现了。得知父亲的死讯，她深受打击，跑回自己的房间。幻二跟着追了过去，漱次朗则在雨宫等人的带领下去了冥森。

现在，加茂等人同样在向森林深处前进。

森林里铺有一条散步道，什么都不知道的话这里倒是个悠闲舒心的地方。向前走了五十米左右，幻二偏离步道，指着路边一棵樟树的树根说道："这里就是发现哥哥头部的地方。"

"在这里，父亲他……"文香用几不可闻的声音喃喃道。

树根处还残留着血迹，不过从出血量可以推断头部是在别的地方被割下来的。

"按老爷的指示，究一的头部被放置在别墅的地下仓库。"雨宫补充道。

幻二点着头继续说："我们也知道要保留现场，可是又不能把哥哥的头放在这里不管。"

亲人会这么做很正常。放在这地方可能会遭到森林里的野兽摧残，不过在文香面前谁都没说出来。

加茂马上开始检查发现头部的现场周边。

散步道是用石块铺成的，周围的泥土中满是沾了泥的落叶，没留下任何像是属于凶手的脚印。

这期间幻二还在继续说明。

"雨宫来森林的时候，我和刀根川一起去了申猴间。那时我还想着说什么哥哥被杀，肯定是哪里搞错了。可是……在他的房间里，我看到了头被割掉的哥哥的惨状。"

闻言文香几乎把嘴唇咬出血来，可她的眼睛并没有向他人索要同情或安慰，而是浮现出坚毅的神色。

"顺便问一下，房间有锁吗？上锁了吗？"

加茂之所以这样问，是想知道遗体会不会是在不可能犯罪之中的经典情形——"密室"中发现的。

可幻二摇了摇头。

"每个房间都有锁,而且哥哥有些神经质,平时都会锁上的。不过我们去的时候没锁。"

这一细节让加茂心里发苦,同时想责备自己怎么会幻想出现推理小说里的情节呢,真傻。

幻二又迈开步子前进,加茂慌忙跟上。向前走了数十米后,雨宫开口道:"我们来冥森时,在九头河的河边发现了被肢解的躯干,那时我们以为找到了究一身体的一部分,压根儿没想到那是光奇的。"

树木渐渐稀疏,出现了一条小河。幻二指着河边石头堆的一角说:"这条河就是雨宫说的九头河,光奇的躯干是在石头堆旁被发现的。"

河水呈褐色,很浑浊,水流很急。大概因为下雨涨水了,那处石堆本不该受河水影响的,此时却也有积水。

幻二所指之处的积水颜色和其他地方没太大不同,可能是因为遗体的出血量很少,要不就是昨晚的水位更高,把血冲掉了。

"顺便问一下,只发现了躯干吗?"

"是的,躯干以外的部分……具体来说就是头部和四肢,是在别墅里发现的。"幻二皱着眉回答。

雨宫也脸色发青,补充道:"我们一回到别墅,就听说在申猴间里发现了究一的遗体。那在冥森发现的躯干又是谁的呢?当时场面极为混乱,最后我们发现光奇不见了。"

幻二接过话头继续说明道:"于是大家赶到光奇的房间,可房门锁着,在外边叫了半天都没人回应,打内线也没人接,所以我们就决定破门而入。"

加茂听了点点头,又问道:"别墅里没有万能钥匙吗?"

"没有,没配那种钥匙。后来我们没办法,只好弄坏了合页,可光奇不在房间里……接下来的事，雨宫比较清楚。"

雨宫点点头，马上接着说下去。

"大家分头在别墅里找，我和刀根川去了地下室。最终在大浴场里发现了光奇的剩余部分。"

幻二插了一句嘴，像是急着帮忙解释。

"别墅的地下引入了温泉，我们管那里叫大浴场。"

"这么说来，这里确实有一处温泉。"

回想起关于龙泉家的记录中确有这样的记载，加茂嘀咕了一句。幻二和雨宫则惊讶地对看一眼。加茂发现自己失言了，慌忙转移话题。

"刚才你说申猴间？什么意思？难道别墅里的每个房间都是以动物命名的？"

这是明知故问。而文香像是终于等到了一个自己能回答的问题，赶忙开口道："别墅里有十二个房间，分别用十二地支命名。子鼠间、丑牛间、寅虎间，这样。"

"那光奇的房间是？"

"戌狗间。"

"明白了……遗体在大浴场被发现，而不是在他的房间里，这说明光奇可能是在洗澡的时候遇害的。"

闻言幻二重重地点了点头。

"我想这很有可能。爷爷腿脚不方便之后，主要就是光奇使用地下大浴场。特别是晚饭之后，去浴场的应该只有光奇。"

雨宫接了下去："是啊，其他人晚上都不怎么去大浴场。这里虽处高原，但夏天还是很热，睡觉前大家都不想把身子搞得太热，不然睡觉会很难受。"

肢解遗体时应该流了相当多的血，如果是杀害之后再肢解的话量会少一些,可也会流一定量的血吧……凶手也许是为了方便处理血迹,才选择在大浴场行凶的。

接受了这个解释后,加茂重新四下打量起来。

在能仔细察看的范围内没找到类似脚印的痕迹,这时,他注意到附近的阔叶树根部生有一种红色的东西。这个"东西"形状像一条细长的棍子,远看就像一根红色的手指从土里钻了出来一样。

"火焰茸?"

他嘟囔着,低头仔仔细细打量那个东西。

加茂上大学时选修过真菌类的公共课。课程很愉快,课外实习会到大学校园的后山散步。其中给他留下较深印象的,就是这火焰茸。直到几年前,人们都还不知道这种菌菇是有毒的。发生了好几起中毒意外之后,终于在二〇一八年,人们认识到火焰茸是生于国内的菇类中极为危险的品种。

回想起这些,加茂赶忙小心地避开火焰茸,这可是连碰一下都很危险的菇类。

从冥森出来,雨宫选择了一条能绕去别墅后方的路。加茂不解地问:"大浴场是在房子后面吗?"

雨宫像是吓了一跳,回过头来,不过马上微笑着说:"不是……只是我想既然要带路,就带你看一下整栋别墅比较好吧。"

这位青年倒是意外地机灵呢。

别墅后方同样铺着草坪,但与正面不同的是,这里的草坪已变成一片泥沼。一行人选择着有草生长或看起来还算结实的地方走。

"这个别墅还有地下庭院哦,很罕见吧?"

听到雨宫的话,一直光顾着看脚下的加茂转头看向左边通往地下的阶梯。

"是把地下一层的一部分改成了庭院吗？"

此刻从四人所处的位置往下看，相当于从正上方俯瞰庭院。能看到院子里种着苔藓及蕨类植物等，都是适合养育在阴暗处的植物。

文香靠在金属扶手上，开口说："爷爷说想在泡澡的时候观赏庭院，于是就在地下弄了这么一个。虽然很小。"

她说很小，可加茂目测这个庭院有两米乘三米大。不过想想别墅西侧的庭院，规模超过一百平方米，这边对龙泉家来说确实算小的。

"从那边的楼梯也可以下去哦。"

加茂顺着雨宫的指示望向被斑驳的草坪围着的石阶。他决定不要在院子里散步了，视线移向前方，注意到前方有一个简朴的小屋，大概有四平方米大。

"那个屋子是？"

"是柴火房。"

"别墅里不用罐装煤气吗？"

雨宫连忙摇头。

"老爷喜欢新鲜事物，别墅里自然装了罐装煤气。只是……有的菜式必须用柴火烧。"

加茂想起刀根川精通厨艺，他虽对这方面的事不甚了解，但可能有的菜就是要用柴火烧才好吃吧。

走到距离别墅后门还有五米左右的地方，幻二开口道："我想请你留意一下周边的泥地。"

后门门前铺着约四厘米宽的石板，石板周围比较容易积水。石板周围三米的草坪没有扎根，积着泥，上面没有一个脚印。

加茂当场蹲下,问道:"最后一次下雨是昨天傍晚吧?"

"嗯,傍晚五点到六点,下了一场大雨,那之后就没再下雨了。"

加茂用手摸了摸地面。别墅北侧看来防水不太好,现在仍是潮湿状态。他想了一下是否可以拿什么东西搭个桥,从石板连到草坪茂密的地方,可就算搭桥,中间也会下沉,不可能不在泥地上留下痕迹。

"也就是说,昨天傍晚那场雨之后,没有人从后门出入过吗?"

"我们也是这么想的。进去吧,小心不要破坏泥地。"

雨宫打头,踢踢踏踏地走过泥地,留下了脚印。他回过头,像在辩解般说道:"听广播里的天气预报说今晚还会下雨,反正都要下雨,再保护泥地也没意义了。"

*

通往地下的楼梯顶部,也就是一楼的走廊靠近楼梯口处,铺着一块很大的铁板,加茂看到它有些吃惊。楼梯两侧的墙上装有轨道,铁板可以沿着两条轨道移动。从结构上看,这应该是往地下搬运东西的升降机,好像是电动的,墙上还装有按钮和刻度盘。

尽管心里觉得奇怪,但加茂脑中塞满了之后必须要做的事情,已经顾不上去问幻二了。

加茂和幻二两个人匆匆往地下走去,直接来到地下仓库。他们让雨宫陪文香在餐厅等候……因为想到可能要检查尸体,那对一名女中学生来说实在太残酷了。

打开门的那一瞬间,一股从未闻过的臭味直冲鼻子,那是尸体散发出来的血腥味，还混着像是清洁剂的味道，闻起来更加难受了。

仓库里有架子和储物柜，上面放着各种工具、脸盆、毛巾、卫生纸、防水布等杂物，现在全都挪到了左边。房间右侧并排摆着两具用床单盖住的遗体。

就连加茂也双腿发颤，背上直冒凉气，头却似乎热得厉害，戴着防护手套的手上全是汗。

他先在靠里的遗体旁边蹲下。不管是为了查明案件，还是为了救伶奈，这都是无可避免的。加茂做好了心理准备，伸出手去，好几次都没抓住床单，掀开之后不禁咬紧了牙。

一个年轻男人，表情扭曲，躯干部分全裸，被割下来的手臂和腿放在躯干旁边……看起来他体形偏瘦，没有什么显著特征。除脖子以外，尸身上几乎没有血迹，大概因为是在河边或大浴场中发现的吧。除头部以外，其余部分的皮肤泡得泛白、肿胀，看着就像发白的泡芙。

与听人描述时所想象的不同，死者的手臂和腿并不是齐根切下来的。加茂拿起来细看，发现手臂是从上臂中间左右的位置切断，而腿是从膝盖下方切断的。

最惨不忍睹的是脖子。

跟手臂和腿相比，脖子的断面极为不平整，还挂着碎肉片和血管。这实在太惨了，加茂不由得扭过脸去不敢再看，他好不容易才忍住恶心，开口道："这具尸体是都光奇吧？"

幻二面无表情地微微点了一下头。他脸色发青，但看样子不会放过加茂的一举一动。

加茂又问道："别墅里有什么东西可能当凶器吗？"

"有两个地方放着斧头和柴刀。一个是你刚才见过的柴火房，斧头和柴刀放在储物柜里，柜子上了锁。另外就是这里，这间仓库……看起来凶手就是用放在这里的斧头和柴刀行凶的。"

"柴火房里有斧头和柴刀很容易理解，可为什么仓库里要放斧头？"

"仓库里的斧头和柴刀是备用的。命案发生之后，雨宫马上检查了柴火房和地下仓库，发现这里的斧头和柴刀不知去向了。"

龙泉家的人所做的调查要比加茂想象的更多。他的视线又一次落在遗体上，开口道："看上去除了被肢解之外，没有其他明显外伤。"

说着加茂又察看了一下双手和双脚，都没有自卫性伤痕。

"死因……会是什么呢？"幻二喃喃问道。

加茂略微思考后说："我想他是被勒死的。"

加茂结合之前为写稿而调查冤案时学到的知识，进一步解释道："脖子被切断了，因此不太容易发现，但若仔细察看，会发现脖子处的皮肤有摩擦的痕迹和内出血的痕迹。"

幻二闻言仔细观察光奇的尸体，之后惊讶地抬起头。

"这是勒痕？"

"我想是的。"

加茂又把床单盖在了遗体身上，并双手合十默祷。

接着他开始检查另一具尸体，这次没再涌起恐惧的感觉，而是觉得痛心。文香哭肿了眼睛的样子在脑海中浮现，那张脸与伶奈的脸重合在了一起。

映入眼帘的是文香的父亲，究一的头部。闭着眼睛的究一，面容因痛苦而扭曲，整张脸，特别是嘴角，跟文香很像。

"哥哥。"

幻二像是忘了旁边的加茂，低低地叫了一声。

究一脖子上的断面也很不平整，只看一眼就觉得凶手残忍至极。可能是曾被放在散步道附近的原因，死者后脑勺上沾着泥土和枯叶。

加茂的视线移向脖子以下的部分。光奇的遗体是全裸的，但究一完好地穿着衣服。他也体形偏瘦、皮肤肿胀，衣服都湿透了。

加茂凑近，闻到尸身上有一股浓重的洗衣粉的味道，本以为是盖在上面的床单散发的柔顺剂的香味，但马上他就意识到自己搞错了。

"这香味是？"

"是洗发水的味道。哥哥的尸身是在申猴间的浴室里发现的。"

加茂皱起眉，没人会穿着衣服用洗发水洗头发，总不会是想同时把衣服和头发一起洗了吧。也就是说，有人故意往尸体上倒了洗发水。

尸体身上穿着深绿色的花呢格纹裤子和橙色的POLO衫，衣领上留有血迹……他这身衣服可是相当惹眼。

"这身衣服确定是究一的吗？"加茂问。

幻二重重地点了点头。幻二是一身单色的衣服，看来这对兄弟除了外表不像，性格也极为不同。

这具尸体也一样，除脖子处的伤口之外没有其他明显外伤。脖子上同样可见轻微的擦伤及内出血痕迹，加茂怀疑他也是被勒死的。

又一次对遗体默祷之后，加茂站了起来。

二人一走出仓库就听见了说话的声音。加茂望向通往一楼的楼梯，看见文香和雨宫坐在最下面的那级楼梯上。

幻二向雨宫投去责怪的视线，像是在怪他"为什么不在餐厅等着"。雨宫辩解道:"对不起,我觉得在这里等二位比较好。"

幻二没过多追究,因为雨宫明显是在护着非要到地下来的文香。

地下室的走廊尽头有一扇门,在这扇门旁边就能感觉到温泉特有的湿热空气。

进门之后的一小片地上铺着石块,是洗脸和更衣的地方。放衣服的木架有一排,大概是考虑到在多人同时使用时也能摆开各自的衣物吧。不过现在只有一层的架子上放着一条发黑的裤子、一件白色POLO衫和内衣、毛巾等,幻二解释说这些都是光奇的衣物。

透过前方的窗户可以看到那个地下庭院。走近看,院子里有许多不同种类的蕨类植物和独具风情的岩石,布置得很有品位,而且铺满了苔藓。加茂的视线停留在紧贴窗户的黑色窗格上。窗格都是竖着的,一条一条,把好好的风景弄得像透过牢房看到的一样。

"其他窗户上也装了这样的窗格吗?"

文香回答了加茂的问题。

"都有啊。两年前翻修别墅的时候,为了防盗装的。"

幻二听着文香的话,点点头,边打开更衣室左侧的门边说:"东京的本宅曾几次遭贼,损失了不少,所以就算这栋别墅地处深山,小心点也没坏处。请进,不用脱鞋。"

一进门,混着云片柏的香气和硫黄气味的蒸汽便扑面而来。

加茂的眼镜立即蒙上了一层白白的雾气。他干脆摘下眼镜,塞进胸前的口袋里。裸眼视力有零点四[①],只是调查这个房间的

[①] 换算为标准对数视力约为四点六。

话，应该能凑合过去。

整个浴室都铺着发黑的石板，靠里有一个云片柏木质的浴缸和一个岩石浴缸，都是流水式的。而云片柏木质浴缸的边缘有像是血液凝固后的痕迹，里面的热水也微微泛着粉色。

"是在有血迹的地方发现光奇的头部的吗？"

面对加茂的疑问，遗体发现人之一雨宫点了点头。

"是的，光奇的头放在云片柏木质浴缸的边缘，手臂和腿沉在浴缸里面……刚发现的时候，水里血的颜色感觉更深一点。"

"发现遗体之后，没人动过大浴场和更衣室里的东西吧？"

"除了搬走了光奇的遗体，其他都和我发现时一样。"

加茂眯起眼睛，努力让视野更清晰一些，走过去察看窗户。可走到一半看到脚下好像有什么东西在发光，便停下了脚步。

地上有一把陈旧的钥匙。加茂蹲下来凑近去看，发现钥匙上还拴着一个木质根付①。

"狗？"

尽管打湿了，但能清楚看出这是一只经过艺术加工的褐色柴犬，还吐出小小的舌头。雨宫一边在自己的裤袋中摸着一边说："那是戌狗间的钥匙，发现尸体的时候就在那儿了。另外，别墅房间的钥匙上都有根付，我住午马间，所以是马的根付。"

加茂走上前去，以便看清他从口袋里掏出来的东西。是奔腾的白马的根付。旁边的文香也给他看了挂着可爱的白鼠根付的钥匙，估计她住子鼠间。

看着三把陈旧的钥匙，加茂皱眉说道："以防万一，最好验证一下这把钥匙是不是真的是戌狗间的。每把钥匙都很相似，光

---

① 日本江户时期，人们卡在和服与腰带间的固定物，上面有绳孔，可用来拴绳子悬挂物品。根付可做成各种造型，后人将其视为艺术品。

看也看不出不同。"

听了他这句话，幻二露出似乎觉得有趣的表情。

"你是在想根付有可能被人调包吧？不过，在爷爷的指示下，钥匙都验证过了。"

"结果呢？"

太贺安排得如此妥当，让加茂为之咋舌。喜欢侦探小说看来不是光说说的。

"嗯，确实是戌狗间的钥匙。"

把钥匙放回原位，加茂又走去察看大浴场的窗户。

透过蒙着雾气的玻璃，能看到对面的地下庭院。玻璃门的大小只够一人轻松通过，而且这里也装了防盗隔栏。

加茂把窗户开到最大，试探着敲打、摇动窗格。窗格是金属的，表面材料似乎很容易划花，格与格之间的间隔比想象中要大，有十二厘米左右。

"其他窗户上装的窗格也是同样规格的吗？"

幻二和文香回答不出这个问题，可雨宫开了口。

"我觉得浴场的窗格间隔比其他地方的要大。因为我记得擦窗户的时候，觉得一楼和二楼的窗户挺不好擦的。大概是为了能从浴室更好地观赏庭院，把间隔扩大了吧。"

"这不行呢，我都钻不过去。"

听见插话的声音，加茂一惊，看过去，发现旁边的窗户开着，文香正把头伸进窗格里。她是别墅中的人里年龄最小的，应该也是脑袋最小的，可连她也无法从窗格钻过去。

看到这幅情景，幻二苦笑道："你也不必这样吧……"

"就是啊。验证的事情，请交给我来干。"

文香的举动似乎给雨宫打开了一个奇怪的开关，他不等幻二把话说完，就把肩膀塞进了窗格。

"究一和光奇都偏瘦，身高有一米六七左右吧。我比他们稍微矮一点儿，可就算这样，还是过不去。"

雨宫也很瘦小，比三十二岁的加茂苗条得多。只是手臂和腿的话，勉强能通过窗格，但躯干和头怎么看都不可能。

"是吗……好像还差一点儿就能钻过去了呢。"

文香说着，开始用力推雨宫的身体，加茂吓得愣住了。幻二慌忙阻止文香，可雨宫的肩膀已经卡住了，无法靠自己的力量脱身。

身为大小姐，自出生起便养尊处优，大概是这个原因，文香欠缺为他人着想的一面。幻二和加茂两个人合力去拉，总算成功把雨宫救了出来。

文香挨了叔叔的训之后彻底蔫了，连连向雨宫道歉，雨宫也完全不知所措起来。侧目看着尴尬的两个人，加茂对幻二说："看来头部和躯干不可能从窗户出去呢。看刚才的情形，就算有润滑油，结果也是一样的吧。"

"嗯，看来必须要走正门或后门，二者必居其一。"

不知为何幻二脸色悻然。加茂觉得奇怪，但还是继续说道："已经弄清楚了凶手没有走后门，所以应该是通过正门玄关。可是听你还有太贺刚才说的那些话，好像你们早就注意到了？因此你们才认为这次的凶案是不可能犯罪。能解释一下原因吗？"

"现在先不多说了吧，因为调查最好能不带任何先入为主的看法。"幻二说道。

不知是在考验自己，还是太贺老人没吩咐他就不敢贸然行事，总之，看来拿杠杆都撬不开幻二的嘴了。加茂无奈地微微耸了耸肩。

"反正各位从昨天晚上到今天早上的行动只要一查就能知道。也许我能得出不一样的结论呢。"

听了这话，幻二露出笑容，似乎有些挑衅的意思，说了句："靠你了。"

不知是不是感觉到了二人之间的微妙气息，雨宫提议动身去申猴间。

他们顺着楼梯回到一楼，沿着直通餐厅的走廊前行，走到各位的寝室门口。能看到左边有两个房间，钉在房门上方的金属牌上分别写着"申猴间"和"未羊间"。继续往里走好像还有一个房间，但看不见房门上的字。

走廊右侧有一个老式小型升降机和一处写着机械室的地方，再往里走就能看见墙上钉着"亥猪间""戌狗间"和"酉鸡间"的牌子。其中戌狗间的房门合页被弄坏了，门被拆了下来。

幻二缓缓开口道："二楼也一样，有六个房间。我住二楼的丑牛间。"

雨宫闻言回过头，开始为加茂讲解。

"其他房间也应该带你去看一下。右边最外面的是亥猪间，空着没人住，然后是光奇住的戌狗间，靠里的酉鸡间是刀根川的房间。左边最外面的申猴间属于究一，中间的未羊间是月惠的房间，然后靠里的午马间是我的房间。"

加茂略显惊讶地问道："可能这个问题有点唐突，不过，刀根川身为保姆，和大家用相同规格的房间吗？"

这话让幻二面露苦笑，接着他开口道："刀根川表面上是保姆，但因为深得爷爷的信任，待遇跟家人差不多。不过她本人总是说自己只不过是个保姆，坚决不做不规矩的事。"

文香点点头补充道："爷爷很讨厌旧习俗和传统的东西，所以只要能跟这些对着干,他就高兴。"

即使听他们这么说,加茂依旧无法理解。

不管是在日本国内还是国外,感觉保姆都不太可能被厚待到这个地步。他顾及文香就在旁边,所以没说出来,而是在心里暗自揣测,刀根川也许是太贺的情人,或者过去曾是情人。如果是那样的话,如今的厚待也就不出奇了。

"说到这个,我的地位也差不多。"

听到雨宫自嘲般喃喃自语,幻二摇着头像在否定他的话。

"雨宫的父亲是爷爷的朋友的亲戚,有时会让雨宫过来帮忙做些家里的活儿,不过爷爷应该是把他当亲孙子来看的。"

雨宫涨红了脸,默不作声。

虽说加茂对自己的记忆力很有信心,然而要记住各个房间的名字和谁住哪个房间,也觉得有些吃力。他决定马上在脑中梳理一下。

十二地支中最小的老鼠是年纪最小的文香的房间;羊是食草动物,所以是连声音都没听过的月惠的房间;名字中含有翱翔于广阔天空的鹈的"刀根川鹈"住酉鸡间。

然后平时嚼着草,一副呆样,暗中却隐藏着会击败斗牛士的凶暴性格的牛是幻二。现在他友好地作陪,可看不出他心里藏着什么,挺可怕的。

想到这里,加茂为难起来。因为关于雨宫,无法从房间的动物联想到他本人。无论是样貌还是身形,都无法把雨宫和马联想到一起,硬要说的话,他瘦瘦的身体应该很敏捷,这点也许跟精瘦的赛马相似。

"申猴间,这是哥哥住的房间。"

幻二的声音让加茂回过神来,他赶忙切换思路。

房间里摆着高级的木床，用于读写的桌椅，以及一张单人沙发，看来只放了几样必需的家具。房内配有独立的厕所和浴室，给人一种高级酒店里的房间的感觉。

床上乱放着内衣和袜子，还有发胶等杂物，一把挂有小猴子根付的钥匙放在桌上。幻二和刀根川进房间的时候这把钥匙就放在那儿，也验证过确实是申猴间的钥匙。

桌子靠里摆着一部黑色的老式电话，靠桌边摊放着一本翻开的书。加茂拿起来看了一眼，是井上靖的《冰壁》。书名加茂没听过，也许是这个时代的畅销书。

床下有一个打开的蓝色旅行箱，里面的东西似乎都拿出来了，箱子是空的。

接下来加茂打开木质壁柜，查看里面。一打开柜门他就不由得频频眨眼，里面挂着好几件深绿色的花呢格裤子和橙色的POLO衫，跟遗体穿的一模一样。

"这是？"

文香的表情交织着难过和尴尬，低头看着地面。

幻二也明显露出苦笑，开口说道："哥哥有个毛病，喜欢的衣服会一次性买很多件，整季都只穿一款。他总说选衣服很麻烦。"

究一可能是某种时尚盲。感觉自己把已经过世的人不愿被深挖的一面翻了出来，加茂心中不禁觉得抱歉。

他轻轻地关上壁柜，默默走进浴室。

"就是在这个浴缸里发现究一的遗体的……"

视线落在雨宫所指的地方，只见白色的陶瓷浴缸已被染成了暗红色。

一股夹杂着轻微血腥味的洗发水香味飘入加茂的鼻孔，这和遗体身上的味道一样。加茂注意到一个薰衣草香味的洗发水瓶子掉落在瓷砖地上，凶手应该就是把这瓶洗发水倒在了遗体身上。除此之外，屋里没留下任何与凶手有关的线索或痕迹。

加茂再次检查整个房间，既没发现乱翻过的痕迹，也没有曾有人强行闯入的痕迹。

"请带我去戌狗间看一下。"

说着加茂就走出房间来到了走廊上，盯着靠墙而立、合页被弄坏的房门。房门是木质的，桃花心木颜色，每个房间的都一样。无论材质还是风格都透出古老的气息，别墅最初建成的时候应该就用的这扇门。

戌狗间的结构跟申猴间相似，然而房间里面的样子显示出主人性格的不同。

光奇的房间比究一的整洁。壁柜里有几件颜色朴素的短袖衬衫和深色裤子，洗脸台上放着剃须刀等整理仪容的小物件。

桌子上整齐地摆放着纸烟和打火机，烟灰缸里有几个烟头，并且房间里有淡淡的烟味。

"光奇抽烟啊……还有谁有抽烟的习惯吗？"

加茂边察看烟灰缸边问，幻二答道："除了光奇，就是我和月惠了。其他人都不抽烟。"

看上去文静的月惠居然抽烟，加茂有些意外。

接着他的视线移到放在椅子上的旅行包上。旅行包是黑色的，款式很实用。加茂翻看着里面的东西，在旅行用品之中发现了一张赛马报纸和一个相框。报纸上密密麻麻写满了字，估计光奇喜欢赛马。

幻二开口补充道："他对赌博瘾头很大，经常沉迷，这也常让爷爷担心。"

接着加茂的目光移到了相框上，里面嵌着一张柴犬的黑白照片。

"这是？"

"是光奇以前养的狗，名字应该叫拉昆（raccoon）。"文香踮起脚看着相框说。

加茂以前看过一部美国的喜剧电影，里面的出场人物说过raccoon这个单词，记得是浣熊的意思。为什么给柴犬起这个名字啊，真让人费解……可此时加茂连笑的力气都提不起来。

不管怎么说，光奇应该是个爱狗的人。因为喜欢狗，所以住在戌狗间，加茂无意识地在脑中形成这样的联想。

*

"各位能说一下从昨天晚上到今天早上的行动吗？"加茂对着集合到娱乐室的龙泉家众人说道。

龙泉家的人都看着他，脸上浮现出"又来了"的表情。大概是因为太贺已经问过同样的问题了。

离开戌狗间之后，加茂、幻二、雨宫、文香四人把别墅所有窗户的窗格和窗户之间的地面都检查了一遍，确认没有异常。

不过，家人里只有参与调查的三个人，以及刀根川，允许他们进房间。所以只有这四个房间，他们能从屋里察看窗格。其他的，就连太贺老人也不允许他进入房间调查，所以只能从房子外边检查。加茂还从柴火房拿来梯子，把二楼也调查了一番。

调查的结果是所有窗格都很正常，没有明显损伤，并且地面上没有残留的血迹。

做这些事需要时间，所以等加茂开始着手调查众人的不在场证明时，娱乐室的挂钟已经指向四点三十七分了。

娱乐室里摆放着组合沙发、桌球台、一张桌子——上面放着国际象棋盘及黑色老式电话——两把椅子，以及陈列着酒瓶的架子。桌子上还有一个日翻日历，翻到了八月二十二号。

而房间里最为显眼的，是挂在北侧墙上的一幅油画。这幅油画大概占墙面一平方米，右下角有一个"夜鸟"的签名。加茂没听过这个画家的名字。

那是一幅奇怪的画，加茂只能看出画的是一个不知是什么的生物在吠叫的样子。那生物有一张红脸，塌鼻子，尾巴尖上缠着一条正吐信子的蛇。它全身都覆盖着褐中带灰的毛，四肢却像老虎一样，有黄黑相间的斑纹。

在等人来齐的时候，加茂曾问幻二这幅画叫什么名字，幻二说叫《奇美拉》（合成兽）。

"然后，如果昨天晚上有人见过究一和光奇，也请讲一下当时的情况。"见没人开口说话，加茂憋不住又加了这么一句。

太贺老人目光锐利地瞪着默不作声的众人，片刻之后开口道："我先说吧。晚饭之前，包括刀根川在内，所有人都在餐厅或厨房。"

"那时候究一和光奇也在吧？"

"当然。晚上七点，晚饭吃完，大家解散，我回自己的房间了，其他人应该都还留在餐厅。"

"平时您都是这个时间回房间的吗？"

"不是、不是，平时我都会在餐厅闲坐到八点半才回房间，这是我给自己定下的规矩。但那天我觉得身子发沉，所以就提前回房间，一直睡到早上。究一和光奇我都没见到。"

"我明白了。您在房间里有听到奇怪的动静之类的吗？"

"没这个印象。这里的每个房间都做了隔音，所以就算屋外有些响动，在屋里可能也听不到。"

"顺便问一下，您的房间是哪一间？"

"辰龙间。"

加茂回忆了一下别墅一楼的各个房间，没有这个房间名，于是他看着老人的轮椅，问："冒犯问一句……刚才您好像说是自己一个人回房间的，那您是怎么上二楼的呢？"

老人露出发黄的牙齿笑道："我性格如此，事必躬亲，不然就不痛快，怎么了吗？"

加茂一愣，突然想起通往地下的楼梯上铺有铁板，还装了轨道。

"莫非楼梯那儿的那个……"

"你注意到了啊。那是我的轮椅用的升降机。"

说着，老人爱惜地抚摩着轮椅的扶手。

"为了用起来方便，在这个轮椅上下了不少功夫。只需按一下按钮就能折叠或打开，刹车则采用了容易刹放的结构。所以只要好好锻炼手臂的力量，在别墅里走动或是从轮椅移到床上，我一个人也能做到。"

"是特别定做的吧？"

"是啊，而且既然都让人家做了，只做一辆不划算，所以别墅里还有一辆备用的，东京的本宅和公司里还有好几辆。哈哈，你很吃惊吧？我们公司的开发部有个怪才，总能做出一些有趣的机器，这辆轮椅和升降机都是那个人做的。"

"蝙蝠侠"布鲁斯·韦恩就是让自己公司的人开发蝙蝠侠的衣服，跟太贺所做的一样。

加茂突然觉得自己会不会是被捉弄了，于是他偷瞄了一下文香和幻二的反应。二人的表情都很正常，而且看老人手臂上的肌肉确实锻炼得很结实，这让加茂明白了，老人说的都是真的。

加茂以前在电视上看过世界最高龄——八十九岁——现役体操选手表演双杠，太贺似乎也是那类超级寿星。

"那么，能请您说说天亮之后的事情吗？"

太贺揉着盖着毛毯的大腿，和坚持锻炼的上半身相比，他的腿看起来就像一根棍子。

"大概早晨七点不到我来到餐厅，看到了刀根川和文香。然后正吃饭的时候，他们跟我说发现了尸体。对吧，刀根川？"

刀根川一直保持着立正的姿势站在桌球台边，被太贺叫到名字后她开口道："是这样的。"

"那刀根川你也说一下昨天晚上做了什么吧。"

说完太贺像是渴了，喝了一口咖啡。刀根川转向加茂，一气呵成地说道："晚上八点不到，我收拾完晚饭的杯碗且打扫完，就回自己的房间了。"

"那之后到早上为止，你都做了什么呢？"

"昨天晚上我觉得非常累，回屋后直接睡了。今天早上四点起来，往返厨房和洗衣房，准备早饭和洗衣。五点左右我出门打扫了门前。"

"你听到了什么奇怪的动静吗？"

"没有……早上七点二十分左右，我正服侍老爷吃饭的时候，听说发现了尸体。"

刀根川面无表情地说完就闭口不语了。加茂被她的架势镇住了，眨了好几次眼。

他认为有这么一个不食人间烟火、像个机器人的人一天到晚都在身边，大概会很别扭，但也许像她这样彻底保持距离、始终一副专业人士的姿态,反而会让人不去在意。

接下来开口的是文香,此时只有她面前放着一杯可可。

"吃完晚饭之后我回房间看书了,不过那天我困得不行,早早就睡了,所以没见到过父亲和光奇。"

加茂微微点点头,说道:"可以说一下早上发生了什么吗?"

"我应该是六点三十分从房间出来的,那时候刀根川已经在厨房准备早饭了。过了一会儿爷爷来了,我先吃完早饭,就离开了餐厅。"

和日记里的内容一致。

"然后文香就去了娱乐室,从月彦口中听说发现了遗体,对吗?"

"是的……"

眼下不管是太贺还是刀根川,包括文香,都没有"不在场证明"。不过深夜时段没有不在场证明可以说很正常,这也在加茂的预料之中。

月彦用手肘顶了顶妹妹月惠的侧腰,对她悄声说道:"掌握较多信息的人最好放到后面说,所以下一个你说吧。"

月彦顶的力道似乎很不客气,月惠差点儿弄洒送到嘴边的咖啡。她看也不看哥哥,面无表情地开始陈述。

"吃完晚饭过了一会儿,我想呼吸一下新鲜空气,就出去站在门口抽了几根烟,然后八点回的房间。回房间之后我马上就睡了,一直睡到早上六点四十分哥哥来叫我起床。我谁也没见到,也什么都不知道……之后跟哥哥和雨宫一起去冥森的散步道散步,走着走着就发现了尸体。"

不知是不是因为有抽烟的习惯,她的声音较普通女生来说略显沙哑。声调几乎没有起伏的说话方式跟霍拉相似,但语气不像霍拉那样高傲。

加茂稍微想了一下，问道："这么算下来你睡了将近十一个小时啊？"

"我每天都睡这么长时间，而且昨天特别困。"

听了这话，仍拿着猎枪的漱次朗开口了。

"月惠，说话要有女生的样子，你看你都吓到侦探先生了。"

总觉得相比之下抱着猎枪说话的漱次朗才不合常规，不过加茂什么也没说。

"以后我会注意的，父亲。"月惠的声音变得冷淡。而对此毫无察觉的漱次朗满意地点点头，接着冲加茂微笑示意。

"那下一个就让我来说吧。"

"可以是可以……只是你打算一直拿着猎枪吗，漱次朗？"太贺老人插嘴说了一句。

漱次朗语无伦次起来。

"呃……这地方可有个杀人魔呢，我要保护大家的安全啊。"

"我知道你喜欢打猎，擅长摆弄枪支。可你也站在大家的角度想想，一天到晚身边都有那么个东西，会让人不安的。"

"枪里没装子弹。"

"问话结束之后，你给我把猎枪和子弹都放回地下仓库的储物柜里。"太贺的语气强硬起来，不容反驳。

漱次朗不情愿地答应了，像是想驱散尴尬的气氛，他喝了一口红茶之后大声说："那个，是要说我的不在场证明吧？晚饭后我和月彦去娱乐室了，因为吃晚饭的时候我们说好要比试一把。"

这是文香的日记中没有的信息，加茂心怀期待，倾身听着。

"比试一把？"

"嗯，月彦想在轻井泽买一栋别墅，我跟他说大学毕业之后给他买，可他就是不听，等不及。"

坐在沙发上，交叉着两条长腿的月彦优雅地喝了一口红茶，插嘴道："我就是现在想要，又不是要买什么大不了的东西。"

听着他们的对话，加茂不禁觉得一直勤奋工作的自己好傻，以龙泉家的财力，买一栋大厦大概都轻轻松松吧。

漱次朗以眼神责怪月彦的态度，继续说了下去。

"就是这样，这孩子要跟我比国际象棋，说自己要是输了就放弃别墅；要是我输了，就在一个星期内给他买一栋别墅。"

月彦听着，眼睛则看着桌子上的国际象棋棋盘。

"我确实是这么说的，但没想到老爸会真的答应啊。平时他都不理我，直接就没下文了。"

太贺老人听着，微微一笑，说道："这次比试的内容不太妙啊。"

看到月彦一怔，老人颇觉有趣地继续道："你不知道吗？漱次朗从小国际象棋就下得很好，上大学时的水平都能跟日本冠军比个高下了。"

"都是以前的事了。"

漱次朗露出一副嫌麻烦的表情。

月彦听罢语含讥讽地嘟囔："搞半天原来是因为绝不会输才答应跟我比的啊。老爸你真善良。"

漱次朗没理会这句话，他看向加茂，苦笑着说："说来丢脸，总之我就答应他了。于是，我就在这个房间里待到了天亮。"

这句话关系重大，加茂心里着急，语速也不禁快了起来。

"要从正门出去，就必须经过娱乐室。也就是说……你知道当晚谁从别墅出去又回来，对吗？"

"嗯。我想，那天晚上的事，由还没说明昨晚行动的我、月彦、幻二和雨宫四个人一起说的话，会比较有效率。"他边说边望向另外三个人。

第一个开口的是月彦。

"七点十分，我和老爸进娱乐室下棋。因为中间休息了好几次，所以花了三个小时才决出胜负。"

"那胜负如何？"

加茂明知故问，月彦的脸因恼怒而红了起来。

"我输了。我们在娱乐室的时候的确有人出入别墅。"

"其中一个是月惠吧？"

听加茂这样问，月彦不知为何撇了撇嘴，像是觉得很有趣，然后说道："确切地说，月惠是在我们进娱乐室之前就出去了，所以我们没看到她出去。"

听了这话，加茂试想了一下月惠是否有可能把死者的头部和躯干带出去，马上就得出结论。

"月惠不可能是把尸体的头部和躯干拿出去的人。"

他说出这个结论，月彦重重点头。

"是啊，因为七点吃完饭的时候究一和光奇都还活着呢。到我们进娱乐室，中间只隔了短短十分钟，在这么短的时间里杀死两个人，还分尸，还要处理溅到身上的血，这绝对做不到。"

"月惠大概是几点回来的？"

"应该是七点四十分左右。"

漱次朗也点了点头，补充道："她像平时一样拿着装抽烟用品的小手提包，因此我觉得她是去抽烟了。"

"知道了。其他还有哪位出去了？"

加茂继续提问，月彦指了指幻二。幻二单手端着咖啡杯，看向窗外，过了一会儿才终于开口。

"其中一个是我。我去庭院附近散步来着。"

"虽然是夏天，可晚上过了七点天也开始暗下来了，你为什么挑这个时候出去散步？"

幻二露出一个为难的微笑。

"我只是想消化一下，顺便抽根烟。确实，我是不到八点出去的，那时候天已经黑了。不过玄关处有公用的手电筒和提灯，我出去的时候借用了一下。"

"那你具体是在哪一带散步的？"

"我走到庭院的坡顶，到神社转了一圈。"

"你说的神社莫非是？"加茂一惊，追问道。幻二讶异地回头看他。

"我们管那个神社叫荒神之社，有什么不对的吗？"

正如加茂所想，幻二提到的神社是荒神之社，是泥石流之后唯一幸存下来的建筑……但那神社原来是建在庭院里的啊，加茂是第一次听说。他来诗野取材的时候神社已经拆除了，所以他未能见到。

加茂微微摇头敷衍过去，继续提问："没什么不对的……那你是几点回来的？"

"我想快九点了吧。"

"这样算下来，你在庭院里待了差不多一个小时呢。"

这行为相当可疑，但也不能断定他就是凶手。看到加茂的反应，幻二露出一个似笑非笑的神情，问道："你是在怀疑我吗？"

"那倒不是，只是觉得抽根烟而已，一个小时也太长了。"

幻二貌似哀伤地皱起眉，摇了摇头。

"我不是凶手，就姑且为自己辩解一下吧。我是空手出去的，也是空手回来的。"

加茂向漱次朗父子投去求证的视线。他们表示清楚记得幻二经过娱乐室时的情形，确实是空着手的。

"空着手是不可能运走遗体的头部或躯干的。"幻二边如此说，边露出挑衅的微笑。

加茂看着他，心想都快搞不清谁才是侦探了。

话虽这么说，但他倒并非因为自己的角色被抢而不满，本来搞得要扮演"名侦探"就不是出于他的意愿，只要能阻止"死野的惨剧"发生，不管谁来主导调查，都无所谓。

"说得对。那你回来之后又做了什么呢？"加茂平静地回道。

见加茂毫无被刺激到的样子，幻二像是有些意外，他的笑容转变为倦意，回答道："我马上就回自己的房间了，当然也没见到哥哥和光奇。"

"据说你没有待在房间里直接睡觉，那之后发生了什么呢？"

"接下来的事，我想雨宫先说比较好。"

在所有人的注视下，雨宫显得很不自在，他把咖啡杯放到桌子上，开口道："我想你已经察觉了，晚饭后我也从正门出去了。"

"去干什么呢？"

"我去柴火房劈柴。啊，当然，我也是空着手出去的。出门的时间是……七点二十分左右吧。因为跟刀根川说好了这几天要做窑烤比萨，所以我想去准备一下。"

"呃，这别墅里还有烤比萨的窑啊？"

有钱人的享乐方式让加茂发出嘟囔声，雨宫大概也是普通百姓出身，马上露出一个似乎在说"我能体会你的心情"的表情，并微微点了点头。

"嗯，是老爷特别定制的。"

他解释说太贺老人有一位老朋友，是意大利人，那位朋友亲自把做比萨的方法教给了刀根川。

"对了，刚才你去柴火房附近看的时候被挡住了没看见吧？其实柴火房后面有一个大石窑。"

雨宫接着说下去，但加茂还是觉得他的理由不够充分。

"为什么晚上想去劈柴呢？"

"因为只要点起提灯，柴火房里就足够亮，晚上干活儿也不成问题。唉，另外还有好几个原因。"

他掰着手指继续说了下去。

"一个是因为前几天一直下雨，我就总想着明天再弄、明天再弄，这么一拖，柴就快不够用了。另一个原因是，晚上劈柴能特别投入，之后睡得也香。"

加茂见眼前的青年一脸真诚，不由得陷入沉思。

雨宫应该是用惯了斧头和柴刀的，不过也不能因此就说他有嫌疑，这还不是决定性的理由。

"你能仔细描述一下放在柴火房的斧头的情况吗？"

闻言雨宫突然露出胆怯的表情，垂下了头。

"劈柴是我的工作，所以我也负责管理工具。平时用的斧头和柴刀放在柴火房的储物柜里，钥匙我随身携带。今天早上我去查看的时候没发现异常。"

说到这里他就闭口不语了，刀根川像在帮他解围般迅速开口说："我也一起去看了，斧头和柴刀都好好地放在储物柜里，柴火房里还堆着劈好的柴。"

雨宫向刀根川低头表示感激，刀根川的唇角微微上扬。虽然她表情贫乏，但看得出来很疼爱雨宫。

"放在仓库里的备用斧头和柴刀呢？"

雨宫瞄了刀根川一眼才回答:"不见了。我还想会不会是凶手拿走了呢。"

"非常有可能。放在仓库里的斧头和柴刀是怎么保管的?"

"没有特意保密,我想在场的人都知道放在哪儿。地下仓库也没上锁,大概谁都能拿到吧。"

加茂微微感到失望,本来他还期望能不能把嫌疑人的范围缩小到知道有斧头和柴刀的人身上,看来没法儿从这个方向缩小范围了。

他没有在此过多纠缠,转到了下一个问题。

"刚才你说你是从正门出去的,可是后门离柴火房比较近,要去干活儿的时候通常会走后门吧,为什么你会走正门呢?"

听了这话,雨宫不知为何表情扭捏起来。

"这话说出来不太光彩……可后门外边全是泥,不是很脏吗?这时候要是从后门进出的话,走廊和石板路都会沾满泥,打扫起来很累人。"

加茂个人能接受这个解释,没人会喜欢大晚上的拿抹布去擦走廊和石板路吧。正想着,雨宫又继续说:"而且家里有规定,晚饭之后要插上后门的门闩。"

"为了防盗吗?"

"嗯……有时候我晚上从后门出去干活儿,回来时门闩就插上了,大概是有人误以为忘了锁门吧,我总是因此被关在外边。"

如果总是被关在外面,会不会是有人故意捉弄他?加茂脑中闪过这个想法,可他没敢说出来。而根本不疑有他的雨宫笑着继续说道:"所以,我晚上就从正门出去了,这样只要拿着钥匙就放心了。"

"我明白了。那正门的钥匙是如何保管的?"

"只有老爷、究一,还有我和刀根川四个人有钥匙。客人多的时候会在娱乐室放一把,就放在那个架子的抽屉里,大家晚上出去散步的时候都用那把钥匙。"

加茂照他的话打开放酒的架子的抽屉,看到里面有一把挂着房子造型的木根付的钥匙。他拿在手里看了看,是一把较大的钥匙,和每个房间的钥匙不同。

把钥匙放回抽屉里,加茂决定继续调查不在场证明。

"那么,能说一下你之后的行动吗?"

"我劈柴劈得很投入,回来的时候已经快八点半了。一进娱乐室就看到漱次朗和月彦正在下棋。我平时也下棋,本来想看一会儿的,但还是先回了自己的房间。"

"确实,这小子出娱乐室时一脸不舍。"

插嘴的是月彦。闻言雨宫露出苦笑。

"因为浑身是汗,我想洗个澡就休息了。对了,洗完澡之后,究一打电话过来。"

"究一打电话给你?"

加茂反问一句,雨宫用力点点头。

"嗯,应该是九点二十分左右用内线打过来的。他说有事想跟我商量,约我第二天早饭后聊聊。"

"你知道究一想跟你商量什么吗?"

雨宫皱眉沉思道:"当时我没多想就答应了,可说实在的,我完全想不出他要跟我商量什么。"

"也有可能是有人模仿究一的声音和口吻给你打电话。"

"嗯,说不好。电话里的声音虽然稍微有点小,但我觉得听起来就是究一的声音。"

"这样啊。"

"那之后我本来想睡觉，可还是惦记着下棋，所以就回娱乐室了。"

"这小子是九点半刚过的时候跟我们会合的吧？之后又过了不到一个小时，我和老爸就决出胜负了。"

插嘴的是月彦。

"决出胜负之后，大家做了什么？"加茂继续问道。

刚才一直在找机会说话的漱次朗开口了。

"这孩子好像对结果不服气，要跟我再比桌球。月彦桌球打得很好。"

月彦像是不乐意在大家面前被当成小孩子对待，他从沙发上站起来，盯着漱次朗。他站起来要比父亲高，有一米七五左右。漱次朗不以为意地继续说道："那天晚上我精神很好，估计上床也睡不着，而且这孩子太缠人了，我就答应了他，再比一场。"

"老爸太卑鄙了，硬是逼我接受二对二组队比赛的条件，因为他知道正常比试根本赢不了我。"月彦愤愤地说，加茂一听就猜到这次比赛又是他输了。

雨宫用颇感有趣的语气说道："个中缘由就是这样，于是我去丑牛间把幻二找来。那时候应该是十点四十五分左右吧……当然幻二是漱次朗点名的救命之人。"

加茂终于弄清了前因后果。

"也就是说，月彦和雨宫一组，对漱次朗和幻二，四个人比起桌球来了？"

之前一直沉默的幻二点了点头，说道："我们就在这张桌球台上比的。从十一点开始，打完应该快两点了。"

漱次朗露出既像同情，又像挖苦的表情望着儿子，补充道："桌球打完，这孩子就赌气回房间了。之后我和幻二还有雨宫一起喝酒、打牌，一直待到早上。原本没这打算的，不知怎么就变成这样了。"

听到这话，月彦扭过头，像是自言自语般嘟囔道："结果害我凌晨两点之后没有不在场证明。我要是知道事情会变成这样，硬撑着也不会离开那张沙发的。"

加茂没理会他，继续提问："三位是在娱乐室一直待到早上？你们一直在一起吗？"

漱次朗故意重重地点着头回答："是的，这个屋里有洗手间，所以完全不必出去。哦，十点四十五分的时候雨宫去丑牛间叫幻二，算是离开过一次，不过我记得不到五分钟他就回来了。"

"好的。你们打完桌球之后，有人经过娱乐室吗？"

"凌晨五点左右刀根川经过了一次娱乐室，应该不到十五分钟就回来了。之后六点四十五分左右月彦来叫雨宫，我看到他站在走廊上。然后雨宫先回房间了一趟，做散步的准备，五分钟之后，月彦、月惠和雨宫三个人一起出去了。"

"你刚才说的人中有人不是空着手的吗？"

"月彦他们什么也没拿。刀根川拿着扫把和垃圾铲，但她不可能搬运头部或躯体。"

加茂在脑中梳理到目前为止获得的信息，开口道："总结下来就是，究一在九点二十分左右用内线联系了雨宫。"

屋里所有人都点头表示同意。加茂又掰着手指继续说："不在场证明最充分的是漱次朗，从晚饭后到早晨七点，你都有完美的不在场证明。另外，月彦是从晚饭后到凌晨两点有不在场证明，并可证实他发现尸体的时候是空着手的。月惠晚饭后外出过，但从时间上看，她不可能搬运尸体。发现尸体的时候她也外出了，但和月彦的理由相同，她无法搬运尸体。"

加茂顿了一下，才接着说下去。

"再看雨宫，九点半之后，他有近乎完美的不在场证明。晚上七点二十分到八点半，以及发现尸体的时候他出去过，但都是空着手的。幻二呢，他是晚上十一点前进的娱乐室，那之后有不在场证明。晚上八点到九点这段时间他在别墅外，但跟雨宫的理由相同，他也无法搬运尸体。同样，清晨五点出去了十五分钟左右的刀根川也一样。"

"那你的意见是？"太贺老人缓缓问道。

加茂叹口气，摇摇头。

"除了有充分的不在场证明的漱次朗以外，从时间上看，所有人都有'可能'行凶……然而，要说是否有机会把尸体的一部分从别墅运到冥森，只能说都'不可能'。"

"你这是承认自己无能了？"

加茂极不高兴地转向说这话的月彦，道："你说我什么？"声音也自然而然地严厉起来。

年轻人轻蔑地垂下头，说："要是有所冒犯，我道歉。不过我觉得，如果你和我们这些门外汉得出的结论相同，那自称侦探有什么意义呢？"

"月彦，不许这么没礼貌。"

太贺老人严厉地斥责，可年轻人并不惊慌，身子又往沙发里埋了埋。

"说出事实又不是坏事。"

老人的脸色未变，紧紧盯着自己的孙子，可眼里浮现出抛弃了他的冰冷神色，和看文香和幻二时明显不同。

龙泉文香的日记

昭和三十五年八月二十三日

又发生了可怕的事情。

我一个人待在房间里很害怕,可是更害怕跟别人待在一起。因为我不知道能相信谁,我觉得大家都在用怀疑的眼神看我。

到了早上,漱次朗大叔伯没来餐厅。因为他在寅虎间遇害,双臂被割了下来。床上全是血,连天花板上都有鲜红的血飞□□(有涂抹的痕迹)。

我无法写下那恐怖的场景。

爷爷心力交瘁,一直在睡觉,我这才知道爷爷的存在对我们而言有多重要。我们一家人彻底分裂了。

月彦认准了没有血缘关系的雨宫是凶手,一直骂他。刀根川和我为雨宫辩护,结果我们都被月彦视作犯罪同伙。月惠被剑拔弩张的场面吓哭了,她完全不关心谁被怀疑成凶手,一副事不关己的样子。

刀根川用吓人的冰冷眼神盯着月彦,我第一次看到刀根川有那么可怕的神色。为什么大家都暗藏着我所不知道的一面呢?

我找雨宫聊天，他的眼睛里有惧怕之色，那是怀疑我是凶手的神色。我难过得说不出话来……大家都怎么了啊？不对，我想我也变了。

幻二叔叔在为我担心。可看到这么多可怕的事情，叔叔却还和平时一样，这没有让我安心下来，反而是害怕占了上风。

别墅里的每个人看起来都很可疑。

今天从白天到晚上都没发生什么事。马上天就亮了，肯定又要出什么事。下一个可能就轮到我了。

昭和三十五年八月二十四日

刀根川被杀了，喉咙被割开。防不胜防，一切都没有意义。凶手一定是在嘲笑我们的无能为力。

白天依然什么事都没发生，安静侵蚀着我。

我是为什么才写这些的呢？也许我看不到明天的晨光了。就算能活下去也没有未来了。如果我留到最后一个，我有勇气跟凶手对决吗？（以下无法辨识）

第四章

——根据你写的日记，遇害的顺序是这样的。

加茂在手机的记事本应用中输入以上文字，文香看后，板着脸在本子上写字。

——今晚凶手会对漱次朗大叔伯下手，下一个是刀根川，再下一个呢？

——没有二十五号的记录。

——哦，那天发生了泥石流，所以不可能写下日记。

泥石流之后，搜救队找到了五具尸体——究一、光奇、漱次朗、刀根川和文香。而除了文香之外，所有人都如日记中所描述的，身体的某部分被割下或是严重受创。而从泥石流造成破坏的规模推测，应该没有幸存者。

据当时负责该案、现已退休的警察说，警方认为发生泥石流时，活着的人都在别墅外。要是留在别墅里，就有很大可能在别墅残骸中找到遗体。而众人在别墅外的话，除了逃到高处的文香之外，其他人的遗体可能都被泥石流冲到了很远的地方。

加茂没把这些情况告诉文香，因为实在太凄惨了。

此刻两个人正躲在二楼的清洁工具间。清洁工具间位于小型物品升降机的旁边、寅虎间的正对面。加茂已将手机时钟调到了当地时间，所以此时屏幕上显示的下午十点二十四分就是"这里"的时间。

清洁工具间里极为昏暗，只从门缝透进来一点光亮。

——因为漱次朗是在寅虎间遇害的，所以只要守在他的房间前，就可以抓到凶手。

可话说回来，大半夜跟一个初中女生孤男寡女待在这种地方，这对加茂和文香而言都不是什么好事。

——是倒是，可你差不多该回自己房间了吧？

——我也想过从自己的房间盯着这边，可位置不佳嘛。

——不不，我的意思是，一个初中女孩跟我这么个大叔一起过夜，这种事犯规了。

要是让龙泉家的人知道，会被当成性犯罪者的吧，加茂想着。文香却悻悻地以文字回道。

——这可关系到大叔伯的性命啊。你要是再说这种话，我就大喊了哦！让大家都知道你的计划，没关系的吧？

加茂深深叹了口气。他知道她不会真的那么做，她只是想表达就算是拿棍子赶，也赶不走她的。

还有一个理由让他不好赶文香回去。对她而言，如今跟加茂待在一起或许是最安全的。

万一文香在回子鼠间的路上被凶手看见了怎么办？凶手也许会杀害行动可疑的她。而且加茂还担心，放她一个人的话，难保她会不会做出什么危险的举动。

——知道了，随便你吧。

加茂一边尽可能不让视线离开门缝，一边在手机上打字。

清洁工具间的门，上下都有几厘米的缝隙。顺着缝隙看向走廊，就能将寅虎间附近的情形一览无遗。除此之外，二楼的任意一个房间的房门打开或是有人上楼来，在这里肯定都能听到。

可以说这里是最适合蹲守的地方了。

工具间有二点五平方米左右，侧面的架子上放着扫帚、硬毛刷和洗涤剂等清洁用品，房间靠里设有带水龙头的清洗处。东西虽多，但靠走廊一侧留出了干活儿的空间，两个人在这里蹲守也足够宽敞。

……进来之后已经过去几个小时了，寅虎间那边没有任何动静。加茂感到无聊，就把沙漏吊坠放在手掌上滚来滚去。旁边的文香拿出圆珠笔，在本子上写起来。

——对了，金平糖。

看她正要继续写下去又停了下来，加茂皱起眉。文香从口袋里拿出怀表，用指甲抠住怀表背面，一拉，盖子就发出砰的一声轻响，开了。

——吃吗？推荐你吃红色的。

她把怀表递过来，加茂看到怀表背面装着可爱的金平糖，有红的、白的。

怀表背面好像是有一个能装东西的小格子，她把金平糖装在里面随身携带。格子里大概能放五颗金平糖。

——这是什么，伪装成怀表的印笼①？

看到加茂忍笑输入的文字，文香悻悻地把一颗红色的金平糖放进口中。

——这是爷爷特别定制的，能用来装药。

加茂回了一个不要的手势。文香收起怀表，恢复了认真的神情，又开始写字。

---

①原被用于收纳印章，到江户时代演变为放在腰间存放药物的容器。

——凶手为什么要做出分尸这么可怕的事情呢？

——我有一个想法，有一定可能。不过我自己也还没梳理清楚。说起来，割下头部是一种常用的"调包尸体"的手法，相当老套。

——相当老套吗？

看文香不解地写着，加茂露出苦笑。

在科学刑侦技术已日益完善的二〇一八年，实际上估计没人会调包尸体吧。因为只要对遗体进行DNA鉴定，一下子就能识破。然而，在技术不足的一九六〇年可能不一样，凶手会认为调包尸体的诡计"可行"也并不奇怪。

——不管怎么说，时代是在不断变迁的啊。

——未来的事情我不明白，不过我想不是"无面尸"，因为父亲和光奇的头都被找到了。

加茂发现这几行字笔迹有些颤抖，再看文香，她的眼里已噙满泪水。加茂慌忙打字。

——别硬撑，你要是觉得难受，我们就聊聊凶案之外的事吧。

——不，我想抓到凶手，所以我要和加茂一起思考。就算是为了父亲，我也必须成为一个强大的人。

大概是下意识的，她写出来的话和写在日记里的相同。之后文香像是想到了什么，奋笔疾书起来。

——说不定凶手是为了掩饰凶器才那么做的。

加茂想起两具尸体的颈部断面都不太平整，文香的意思是，可能凶手用来勒脖子的凶器在颈部留下了具有特点的痕迹，为了掩饰这个痕迹，凶手才割断了死者的颈部。

——可仅仅为了掩饰那个痕迹，没必要把光奇的身体肢解成好几块吧，考虑到这一点，我觉得还是有违常理。

——确实。除非搞明白凶手是怎么把头部和躯干运到别墅外边去的，否则就不可能看清真相呢。

　　文香开始在本子上画别墅的结构图，然后在后门附近画了一个大大的"〇"。

　　——如果只是走到后门外的石板路，是可以不留下脚印的。凶手会不会是从那儿把尸体的一部分扔到了地下庭院呢？当然是用防水布之类的裹着丢的。

　　正如她所说，通往地下庭院的石阶就在后门不远处，加茂思考了一下能否利用地上地下两米多的高度差运送头部和躯干。

　　——行不通啊。从两米多高的地方丢下去，尸体上应该会留下落地时造成的伤痕，可实际上尸体上没有那样的伤痕。

　　——那如果在后门上挂一条绳子，连到大浴场的窗格，结成一个圈呢？用完之后可以从地下或者后门任意一处收回来。

　　看完这句话加茂很吃惊，因为文香想的是用缆车的原理搬运装着头部和躯干的包裹，这样的想法未免太牵强。

　　加茂略作思考，还是摇了摇头。

　　——大浴场的窗格上既没有绑过绳子的痕迹，也没有被重物拉扯摩擦过的痕迹。特别是躯干，不可能这样搬运。

　　人头其实比看上去的要重，基本都超过四公斤，躯干的重量更是轻易就能超过二十公斤。加茂不认为搬运这么重的东西后能不在窗格上留下任何痕迹。

　　文香见自己的意见被否定，流露出失望的神色，又再次看着结构图。她画的别墅有十二个房间。来给太贺庆祝生日的共有十个人，不算遇害的究一和光奇的房间，别墅里现在只有两个空房间。

　　其中亥猪间是为歌剧歌手池内准备的房间。

她是少数幸免于龙泉家诅咒的人之一。可能是因为早就跟漱次朗离婚了，关系很疏远。

剩下的最后一个是卯兔间。

关于这个房间，没有一个人主动提起，从漱次朗及太贺的口气中可隐隐听出，那是一个终年锁死的房间。

之后加茂和文香好一会儿没继续笔谈。加茂一边警惕地看着走廊，一边回想傍晚发生的事情。

加茂被分到了亥猪间，他从雨宫那儿拿到了挂着小野猪根付的钥匙。遗憾的是亥猪间在一楼，无法监视二楼的情况……

把钥匙交给加茂之后，众人便各自锁上房门，开始准备晚饭。

加茂去储藏室看了一眼，吃惊地发现里面有两台冰箱。自二十世纪五十年代起，全日本急速普及"三大件"，就是黑白电视机、电动洗衣机和电冰箱，这里的冰箱是白色箱型的，装着银色的把手。

加茂出于好奇看了一下两台冰箱里放的东西。和现在的冰箱不一样，这两台冰箱都只有一个门，每台都堪比一个小型冷冻室。其中一台主要放蔬菜和水果，另一台放着鱼和肉。

话说回来，冰箱并非一般老百姓能买得起的东西。据雨宫说，这一台冰箱的价格，就是普通家庭两个月以上的工资……

饭是几个人一起做的，可以互相监视是否有可疑举动。但其实主要还是刀根川，加上相对会做饭的月惠、雨宫三个人，除了太贺老人以外，其他人都是监视做饭的过程。

不过并不是所有人都一直待在厨房。

雨宫因为有事要向太贺老人请示，有一会儿不在厨房；月惠在做菜的间歇说要休息一下，出去了。负责监视的几个人也一样，幻二顾及讨厌烟味的文香，有段时间不知跑哪儿去抽烟了；

月彦则基本都不在厨房。

相对认真在监视做饭过程的,只有文香、加茂和漱次朗三个人。

傍晚七点前,换上一身褐色甚平①的太贺老人来到餐厅找加茂闲聊。因为完全不了解二十世纪六十年代,为了不露出破绽,自始至终加茂都只是当听众。

七点十五分,晚饭摆上了桌。

刀根川和雨宫介绍说,今晚的菜品有番茄烧茄子拌柚子醋、放了芝士的蛋包饭、嫩煎牛里脊肉、法式面包,以及水果拼盘。

因为是三个人一起做的,各自的拿手菜不同,合在一起看就有点不伦不类,不过倒是别有一番风情。这也是对伶奈住院之后光吃泡面和速食的加茂而言过于丰盛的一顿了。

吃完晚饭,太贺命令大家"今晚绝对不可以离开自己的房间",这也与文香日记中所写的相同。

饭后众人享用餐后的咖啡,刀根川和雨宫收拾碗筷,到晚上八点十五分左右,东西都收拾完了。见他们两人从厨房回来,太贺看了一眼手表,随便打了个招呼就离开了餐厅。

听文香说每天都是这样。太贺好像给自己定下了晚饭后到八点半之前不回房间的规定。他刚离开,就能听到金属器械运行的机械声。应该是轮椅升降机运作的声音。

加茂本想跟着太贺离开餐厅的,可被漱次朗和雨宫的连连提问拖住了。特别是漱次朗,他似乎对眼下的情况感到不安,极力想得到哪怕一丁点信息。没办法,加茂陪着说了二十分钟左右的话,才离开餐厅。但就算这样,他也是太贺之后第一个

---

① 日本传统服装,通常为男性或儿童夏天穿的家居服。

离开餐厅的。

上到二楼，他看见用于升降轮椅的铁板停在楼梯口。晚饭前他看到铁板在一楼，所以太贺的确上楼来了。

二楼的楼梯旁边有一块空地，立着好几幅油画。这一块空间似乎被当成了油画的临时存放处，立在最前面的是一幅静物写生，画着摆放好的苹果、芒果等水果。

加茂注意到这些油画后面的空隙里夹着金属器具和像是红色毛毯的东西，但他没在意，就走了过去。然后他走过关着拉闸门的小型物品升降机，迅速进了清洁工具间。

正想着终于能专心办正事了，文香便出现在了走廊上。从时间上看，应该是他离开餐厅后不到一分钟，她就跟出来了。文香直接从清洁工具间前走过，进了自己的房间，可马上又拿着坐垫回来了。

几分钟后，幻二上了二楼，进了丑牛间。加茂看看手机，是八点四十四分。

那之后他就和文香一起监视。九点十三分，月彦回到巳蛇间，从里面锁好了门。五分钟后漱次朗进了寅虎间。

给人以纠缠不休又有些冷酷感觉的月彦是蛇，第一次见面就拿着猎枪的危险人物漱次朗是老虎，加茂在脑中这样联想记忆。

其他位于二楼的房间就是锁死的卯兔间、太贺老人的辰龙间以及文香的子鼠间。

房间在二楼的人应该都到齐了，加茂决定等待凶手出现。凶手大概不会在时间还早的时候行动，所以他做好了打持久战的心理准备。

在加茂陷入回忆的时候文香一直看着他，这时又开始写字。

——对了，你刚才说对肢解尸体有想法，是什么想法？

蹲守让加茂也开始觉得无聊了，他动起手指，在手机上打字。

——抱歉，我没解释吗？其实我也没太想清楚……就是觉得凶手是在"比拟杀人"。

文香一愣，盯着加茂。

——你是说模仿《鹅妈妈童谣》的谋杀？

她说的应该是范·达因的《主教谋杀案》，这是最早的一部涉及比拟杀人的作品，讲述了根据"谁杀死了知更鸟"及"矮胖子"等童谣实施的离奇命案。

——是这个意思。你记得挂在娱乐室里的画吗？

——《奇美拉》。是爷爷很看重的一幅画。

——那幅画上画了一只具有各种不同动物之身体特征的生物。但希腊神话中奇美拉的样子是狮头、羊身、蛇尾。

文香惊奇地歪着头，用笔回应道。

——但画上的那个生物，头不是狮子，身体也不是山羊。

——画家的雅号"夜鸟"表达出了那只怪物的真身。你听说过一种叫"鵺"的生物吗？

——那是什么呀？

——以前我因为杂志社的工作去调查过一些都市传说，这些说了你也听不懂吧……总之就是，我调查过鵺。

加茂发挥着出众的记忆力，继续打字。

——鵺有猴子的头、狸猫的身体、蛇的尾巴、老虎的四肢和虎斑地鸫的声音。

看了这段文字，文香一脸恍然大悟的样子。

——那幅画上的生物，脸是红色的，身体是灰褐色的，尾巴像蛇，而手脚有黑黄相间的条纹。那是鵺啊。

——另外,鵼这个字,写出来是"夜"加"鸟"。

——莫非画家"夜鸟"这个名字也意指鵼?

加茂正要回答,却发现文香在发怔。他觉得奇怪,低头一看手机屏幕,发现自己明明没做任何操作,手机上却不断打出文字。

——加茂说的是源赖政①射下来的怪物吧?《平家物语》等书籍中有关于此事的记载,可也有不同的解释,说那是声音和鵼一样的另一种怪物。

看着自行输入的文字,加茂露出苦笑。等"输入动作"停下之后,他开始在手机上打字。

——不过人们普遍认为那就是鵼。你是霍拉?

——是的,好久不见。

几乎没有停顿,屏幕上就显示出这句话。

"之前你去哪儿了?"

文香忍不住出声问道。霍拉没理她,继续在屏幕上打字。

——这里也太黑了,我要很费力才能看清你和文香写的字,怪辛苦的,要不要用沙漏照照亮?可以调到你们喜欢的亮度,一直照到早上。

——别!弄出亮光来,经过走廊的人就会发现我们在这儿了。

——既然你这么说,那就算了吧……哎呀,手机的电量减了不少呢,"这里"的插座规格和未来基本一样,要不你充一下电吧?

加茂依旧边留意走廊上的动静边打字。

——你别说废话妨碍我监视了。充电线在我的包里,包放在

---

①日本平安时代末期的武士,相传曾奉天皇之命射杀怪鸟鵼。

车里。

——忘在二〇一八年了啊！我倒是很期待和你们说些废话呢。

加茂微微耸耸肩，再次打字。

——别理这家伙，我们继续说说比拟杀人吧。这次的案子，会不会是在比拟鹈呢？

文香轻吸一口气，看来她已经明白他的意思了。加茂继续打字。

——住在申猴间的究一头被割了下来，而今晚凶手的目标是住寅虎间的漱次朗，你在日记中写下他的双臂被割了下来。明天凶手的目标是住酉鸡间的刀根川，她的喉咙被割开了。

霍拉突然打开手机的手电筒，像是想引起加茂的注意，然后他又开始远程操作手机，打起了字。

——可是，光奇是住戌狗间吧？不是狸猫呢。

——对，只有这一点，比拟不成立。

——不，是狸猫。

文香突然写了这么一句，让加茂吃了一惊。而她手中的笔不停，继续写了下去。

——光奇很宠爱的那只柴犬名叫拉昆。Raccoon dog，指的就是狸猫①。

凶手会想出这种孩子气的文字游戏，这让加茂很不舒服。他的手指不由得停住了。霍拉抓住这个机会，在记事本中连连打字。

——写明白点就是这样的吧。

---

① Raccoon dog 的学名是貉，是一种犬科哺乳动物，日本传说中常出现的狸猫形象是以貉为原型的。

龙泉究一	申猴间（猴子）	头部
都光奇	戌狗间（宠物"Raccoon"＋狗"dog"＝狸猫）	
		躯干
龙泉漱次朗	寅虎间（老虎）	手
刀根川鹈	酉鸡间（鸟或者"虎斑地鸫"）	喉咙（声音）

加茂也点着头再次打起字来。

——这样一来，就能推测出二十四号的深夜谁会遇害了。剩下的比拟只剩蛇了，也就是说凶手盯上了住巳蛇间的月彦……别墅里的房间是怎么分配的？

他问这个是因为想到决定如何分配房间的人也许正是凶手。文香似乎察觉到了他的用意，可她马上微微地摇了摇头。

——辰龙间是因为爷爷喜欢。其他房间是两年前父亲和大家一起商量着决定的。光奇因为喜欢狗，所以选择了戌狗间；大叔伯是阪神老虎棒球队的球迷，所以选了寅虎间。而我是因为根付很可爱，所以选了子鼠间。

如今究一已遇害，每个人的选择是否曾受到凶手的刻意诱导，这一点已无法得知。

这时，加茂又想到了一个可能，不由得浑身一震。

也许凶手的最终目标是灭掉龙泉全家。如果是这样的话，那对凶手而言，谁住哪个房间都无所谓……不管谁住哪个房间，凶手只需改变一下杀害的顺序而已。

与此同时，他们听到不知从什么地方传来像是马达起动的声音。

这声音和轮椅升降机的声音不同，还伴随着沉重的震动感，仿佛直接作用于坐在清洁工具间里二人的心脏。看到文香露出害怕的表情，加茂意识到她也是第一次听到这个声音。

——这是？

——可能是地鸣。好像发生泥石流之前都会出现这样的征兆。

霍拉又让手机的手电筒闪了一下，开始打字。

——请放心，二十五号之前泥石流是不会发生的。话说回来，今天可真精彩啊。以侦探的身份潜入龙泉家，努力确保下一位受害人濑次朗的安全。到现在为止，你好像比我期待的更能干呢。

明明是夸奖，可话里仿佛藏着嘲讽，加茂苦着脸。霍拉打完这一条消息之后就没动静了。

*

加茂低头看着手机，松了一口气。

漫长的夜晚过去了，迎来了二十三号的清晨。时间是上午六点四十分，快到太贺老人让大家到餐厅集合的时间了。

一整夜凶手都未现身，二楼的走廊上甚至没有有人走动的声音。要说加茂现在最担心什么，那就是手机的电量只剩下百分之五了。

从走廊上的窗户看出去，感觉天气像是要下雨。加茂用力伸了个懒腰，想让酸疼的腰和肩膀好受一些。文香也马上学着他拉伸身体，她好像把白色坐垫留在了清洁工具间。

然后两个人互相看了看。加茂很清楚文香在想什么，作为回应，他敲了敲寅虎间的门。

濑次朗应该没事，但就算心里明白，加茂还是紧张得满手是汗。旁边的文香用力抓住了他的左臂。

"哦，加茂啊。早上好。"

房门打开，漱次朗出现在门口。他已穿戴整齐，穿着三件套的深蓝色西服套装。

加茂甚至忘了回一声"早上好"，就马上看向文香，两人都点了点头。此时他真切地感受到自己成功保护了漱次朗，满心激动。

加茂向有些发怔的漱次朗解释说他们正在挨个儿查看房间里的各位是否平安无事。看到漱次朗的黑眼圈，就知道他应该没怎么睡。漱次朗说他要先回房一下，加茂二人则接着去查看二楼的其他人是否都没事。

正要去巳蛇间的时候，月彦从房间里出来了。跟彻夜未眠、衣服上全是褶皱的加茂形成鲜明对比，月彦胡须剃得干干净净，梳到后面的头发一丝不乱。他穿着牛仔裤配浅蓝色的POLO衫，衣服都很整洁，没有一个褶子。

月彦一脸冷漠地看着加茂二人，说了句："我先去餐厅了，侦探先生。"就转身走了。

望着他的背影，加茂的心情明亮起来。很顺利，马上就确认了这两个人都平安无事，是一个大收获。他意气风发地敲了敲太贺老人的房门。

可等了半天也没人回应。他又试着敲门、大喊，却都没有任何反应。

"会不会是身体不舒服呢？"文香喃喃说着，由于睡眠不足，她脸色发青。

他们马上回到子鼠间，打内线过去，但没人接。加茂判断情况紧急，想破门而入，可房门很结实，就凭他踹的那几脚，根本撼动不了分毫。

听到动静，幻二从丑牛间探出头来，他今天换上了白色立领衬衫配一条宽松的黑裤子。稍后漱次朗也打开门,并来到走廊。

加茂命令他们守着门,自己跑向一楼,不到五分钟,又带着手里拿着工具箱的雨宫回到辰龙间门前。

别墅里没有万用钥匙,只能破坏房门的合页了。花了十分钟左右的时间,终于把房门拆了下来,雨宫一个人将房门移到旁边,靠墙立着。

加茂领头,幻二和文香随后进入房间。漱次朗和雨宫则似乎连进房间的勇气都没有,两个人留在走廊上悄悄说着什么。

辰龙间里的结构和申猴间、戌狗间没太大不同,要说不一样的地方,也就是床边放着一辆折叠起来的轮椅,轮椅上搭着一条深红色的毛毯。

房间里的椅子上放着叠得整整齐齐的甚平,床脚的地上有一把钥匙。床边的桌子上放着一部黑色老式电话,电话旁边的杯子里还有半杯水。

桌子的抽屉是打开的,能看到里面放着文具,文具下面有一个黑色信封。但就是不见太贺老人的踪影。

"爷爷呢?"

文香依然抓着加茂的左臂,喃喃道。自进入房间以来她就一直是这个样子。幻二站在房门口,困惑地打量着房间。

加茂蹲下来,看向掉落在床脚的钥匙。

钥匙的状态很不正常。挂根付的绳子不知被什么东西割断了,钥匙本身也像是受过强大的外力而扭曲变形。钥匙的样式和其他房间的相同,只是比加茂之前看到过的感觉更旧一些。

"啊……这把钥匙我先拿着了。"

加茂戴上专为调查而借来的手套,捡起钥匙,不由分说地放进了胸前的口袋。

他又去看了看厕所、浴室和壁柜。文香一直是一副惶惶不安的样子，紧紧跟着他。可哪儿都不见太贺老人的身影，屋里的窗户也都锁得好好的。

"人不在房间里。"

加茂嘴里说着，回过身来，看见幻二双手撑在带抽屉的桌子上，表情严肃。

"爷爷到底在哪里？"

加茂突然对他正低头看着的抽屉产生了兴趣。他走过去，把抽屉又拉出来了一些，看到靠里放着一块刻有龙的怀表，跟文香的那块颜色和形状都相似，只是尺寸大了一圈。拿起来打开表盖，看见指针停在六点四十六分。

除此之外，抽屉里就只有一本笔记本、一支钢笔，以及几沓大概是工作上的文件。没有一样能指出太贺老人在哪里。

抬起头，加茂感到无比困惑。

昨晚他和文香一直待在清洁工具间监视二楼的走廊，他们一次都没看到过太贺老人从房间出来。

用于升降轮椅的铁板停在二楼，太贺老人离开餐厅后立即就传来了升降机运作的声音，而那个时候其他所有人都在餐厅，所以升降机肯定是太贺老人自己操作的。太贺老人操作升降机的目的只可能是上二楼，所以他理应还在二楼才对。

可是，在哪里？

加茂从房间走出来，来到走廊上，在走廊等着的雨宫和漱次朗连忙让开。文香毫不迟疑地跟着他，稍后幻二也出来了。

加茂决定叫上在餐厅的月彦和月惠，大家一起把整个二楼搜查一遍。这种情况下，没人再拒绝让他们进入自己的房间了。

一行人按照寅虎间、丑牛间、巳蛇间、子鼠间的顺序一一打开房门进屋，浴室、厕所、壁柜，统统查看了一遍，可到处都没找到太贺老人的踪影。

最后只剩卯兔间了，加茂提出进去查看，可除了文香和雨宫之外，所有人都露出了为难的表情。特别是漱次朗，他毫不掩饰地表现出厌恶的情绪。但最终加茂不顾众人的反对，意志坚决地走到门口。

卯兔间的房门和门锁也与其他房间的完全一样，钥匙好像是由太贺老人负责保管。然而他本人失踪了，没办法，只好再次动手拆下合页。

大概反复做一件事掌握了窍门，这次雨宫只用了五分钟，就成功把房门拆了下来。门刚被卸下，就有一股浑浊的空气从房间里流出。在雨宫把门靠墙放好的时候，加茂已踏进了卯兔间。

先是有种像油腐坏了的臭味冲进鼻子。房间里很黑，什么都看不清。加茂快步走到紧里边，一把拉开了窗帘。

臭味的源头是放在桌子上的调色板，以及约二十支粗细不同的画笔。看来像是有人正作画时突然放下它们，之后就再没动过。调色板上调好的颜料凝固了，蒙了一层灰尘。

调色板旁边有个木质工具箱，里面放着用了一半的颜料管、调色刀，还有几瓶油。床边放着没用过的画板。这些东西不知放了多久了，全都被灰尘覆盖。瓶子底部的油黏成一团，画板也变色发黄了。

不知什么时候，除雨宫以外的所有人都聚集到了房里。加茂接着去查看了浴室及厕所，可都没有太贺的身影。

卯兔间跟其他房间不同，好像没有重新装修过，墙纸和地板都褪色了。浴室和厕所也和其他房间的不一样，估计仍保持着别墅建成时的模样。

加茂的视线投向包画笔的报纸，赫然看见上面的日期是昭和二十三年四月十七日。换算成公历是一九四八年，所以这份报纸是十二年前的……这个房间十多年来一直保持着"锁死"状态吗？

加茂有股冲动，想追问漱次朗这是怎么回事，但又认为应将确认太贺老人的安危摆在优先位置，所以放弃了。他不能在这里浪费时间。

加茂决定先离开这里，在房门口差点儿跟探头往里张望的雨宫撞上。没了房门，卯兔间出现了一个空洞，拆下来的房门靠墙立在左侧。

接着，加茂去检查了小型物品升降机。

物品升降机的载物厢停在一楼，他先操作操控盘，把它升到二楼。伴随着沉闷的机械声，小型载物厢升到了二楼。

这升降机相当古老，说不定是电动升降梯黎明时期的产品。

载物厢设计得可与二楼地板平齐，应该是为了能顺利装卸货物而下功夫做了调整。

打开网格状的金属门，载物厢内部便一览无遗。因为没装照明设施，里面比加茂预想的要暗。向雨宫借来手电再查看，确认内部是空的，且不管内部还是厢体周围，都没有污渍或显眼的损伤痕迹。

让加茂感到失望的是，载物厢内部尺寸很小。拿卷尺一量，载物厢长一米一，宽七十厘米，高只有八十五厘米，而且里面架着两块搁板。

加茂想着搁板是不是能取下来，就试着动了一下，可搁板纹丝不动。这隔板原本应该是可以拆下来的，恐怕是因为和载物厢相接的部分生锈了，连在一起，现在完全动不了了。

要是搁板能拿下来，就另当别论了，可如今一层的空间只有一米一乘七十厘米乘二十七厘米，一位成年男性要长时间躲藏在里面太过窄小了。除非有瑜伽大师的身体柔韧度，否则做不到。

听潋次朗说太贺年轻的时候身高有一米七，从身高判断更觉得不可能。

加茂感觉白白浪费了时间，不禁有些灰心，但仍继续查看了清洁工具间。当然，太贺老人也不在这里。

结束了对二楼的搜索，众人几乎无人说话，默默地走向一楼。走在最后的加茂凝视着众人下楼的背影，潋次朗父子三人、幻二、文香、雨宫一共六个人。加茂愕然嘟囔着说："刀根川呢？"

回想一下，整个早上就没见到过刀根川。这话让所有人都停下了脚步，困惑地互相看着。

"说起来，我也没在厨房看到她。"月惠这样说，她今天穿一件纯色的贴身短袖连衣裙。

雨宫也点头附和道："她今天很少见地没有早早起来，所以早饭是我和月惠准备的……因为昨天发生的事情，我们还说让她好好休息到七点呢。"

应该还有人注意到了刀根川不在，只是由于听闻太贺失踪了过于震惊，都忘了这回事了。

加茂等人的脚步自然而然地改变了方向，走向刀根川的房间。

西鸡间的门锁着，在外边怎么叫也没人回应，打内线也一样没人接。雨宫再次动手破坏合页。等待期间加茂看了看口袋里的手机，已经是早上八点十分了。

门拆了下来，加茂透过缝隙向里瞧，不禁倒吸一口冷气。

身穿女仆服的刀根川仰面躺在床上，嘴唇周围残留着呕吐过的痕迹，喉咙处有抓挠过的指痕，从伤口渗出的血已有些凝固。

加茂知道这又是一次比拟杀人。在酉鸡间的刀根川鹈抓挠着喉咙死亡，因为鹈有虎斑地鸫的声音。

"刀根川？"雨宫还拿着门，呆呆地低喃。

加茂走入房间试探刀根川的脉搏，触到她的身体冰冷，已回天乏术。他摇了摇头。

文香放声哭了起来，冲到刀根川的遗体边跪下。

"为什么会这样……"

加茂低头看着遗体发愣。

按照文香的日记记录，凶手的下一个目标应该是漱次朗。凶手为什么改变了行凶的顺序？是识破了他们在清洁工具间的监视了吗？还是因为他来到了"这里"，让凶手的行动发生了变化？

他盯着在旁边发抖的文香，想到只有文香知道他们在清洁工具间监视。是她把这件事泄露给了什么人吗？还是她就是那个杀人魔，日记的内容全都是胡编的？

"毒杀啊……"

漱次朗拖长了尾音的嘀咕声将加茂拉回到现实中。

"嗯，很有可能。"

加茂附和着，视线移回到遗体身上，他发现刀根川的指尖沾有凝固了的血迹，大概是抓挠喉咙的时候留下的。接着他又重新察看了一下刀根川的身体，在女仆服的口袋里发现了挂着鸡形根付的钥匙。加茂把这把钥匙和在太贺老人的房间里找到的钥匙收在了一处。

接着看床头柜边上的桌子。

黑色老式电话旁边放着一个托盘，上面摆着一个空杯子和几个药包,上面写着"四君子汤"。这些东西加茂他们昨天进来检查窗格的时候就放在那儿,今天其中一包是打开的,里面已经空了。

"刀根川患有什么慢性病吗?"他问道。

文香擦着眼泪回答:"她说她肠胃不太好,这可能是肠胃药。"

雨宫也点点头,道:"我想应该是的,在东京的本宅她也每天吃这种药。"

漱次朗突然恨恨地说:"查这些有什么用!我们不是医生,也不是法医,根本没办法知道中药里有没有毒。"

"就算不是医生,也能知道。"月彦低头看着刀根川的遗体,发音清晰地继续道,"在森林里布置一个陷阱就能抓到老鼠吧,只要让老鼠舔一下杯子,或者喂它吃剩下的中药不就行了?要是老鼠倒地死了,那就是有毒。"

注意到月彦的眼里放光,加茂感到一阵寒意。他之前说霍拉冷血,现在觉得这个词也许更适合用在这个年轻人身上。

"这……大概没什么意义吧。"幻二这样说。

月彦一脸不高兴的样子,问:"为什么?"

"就算知道药里有毒,也无从得知凶手是什么时候下的毒。有可能是我们来别墅之前就下了毒,而且来别墅之后,到发现哥哥和光奇的遗体之前,有人没锁房门吧。只要想,估计谁都能动手脚。"

加茂看了看杯子,上面没有污渍,于是接下话头说道:"刀根川用完杯子之后好像洗过了,可能没办法顺利查出是否有毒。"

败下阵来的月彦突然情绪激动,冲着墙面踢了一脚。文香和月惠被那声音惊得跳了起来,他本人却异常平静地又开了口。

"先不管这些了吧……还是集中精力找爷爷。单看眼下的情形，根本不知道发生了什么事。"

月彦的态度让人很不舒服，但加茂更在意月惠的反应。面对月彦突然的举动，文香只是单纯地吃惊，可月惠望着哥哥的眼里却浮现出明显是惧怕的神色。

确认了太贺不在西鸡间，所有人又分头在别墅里搜索。这次搜索分成三组：漱次朗父子三人一组、加茂和文香二人一组、幻二和雨宫二人一组。

一楼各位的房间、厨房、餐厅、娱乐室、仓库、储物间还有机械室，这些房间都看过了，可哪里都没有太贺的身影，也没发现有什么地方跟昨天相比不一样。别墅的地下层也一样。

要说新发现，就只有在调查一楼的升降机装货处的时候。

重新检查了一番后，加茂发现，升降机的拉闸门是载物厢内门和走廊侧的外门连动的构造，载物厢不在那层楼的时候，外门会锁上。

出于试验性目的，加茂按下了升降机的急停按钮，他是想试试能不能强行打开内外两道拉闸门。可刚按下去就听见急促的铃声，吓得他跳了起来。

文香告诉他，按下急停按钮，让载物厢在非正常位置停下，就会响起警报。虽说升降机立即恢复了正常，可分头搜索的其他人已经都赶了过来，搞出一场虚惊。但不管怎么说，既然会发出这么大的声音，那可以肯定昨晚没人按下过急停按钮。

除此之外，直至搜索结束都再无骚动，可最后也未能在别墅里找到太贺。接下来他们把搜索范围扩大到别墅外。雨暂时停了，不过云层厚重，估计马上还会下雨。

一出到别墅外,众人就闻到空气中有一股什么东西烧焦了似的恶臭,令人反胃。越往别墅后面走味道就越浓……要说外面有什么地方能烧东西,那就只有烧比萨的窑了。

直径有两米的大型砖窑前,掉落了一个根付。加茂拿出那把带有蓝色宝玉的龙配饰的钥匙,本该挂着根付的绳子被割断了。

加茂捡起根付放入口袋,之后才轻轻打开窑门。借着从外边照进来的亮光,能隐约看到窑里面有个蜷成一团的烧焦的尸体。

大概是凶手用柴火把尸体烧了,窑里积着灰烬和烧剩的残渣。火应该早就灭了,窑内的温度已经降了下来,只有一丝余热。

加茂借来手电往窑里面照,仔细查看尸体的状态。

面部被烧得格外凄惨,面目全非。当然除了脸以外,其余部分也烧焦了,只是因为湿度的关系,窑里可能没达到那么高的温度,遗体没有被烧得支离破碎。

只是……只有双腿是例外。在手电照射下的这具被烧焦的尸体的可怕之处在于,从大腿根下方七厘米左右往下的部分没有了。

发现这点后,加茂脑中马上浮现出《奇美拉》那幅画。

刚才在别墅里搜索的时候,确认了究一和光奇的尸体依然安放在地下仓库,而且从这具尸体的头部和躯干未被肢解这点也能判断,这的确不是究一和光奇的尸体。

如果这具尸体是太贺老人的话,那就是名字发音与老虎相似[①]的人被杀害了。带走尸体的双腿,这也许也是凶手的比拟。恐怕凶手一开始打算杀害的就不仅仅是漱次朗,还包括太贺老人,分别用于比拟老虎的前腿和后腿。

---

① 太贺的日文发音为 taiga,与老虎的英文 tiger 相似。

文香一直和自己在一起，从昨晚到今天早上有完美的不在场证明。绝不可能是她把太贺老人的尸体搬运到比萨窑来的。

就算考虑文香有同伙，也还是一样。昨天晚上，第一个离开餐厅的是太贺老人，第二个就是自己。其余任何一个都不可能在不被他看到的情况下上到二楼，杀害了太贺老人，又把尸体搬到外边。

忽然，加茂发现文香正盯着他，眼里清楚地流露出猜疑的神色。加茂感同身受地明白她心里在"怀疑"什么。

一个是怀疑加茂才是杀人魔，关于穿越时空的话也全都是瞎编的。另一个怀疑就是继太贺老人之后第二个离开餐厅的加茂，杀害太贺老人的机会最大。

文香大概马上就会打消第二个"怀疑"吧。她离开餐厅应该只比加茂晚了一分钟左右，之后又马上在清洁工具间找到他。加茂没有行凶的时间，她自己就能证明这点。

"爷爷的腿在哪儿呢？"

月惠喃喃地说。听了这话，加茂四下打量了一圈，视线所及范围内没看到像是腿的东西。在别墅里搜索的时候当然也没发现被割下来的腿。

月彦挂着惹人厌的笑容看向加茂，说："侦探先生……又发现了两具尸体，你没什么让人眼前一亮的见解吗？"

加茂沉思了一会儿，终于开口。

"我发现了一个信息，可能对查明真凶有帮助。但关于这个我有问题想问一下大家，我们去娱乐室说吧。"

*

一走进娱乐室,加茂就愣在了原地。

"没了?"

挂在北侧墙上的《奇美拉》不见了。文香也用右手捂着嘴,怔住了。

搜索太贺老人的去向时,加茂和文香负责餐厅和厨房,所以今天早上还没进过娱乐室,直到此刻才发现画不见了。

众人带着疑惑相互看着,暗自窃窃私语。加茂露出苦笑,问道:"是哪位挪走了那幅画,能说一声吗?"

在场的所有人都猛烈地摇头。

"那么大概就是凶手干的了。"

听了这话,漱次朗脸色大变,逼近加茂道:"你什么意思啊,你是说那幅画跟凶案有关系吗?"

"是的。凶手可能在比拟鹈。"

房间里一片寂静。所有人都盯着加茂,像要把他看穿一样。接着,那一双双眼睛里流露出惧怕的神色。

加茂简要解释了一下关于比拟杀人他想明白了的部分。

"究一是比拟猴子的头部,光奇是狸猫的躯干,太贺是老虎的后腿,刀根川是虎斑地鸫的声音。如果之后凶手继续杀人的话,住寅虎间的漱次朗和住巳蛇间的月彦很有可能是下一个目标。"

被指名道姓说会是下一个受害者的漱次朗双手掩面,月彦则以挑战的目光回看加茂。

加茂继续淡淡地说:"那幅画是一个叫'夜鸟'的画家画的,这名字恐怕也是取自鹈吧。如果比拟杀人是凶手要传递的信息,那这一系列凶案的动机估计也与这位画家有关……锁死的卯兔间里放着画油画的器具,那个房间的主人就是'夜鸟'吧?"

无人回答。

加茂不依不饶，声音严厉地追问："那个房间一直锁着，应该是有原因的。为了查明凶案真相，必须给我个解释。"

话说到这个地步，幻二便不再坚持，他轻轻呼出一口气，缓缓开了口。

"画《奇美拉》的人曾住在卯兔间，他叫羽多怜人，但画画的时候他喜欢用'夜鸟'这个名字。"

"羽多怜人，是哪几个字呢？"

这个名字加茂没在资料里见过，所以他立即这样问道。

"'羽多'是羽毛的羽和多少的多，'怜人'的怜是竖心旁加一个命令的令。"

"谢谢。那这位是什么人？跟龙泉家有什么关系？"

"从我算的话……他是我母亲娘家那边的表兄弟。"

不知为何，幻二回答得有些踌躇。

"也就是说，您母亲的旧姓是羽多？"

"是的，怜人是母亲的哥哥的孩子。我听我哥哥说，怜人上小学的时候，他母亲经常生病，爷爷就决定把他接到龙泉家来抚养。"

说到这儿，他眯起眼睛，仿佛是在怀念什么。

"从懂事开始我们就一直在一起，怜人就像我的亲哥哥。他想当画家，一有时间就来别墅画油画，卯兔间几乎成了他的画室。"

"他年龄比你大？"

"是的，比我哥哥究一还大五岁，现在还活着的话，已经三十九岁了吧。"

这话引起了加茂的注意，他问道："莫非羽多已经过世了？"

"不知道,生死不明。"

"怎么回事?"文香不解地发问。

幻二哀伤地冲她微笑,说道:"这件事文香不知道。那是十二年前了,文香当时才一岁。"

说到一九四八年,那是战后的混乱仍残留的时代。

幻二淡然地继续说道:"当时我还是初中生,放暑假时去了香港。是爷爷建议我出去开阔眼界,我在香港待了一段时间。"

"那是战争结束三年之后吧?那个时期,出国很难吧?"

"这方面没有问题,爷爷会处理,直接跟GHQ谈妥了。而我在香港的时候,父亲瑛太郎去世,第二天怜人也失踪了。"

这些接连发生、颇有犯罪色彩的事情让加茂倒吸一口气。

"冒昧地问一下,您父亲的死因是?"

"是病死的。详情不妨问叔叔,他当时在别墅。"

闻言漱次朗不情愿地开了口。

"那是昭和二十三年七月末。哥哥瑛太郎严重食物中毒,紧急送去就医,但已经太迟了,没救回来。"

加茂的视线落在桌子上的日翻日历上。已翻过了昨天那页,停在八月二十三号。距今十二年零一个月,太贺老人的长子去世。

"还记得那时候出现了怎样的症状吗?"

漱次朗微微颤抖,继续道:"严重的腹泻和呕吐……可怕的是,他的嘴里和身上都像被烧烂了一样通红,第三天傍晚就不行了,肝脏和肾脏好像都受损了。"

"您的家人和附近居民有人出现类似症状吗?"

加茂也不知道食物中毒是不是会出现这些症状,但觉得也有可能是传染病,所以这样问道。

"没有。一个人也没有,医生也束手无策。"

听在加茂耳中，这事就算被警方当成"离奇死亡"案件而介入调查也不出奇。但实际上，本地医生束手无策，之后按"食物中毒"处理了。当时是战后的混乱期，并且事件发生在农村，考虑到这几点，会如此了事大概也是没办法的。

加茂就这样皱着眉陷入沉思，漱次朗不安地开口："难道哥哥是被人杀害的？"

"事到如今已经无法追究真相了……然后第二天，羽多就失踪了吗？"加茂问道。

"是的，早饭时间他没出现，我和刀根川两个人就去卯兔间找他。结果房间里空荡荡的，东西全都不在了，一开始我们以为他有急事出去了……"

"羽多为什么会不告而别，你有什么头绪吗？"

"从战场上回来之后，那孩子好像遇到了很多不顺心的事，在画家这条路上也不得志，所以，就算他想去一个没人认识的地方换个心情重新开始，也不奇怪。"

然而幻二一脸并不赞同的样子插嘴道："我觉得怜人不会不跟我们说一声就走的。爷爷像待亲孙子一样疼爱他，对父亲、哥哥还有我而言，他都是重要的家人。而且……我后来听爷爷说，当时爷爷在遗嘱里也给怜人留了遗产，跟留给哥哥和我的完全相同。这只不过是其中一个例子，可我想你能明白，爷爷是认真的。"

听了这番话，月彦不加掩饰地绷起了脸。

"见鬼了，明明就不是龙泉家的人，结果比老爸分到的遗产还多！老爸能拿到的钱只有幻二的七分之一。"

这话让加茂极为吃惊。确实，来到别墅之后他就发现，太贺似乎只喜欢幻二和文香，恐怕对究一也不错。不过直接体现在遗产分配上，从某种意义上说还是挺残酷的。

月彦闹起来，使得漱次朗的脸涨得通红。

"这个时候你胡说什么呢，月彦！"

看到父子之间发生难堪的争执，幻二像是打心底里后悔说出了遗嘱的事，低下头去，不过又开口了。

"我回国之后，爷爷向警方报案说怜人失踪了，只是关于怜人的行踪至今仍没有任何音讯。"

仅通过这些话就可以判断，尽管羽多的后盾很强大，但同时在龙泉家里应该也有很多敌人。对知道太贺老人定下的遗嘱内容的人来说，他的存在大概无比碍眼。

"另外，当时有没有人怀疑羽多的失踪和瑛太郎的死有关呢？"

加茂问了一个更深入的问题，漱次朗发出讽刺的笑声。

"所有人应该都怀疑过。也许只有我爸不一样，因为比起自己的亲儿子、亲孙子，我爸更喜欢羽多……你该不会想说羽多回来了，是他对我们一家下手的吧？"

加茂凝视着脸色突然发青，身体开始发抖的漱次朗，说道："这一点还无法确定，不过我觉得凶手应该是想让大家想起十二年前的事，让你们惊疑不安。"

漱次朗此时已经完全失去了绅士风度，暴露出怯懦又卑劣的本质。这若不是罪恶感的表露还能是什么？加茂怀疑漱次朗与羽多的失踪有关。

但是，对方的嘴已紧紧抿了起来，看来不打算再多说一句话了。加茂放弃了追问，决定改变提问的方向。

"那当时有哪几位在别墅呢？"

漱次朗仍闭口不言，幻二替他回答："除了我以外，所有人应该都在。爷爷、奶奶、父亲瑛太郎和哥哥究一，还有佳代子和文香应该也在。不好意思，佳代子是文香的母亲，她在八年前因心脏病去世了。"

文香什么也没说，眼睛盯着地上。加茂也年幼丧母，能切身体会她的心情。

"瑛太郎的太太不在吗？"

他未经深思就提出了这个问题，这次轮到幻二的表情阴了下来。

"我母亲叫凉子，在东京大空袭中丧命。"

这话让加茂再次意识到当时人们的生活是与战争和死亡为邻的。

幻二继续说下去："刚才已经说了，当时漱次朗在别墅，那月彦和月惠两个人又是什么情况呢？"

月彦打了个呵欠，说："十二年前的话……我才九岁，不记得了。"

月惠像是想接着说什么，但被月彦瞪了一眼，没有说出口。

他们的父亲漱次朗代替这对兄妹回答："那时我想着让他们融入大自然玩玩也不错，就把两个人都带来了。"

"他们俩的母亲……池内静衣女士呢？"

加茂一问，漱次朗的表情立马阴沉下来。

"池内没来。那时我们刚离婚，彼此都想保持距离。光奇和他母亲翔子应该也在。然后还有刀根川。"

"哦，翔子是？"

"翔子是我妹妹，战争时她的丈夫离开了人世，那之后她就和光奇两个人生活。一九五四年在洞爷丸事故中过世了。"

洞爷丸事故是目前日本最大的船难事故，遇难者在千人以上。对加茂而言，那起事故发生在六十多年以前，但对龙泉家的人们来说，是最近才发生的，他们的生活中仍残留着事故带来的伤痕。

加茂在脑中把得到的信息整理了一下。

太贺夫妇、其长子一人、长孙夫妇、曾孙、其二儿子及一对儿女、其长女及独子，加上羽多和刀根川，别墅里共有十三个人。

人数看起来多，不过一岁的文香大概跟母亲住同一间房，还是小学生的月彦和月惠估计也是两人共用一个房间，所以房间的数量应该足够。

想到这里，加茂一惊。

"到目前为止被杀害的人十二年前都在别墅吧？可能会是下一个目标的漱次朗和月彦十二年前也在。"

这话让漱次朗战栗，月彦不耐烦地给月惠使了个眼色。侧目看着他们的反应，加茂继续说下去。

"看来，'瑛太郎之死'和'羽多怜人的失踪'对凶手而言的确有特殊的意义。"

月彦嘲讽地说："恭听您高谈阔论了半天，可搞清楚了这个又能怎样？当务之急是把凶手找出来吧？对了，昨天晚上大家都在自己的房间里，所以谁都没有不在场证明，要怎么揪出凶手，就是侦探先生施展身手的时候了。"

加茂对这话充耳不闻，只是苦恼关于自己昨晚的行动该透露多少给他们。最终他认为说出一些是上策，于是开口道："有件事我要跟大家道歉……其实昨天傍晚的时候，我就猜到凶手是在'比拟'鹈实施杀人。"

没等他说完，漱次朗就惊叫起来。

"你为什么不告诉我们！"

"我想，要是故意不让大家知道，这样凶手毫不知情地进行下一次行凶的时候，或许能当场抓住他。所以，我整个晚上都在监视很有可能是下一个目标的人的房间。"

月彦少见地呛咳起来，插嘴道："也就是说，你整个晚上都在监视爷爷的房间！"

"当时我一心以为凶手是根据房间的名字做比拟，所以，跟鹈的身体组成没什么关系的辰龙间我没留意。"

"跟鹈的身体有关系的，是酉鸡间、寅虎间还有巳蛇间三个房间吗？"

"是的。一个人很难监视三个房间，我又推测凶手会先对跟龙泉家有血缘关系的人下手……所以监视了寅虎间和巳蛇间。"

因为不能说是因为看过文香的日记才决定监视漱次朗的房间，所以优先监视二楼走廊的理由显得格外含糊。幸好没人对这点提出疑问。

之后加茂坦白自己和文香在二楼的清洁工具间藏了一个晚上，最后这样总结道："当然，文香要和我一起监视是意料之外的，当时的情况也不能保证让她回自己的房间就更安全，我就答应让她留在清洁工具间了。"

这一通坦白让幻二和漱次朗都呆住了，两个人似乎都忘了表示愤慨，或者询问文香是否无碍，只是半张着嘴巴发呆。这时文香一脸认真地开口说："我知道我擅自行动会让你们生气，但现在希望你们能先听我解释……我们守了一整晚，但大家都回房间之后，没有一个人经过过二楼走廊。当然，也没有人闯入辰龙间，没有人带走爷爷。"

这番发言像投下了一枚炸弹，月彦皱起眉，激动地说："那凶手是怎么对爷爷下手,还把他弄到比萨窑里去的啊?！这不是又成了不可能犯罪了嘛!"

没办法,加茂老实说出内心的想法。

"凶手是怎样杀害太贺老人,又是怎么把尸体从二楼运到比萨窑的,我还没有头绪。"

年轻人轻蔑地指着加茂,说道:"除了这位侦探,我想不出凶手还能是谁。晚饭后,爷爷离开餐厅之后这家伙不就也走了吗?也就是说,只有这位侦探有机会对爷爷下手。"

文香使劲地摇了摇头。

"不可能的。我追在加茂侦探身后离开了餐厅,并马上在监视的地方找到了他。所以他没有行凶的时间。"

月彦失笑,撇撇嘴看着这两个人,说道:"如果确定你不是同伙,这么说倒是能成立。"

对这句嘲讽,加茂微微耸了耸肩。

"我们要是同伙的话,只会尽力去证明对方不在场,说'没人经过过二楼的走廊'这种话,对我们没有任何好处吧。"

"那个,窑里的,真的是爷爷吗?"轻声发问的是月惠。她话不多,但总能说到点子上。

月彦在几乎已是他专属位置的白色沙发上重重坐下,点点头,说:"我也很在意这一点。爷爷假装回了房间,其实是躲在地下仓库之类的地方等天亮。他把事先准备好的尸体放进比萨窑中烧掉,假装那是自己,然后藏了起来。这个想法怎么样?"

月彦挥动着双臂,得意扬扬地说出这番话。幻二语带困惑地开口:"这次是把爷爷当凶手了吗……爷爷昨天刚过完生日,已经八十三岁了,加上他腿脚不好,一个人应该没法儿搬运尸体吧?"

"是啊。就算在别墅里依靠轮椅能自由行动，可到了外边就不一样了。台阶，还有草坪，都是障碍。"

听漱次朗也跟着如此附和，月彦哼了一声，说道："那我倒要问问了，有人知道爷爷的腿到底什么情况吗？"

每个人的脸上都没什么自信。文香第一个开口。

"可是在改建别墅之前爷爷住了半年院，医生也说他需要轮椅。"

幻二听了点了点头。

"是啊，爷爷走不了路，还因病一度有生命危险。"

月彦像是在拿自己亲爷爷的病打趣，继续说道："我知道啊。爷爷原本就有糖尿病，可还一心工作，耽误了去医院，是吧？但我们听到的只有医生说爷爷做了手术，更多的就不知道了。等能去探病的时候，爷爷已经恢复到能坐在床上了。"

他停了一下，又嘿嘿笑道："说不定腿已经治好能走路了，可他还瞒着我们。这种事爷爷做得出来。"

听了这话，雨宫少见地以强硬的语气顶撞了月彦。

"老爷确实喜欢做些出其不意的事情……这话我说可能不妥，可就算老爷隐瞒了腿好了的事实，他也绝不会做出这么可怕的事情。这你也应该清楚吧？"

月彦一副无法容忍遭到顶嘴的样子，和愤怒得声音都在发抖的雨宫互相瞪视着。幻二可能感觉到气氛变得剑拔弩张，想转移话题，他对加茂说："爷爷的确有孩子气的一面，也有顽固的一面。悄悄准备礼物让家人高兴是家常便饭，次数多得大家反而都不觉得意外了。而另一方面，他生病了，会连自己的家人都想瞒着。"

"隐瞒病情可不好，他为什么这么做？"

"爷爷有种强迫观念,他不想被任何人抓住弱点。我想隐瞒病情也是这种强迫观念的一种表现。"

漱次朗使劲点头表示附和,又补充解释道:"我也听说过类似的事情。二十年前,爷爷肚子疼却不说,还频繁出差,终于先于竞争对手谈下了合同……可盲肠炎也恶化成了腹膜炎。他本人却没有丝毫反省的意思,还一个劲儿翻来覆去地说就算受疼痛折磨也不能露出弱点,不然就完了这类胡话。"

"向外人隐瞒这点我觉得能理解,可为什么连家人和亲戚都要瞒着?"

加茂抛过来的问题似乎让漱次朗难以启齿,他闷闷地说:"我想原因在于父亲的过往。"

"太贺的过往?"

"嗯。父亲的父亲,也就是我的爷爷,有一个双胞胎弟弟,据说他们兄弟俩从长相到身形都像是同一个模子刻出来的。然后,他们两个人喜欢上了同一个女人,搞得互相憎恨起来。"

这时月彦笑嘻嘻地插话道:"结果曾祖父娶了那个女人,对吧?然而婚后曾祖父疑心妻子是不是跟弟弟有染,还怀疑生下来的孩子其实是弟弟的孩子。当然了,是不是真的有染,谁也不知道。"

听了这些,加茂不禁沉思起来。

有的丈夫怀疑妻子出轨,会做DNA鉴定确认跟孩子的父子关系。不管结果是否是自己想要的,当事人至少能知道自己和孩子是不是真正的父子。

可妻子的出轨对象是自己的同卵双胞胎弟弟,和自己拥有相同的遗传因子,这样的话……太贺的父亲和太贺是否是真正的父子,即使在二〇一八年都是没有办法确认的。

漱次朗皱着眉继续说道："结果，这对双胞胎兄弟间的争执在祖父的妻子逝世后仍在继续，并演变成财产继承问题。骨肉之争，搞不好会发展成自相残杀。父亲虽不愿意，却也身不由己地卷入了这场纷争。父亲上大学的时候，爷爷和爷爷的双胞胎弟弟相继离奇死亡，最终剩父亲一人于世。"

因此，太贺老人大概想要打造一个自孩童时期就未曾拥有过的"和睦家庭"，为此他不断努力。然而心上的伤痛却怎么也无法消除，他的内心某处始终残留着对家人们的不信任。

此时，加茂觉得找到了之前一直萦绕在心头的疑问的答案。

文香的妹妹文乃在还是个婴儿的时候就被太贺老人秘密托付给了一个熟人，现在仍生活在某个地方。后来经律师调查得知，连她的亲生父亲究一都相信文乃生下来就是死婴。

正因被如此彻底地隐藏了起来，才让她一个人躲过了"死野的惨剧"。可为什么要把她送到别人家去？这件事在龙泉家为什么被视作秘密？加茂一直都没搞明白。

大概是太贺老人强行安排了这一切吧。得知曾孙是双胞胎后，他怕姐妹之间发生骨肉纷争，就称其中一个是死婴，寄养到了别人家，并一直隐瞒了这个事实。肯定是这样的。

幻二神情哀伤地开口说道："确实，爷爷可能不信任我们。可关于他的身体情况，我不认为爷爷会连一起生活的家人都隐瞒。文香还是个孩子倒也罢了，我想爷爷应该会告诉一起住在本宅的哥哥、刀根川，还有雨宫的。"

听到自己的名字，雨宫吓了一跳，接着连连摆手。

"没那回事，我从没听说老爷的腿治好了。"

听了这话，漱次朗面带得意之色点点头。

"父亲也许想到了雨宫是别人家的孩子，所以只瞒着你，这么想倒也不奇怪。"

雨宫露出略显落寞的表情,低下了头。

加茂边听边觉得月彦所想的未必不对。凶手会不会就是选择了解太贺病情的人,也就是究一和刀根川,先下手的呢?

这就是改变了行凶顺序的理由吗?毒杀是安排好了,一定会在昨晚奏效吗?

加茂的脑海中浮现出几点疑问,可未能找到答案。

*

询问结束后大家解散,可漱次朗离开娱乐室后很快又脸色铁青地跑了回来。

"猎枪和弹药不见了,不在地下仓库里了!"

地下仓库有枪支柜和弹药柜,枪和弹药箱都锁在柜子里。漱次朗和太贺老人各保管一把钥匙。

所有人一起去了地下仓库,发现柜子上的锁没有被破坏,这样一来,要么是太贺老人拿走的,要么就是从他手上抢走钥匙的凶手拿走的……只有这两个可能。

如果杀人魔拿到了枪,那可是天大的威胁。

面对这样的紧急事态,众人决定对别墅和柴火房进行搜索,找到凶手把枪藏在哪里。他们跟上次一样分成三人、两人、两人三组,分开行动。这次连各人的行李都查看了,到处都没找到枪和弹药。

别墅内的搜索以失败告终之后,众人稍作休息,吃了顿早午饭。如此情况下大家都没有食欲,可总不能一直什么都不吃。月惠和雨宫做了饭团,众人就着玉露茶,囫囵吞了下去。

休整完已是下午一点多了，加茂很想尽快去调查辰龙间和酉鸡间，可漱次朗坚持要去冥森和庭院找枪，没办法，加茂只好妥协。众人商量后决定，由从昨天就一直一起行动的加茂、文香、幻二和雨宫四个人负责庭院，剩下的三个人负责冥森。

走到屋外，发现正下着雨。雨势要比毛毛细雨稍大一些，就算打着伞也护不住脚和鞋子，没一会儿就淋得湿漉漉的了。好在因为是夏天，并不觉得冷，别墅里没有空调，来到户外倒也挺舒服的。

路上加茂听见雨宫低声对文香说："这是我第一次跟月彦争吵。他说老爷的坏话，我一下火就上来了。"

雨宫似乎对自己的行为深感后悔，但加茂反而对在龙泉家地位尴尬的他感到同情。

他虽然受到等同于家人的对待，可毕竟寄人篱下，还要做下人的工作。而且，不管月彦怎么嘲讽，他都不能还嘴……只有这次，他忍不住打破了禁忌。

加茂早就料到这次搜索也不会有任何收获，因为他不认为凶手会把枪藏在会被轻易发现的地方。在这种情况下，毫无头绪地兜圈子实在让他无法忍受。

"对了，要不去荒神之社看看吧？"加茂提议道。

幻二惊讶地回过头来。

"为什么要去那个地方？"

真正的理由是想看看受到泥石流的冲击后唯一安然无恙的建筑。加茂立即找了个借口。

"我对猎枪不太了解，但我想，存放枪支应该要避开潮湿和水汽，所以就猜会不会藏在有屋顶的地方。"

不知是不是接受了这个想法，幻二开始默默地往庭院高处走。加茂跟在他后面。

庭院的坡顶有一栋小小的木造建筑。

被雨淋湿、泛着光泽的黑色瓦片房顶很美，大概只有三帖①大，比加茂想象的要小得多。周边没有鸟居②，只有神社侧旁立着两根木头柱子。也没写祭祀的是什么神，真是个奇怪的神社。

幻二边推开神社的木门边说："里面铺着榻榻米，我们休息一下吧。障子③后面是供奉的神体……咦，你怎么了？"

加茂愣着，根本没听幻二说话。幻二似乎也反应过来祠堂里有异常情况，向里面看去，之后倒退了几步。

如果放在那儿的是猎枪，大概谁都不会惊讶到这个地步吧。

他们看到的是另一样丢失的东西……靠着神社的土墙立着《奇美拉》，那无疑就是加茂在娱乐室看到的那幅装饰画。

雨宫疑惑地伸出右手摸着画框，小声嘟囔："果真是凶手拿过来的吗……"

加茂呆呆地立在原地什么也没说，文香替他点点头，说："有可能。猎枪是不是也被藏在这儿了呢？"

之后，除了加茂以外的三个人开始巨细无遗地检查神社内部。

加茂一直在沉思，甚至忘了要去帮忙。凶手冒着那么大的风险，把这幅画搬到了荒神之社来，应该是有原因的。而通过那个原因，也许能找出真凶。

终于彻查了一遍，地板下面和天花板都没放过，确定霰弹枪没藏在神社里。凶手造访这里，好像只是为了藏起油画。

走到外边发现雨下得更大了，也没有人提议，他们就自然而

---

①约四点八六平方米。
②日本神社的附属建筑，类似牌坊。
③日式房屋中作为隔间使用的可拉式糊纸木质门窗。

然地走回别墅。

加茂等人刚走进玄关门厅,去冥森搜索的三个人也回来了。他们表示刚才是以散步道为中心展开搜查的,但能见度太差,三人觉得危险,就回来了。当然,他们也和加茂等人一样,什么都没发现。

到了下午两点,加茂终于能回到别墅内部进行调查了。

加茂一个晚上不睡倒是无所谓,可此时文香已显得极为困乏,但即使这样她仍要继续参与调查。她回房间脱下淋湿的衣服,换上白色衬衫和深蓝色的蓬蓬裙回来了。加茂劝她去娱乐室休息一下她也不听。

加茂首先去了辰龙间,文香、幻二和雨宫跟着他。

搜索太贺老人行踪的时候,加茂来过这个房间一次。之后搜寻猎枪和弹药时,加茂和文香不负责这个房间,负责这个房间的是漱次朗、月彦和月惠三人。

找猎枪的时候跟他们说好要彻底做到"尽可能不要动房间里的东西,动过也要放回原位",如果那三个人做到了这一点,那么房间的状态应该跟之前破门而入的时候是一样的。

加茂和文香着重察看还没找过的地方。幻二和雨宫像是打算把监视人的立场贯彻到底,只是站在放置房门的地方等着。

查过床和床垫之后,加茂想起在辰龙间捡到、之后一直放在自己口袋里的那把弯曲的钥匙。他取出钥匙,雨宫露出惊讶的表情,盯着钥匙问:"这钥匙是?"

"刚才弄坏这个房间的房门时发现的……雨宫你没进过这个房间?"

"我只往里面看了一眼,之后就在外边跟漱次朗说话。今天是我第一次正经看到这个房间的内部。"

他说的话跟加茂的记忆吻合。弄坏门的时候雨宫的确没进入辰龙间，之后调查别墅内部的时候也不曾负责这个房间，而且他一直和幻二在一起，应该也没机会单独进入这个房间。

加茂举起钥匙，说："把这把钥匙弄直，看看是否跟辰龙间的门锁吻合吧。"

借用工具箱里的钳子等工具，加茂好不容易把钥匙弄直了。然后他走到走廊，把钥匙插入靠墙立着的房门的锁孔里。

尽管略有阻塞的感觉，但钥匙插到了底，他转动钥匙，可以锁上或打开门锁。加茂沉思着点点头，说道："嗯，看来这的确是辰龙间的钥匙。"

闻言幻二微微耸了耸肩。

"每个房间的房门都可以从里面转动旋钮锁上，可如果没有钥匙，就不能从门外，也就是走廊这边锁上。可是钥匙在房间里，也就是说爷爷晚饭之后回到了这个房间。如果是这样，那凶手是怎么躲过你们的监视，把爷爷带到外边去的呢？"

"也有可能是太贺老人在回房途中遇袭，凶手抢走了他的钥匙。然后凶手用了某种办法，把钥匙丢到了房间里。"

文香交抱双臂，一副无法接受加茂的解释的样子。

"就算是那样，我觉得也不可能躲过我和加茂的监视。"

幻二听了用力点头。

"文香说得对。你们在清洁工具间监视的时候，凶手应该无法把钥匙丢进房间，我们强行打开辰龙间的房门之后也一样……那时第一个进入房间的是加茂，我也一直在旁边看着，不可能有人把钥匙丢进去，却没有被你我或文香注意到。"

"我发现了掉在地上的钥匙后就马上收起来了，凶手应该也没机会调换。"

加茂越发陷入沉思，又开始调查房间。

"对了，你说过还有一辆轮椅是吧，知道那辆轮椅在哪儿吗？"他盯着窗边的轮椅问道。

幻二立即回答："二楼的楼梯旁边有个放东西的地方。"

他又进一步说明，他们是在找猎枪的时候发现轮椅的。轮椅折叠起来，插放在油画后面的空间。轮椅是刀根川负责管理的，所以雨宫也不知道是平时就放在那儿，还是临时的。

接下来加茂把房间里那辆轮椅上的深红色毛毯拿开，仔细检查折叠式轮椅。这过程中他好像随手按下了什么按钮，轮椅发出砰的一声打开了，同时有什么东西飞了出来，掉落在木地板上。

幻二依旧顶着一张扑克脸，文香和雨宫两个人显然憋着笑，加茂感觉到自己的脸一下就红了。可看到掉在地上的东西，他马上就忘了尴尬。

"这是？"

那是一枚嵌着一颗大珍珠的金色领带夹。文香顺着他的视线看过去，也睁圆了眼睛。

"啊，是爷爷的。"

幻二也凑近了看，然后点了点头。

"是前天的事情吧？爷爷说珍珠领带夹不见了，想不到在这儿找到了。"

"是啊，太贺老人还委托我找这个东西呢。"

加茂捡起领带夹，放到了床边的桌子上。如今委托人不在了，他已经没什么能做的了。

而关于椅子上的甚平，那是太贺老人吃晚饭时穿的那套，还是新的一套换洗的，就连对记忆力颇有信心的加茂也分辨不出来。

接着加茂的目光移到一直打开的抽屉上，那里面放着怀表、钢笔、笔记本，还有工作上的文件……仔细一看，是和专利代理人之间关于医药品商标的往来文件，上面用红笔写着"加急"，应该是太贺老人认为这事紧急，就带到别墅来了吧。

加茂又仔细端详怀表上刻着的精美的龙图案，说道："说起来，这块表，和文香的那块很像呢。"

文香在口袋里翻了翻，拿出自己那块小了一圈的怀表。

"听说二十年前的时候，爷爷给全家的每个人都送了一块机械怀表。我这块是母亲给我的。"

她说着用力握紧了怀表。

文香继承的怀表是女式的，因此跟抽屉里的比起来小了一圈。

加茂问幻二："其他人也都有相同的怀表？"

幻二轻轻点头，露出一个似乎有些哀伤的笑容。

"有是有，但我平时都不带在身上……爷爷常用的应该也是手表。"

"是啊，我听爷爷说过，他平时不把怀表带在身上。"插嘴说这话的是文香。

幻二继续说道："其实这块怀表是有特殊意义的，象征着龙泉家族的纽带，爷爷肯定是念及此，才把它带到别墅来，放在房间里的。"

加茂打开怀表盖，看到刻着罗马数字的表盘。指针仍指着六点四十六分。

加茂突然想起文香的怀表有一个暗格，就找了一下这块怀表后面有没有能打开的地方。怀表制作精巧，金属接缝几乎看不出来，但他总算找到了一处能用指甲抠住的凸起。随着"啪嗒"一声轻响，加茂取下了盖子。

"什么也没有啊。"

本来他还期望怀表里藏着什么，可长一厘米、宽四厘米、深两厘米左右的暗格里空空如也。幻二则看得瞪大了眼睛。

"哇，你这么轻易就找到了放药的暗格啊。"

"因为文香请我吃过金平糖，所以我知道有这个暗格。"

加茂边说边准备把怀表放回抽屉，这时不知从何处传来叮咚叮咚的奇怪声音，像铃声一样，非常轻微。

加茂到处寻找声音的来源，文香无力地笑着说："糟了，我光顾着调查，都忘了给表上发条了。"

说着，她转动起自己那块怀表的龙头，发条发出吱吱呀呀的悦耳声音。

"刚才的铃声是闹钟吧？"

"是啊，这块表，上一次发条能维持十二个小时，还剩三十分钟的时候会响铃提醒。这是爷爷嘱咐厂家加上的功能之一。"

加茂点点头，把太贺老人的怀表放回抽屉，决定转去酉鸡间，另外想先去二楼楼梯旁边的那个空间看一下。

正如幻二所说，最大的那幅油画后面有一辆折叠轮椅，轮椅上随意地搭着一条深红色毛毯。加茂把轮椅拉出来，进一步检查，但没什么特别的发现。

回想起来，他有印象在躲进清洁工具间之前就见过这辆轮椅，那时候还以为只是个金属物件和红布，没怎么注意。

加茂朝着窗户退了几步，陷入沉思。

放在这里的油画全都靠立在升降机一侧的墙上，所以经过这里的人肯定能看到油画后面的空隙，因此，可以说楼梯旁边的这个空间无法供人躲藏。

硬要说例外的话，那就是折叠轮椅后面。可轮椅后面的空隙只有三十厘米宽，要藏下一个成年人，实在是太窄了。

加茂试着回想昨天看到的时候轮椅放在什么位置，在脑中检验是否能藏人。结果反而确认了轮椅是挨着墙放的，背后几乎没有空间。也就是说，不可能有人在他进入清洁工具间开始监视之前，先躲在楼梯旁边的空间。

接下来一行人去了酉鸡间。房间里有刀根川的行李和衣服，都是最低限度必需品。也没在房间里找到便条之类的东西。

为保险起见，加茂把挂着鸡根付的钥匙插进拆下来的房门锁孔，确认了的确是这个房间的钥匙。之后加茂又重新检查了玻璃杯和药包，但依旧没有任何发现。只是……刀根川的遗体还放在房间里，加茂总觉得被她盯着，心神不宁。

调查得差不多了，众人从别墅出来，到比萨窑去验尸。被雨淋透的石窑已经完全冷却，窑里的灰烬因湿气而凝结成团。比萨窑空间很大，入口的大小也够一个人钻进去。

加茂再次将手电照向尸体，可就连相对损伤较少、没有烧成炭的手臂及胸口部分，也没留下能辨别是否是太贺老人的特征。

加茂鼓起勇气把脸凑近这些部位看。虽然焦尸的味道闻着不好受，不过至少没有闻到腐臭味。窑里面也没有这类臭味。

"那里好像有个像是木料的东西？"

幻二提高声音说道。加茂看过去，发现石窑的角落有一块烧剩的碎木片，表面涂有清漆。他小心着避免碰触遗体，把那东西捡了出来。这块木料像某种圆弧状物件的一部分，然而只有不到五厘米大小，很难推测出原本是什么。

加茂不死心地又在灰烬里翻找，翻出一个沾满了煤灰却仍闪闪发光的东西。是两把小钥匙。幻二肯定地说是放猎枪和弹药的储物柜的钥匙。

加茂盯着没有腿的焦尸,心中不断问着没有答案的问题。

既然发现了这两把小钥匙,就能证明这果真是太贺老人的遗体吗?还是凶手为了伪装成太贺老人而故意丢下了这两把钥匙呢?

第五章

"我有一个提议。"

再次把所有人召集到娱乐室后,加茂先喝了一杯提神咖啡,之后说道。

手机已经没电了,他又不戴手表,所以他看了一眼挂钟确认时间。四点半,但外面的天色暗得不像四点半,大概是乌云很厚的缘故。

"我们的对手非常狡猾,大家关在各自的房间里,锁上门,并不能保证安全。"

月彦喝了一口奶茶,轻蔑地笑道:"这不用你说我们也知道……看样子这栋别墅里很流行不可能犯罪。"

他说得像是事不关己,可充血的眼睛出卖了他表面上的漠不关心。月彦润了润嘴唇,又继续说:"其他人应该很轻松吧?按照侦探先生的推理……凶手的下一个目标,将是'比拟杀人'的剩余部分——老爸和我。"

闻言,漱次朗弄洒了茶,发红的液体在桌面上流淌。而看样子他已顾不上这些了,死死地盯着加茂,说:"不能想想办法阻止凶手继续行凶吗?"

雨宫和月惠站起来去餐厅取抹布,加茂用余光看了他们一眼，之后说道："遇到密闭空间里的犯罪事件，最常见的对策是……所有人都待在一个地方，等天亮，除此以外别无他法。"

漱次朗双颊颤动，厉声道："你说得倒轻松！你以为这样就能保护自己了吗？我们都不知道凶手有没有在房子上做什么手脚！"

"如果不愿意待在别墅里，也可以选择柴火房或者露营拖车。总之现在大家互相监视彼此，是很重要的。"

"柴火房或者露营拖车？"

雨宫手里拿着抹布，一脸想笑的表情嘟囔着。

加茂忙问："我也只是随便一说，说错了请别怪我。莫非这两个地方不适合所有人一起待着？"

雨宫马上换上歉意的表情，说："柴火房四处透风，雨下大了估计就待不了了。不过露营拖车虽然小，但应该可以用。那是老爷因为稀奇从国外买回来的，实际比看上去的要结实。里面一直有人打扫，以便能随时使用。"

眼看就要这么定下来了，漱次朗赶忙不满地插嘴道："不是在哪里的问题！你们忘了凶手可能拿着猎枪吗？趁我们毫无防备的时候用猎枪对付我们，一口气杀死七个人太容易了。"

为了让他冷静下来，加茂慢慢地说："彻底搜身后再进去就行。没问题的。"

"才不会没问题，对手可是连续犯下不可能犯罪的杀人犯啊！谁知道他又会想出什么方法呢。而且，别忘了，备用弹药丢了二十四发，算下来对付我们每一个人有三发以上的子弹。"

正如漱次朗所说，在一个人身上用三发霰弹，可以说是过度杀戮（over kill）了。看到加茂默不作声，月彦像是觉得有趣，唇角松弛地说："眼下离危险最近的是我和老爸两个人，这点没有异议吧？这样的话……今天晚上要怎么过，应该是我和老爸有决定权。你们仅仅是看热闹的，我们可是要赌上性命。"

一阵尴尬的沉默。

月惠为漱次朗端来新泡的柠檬茶，才打破这沉默。

这时，加茂想起临时负责服务大家的雨宫和月惠只问了自己要喝什么，看来在龙泉家里，众人都清楚漱次朗和月彦两人是红茶党，文香喝可可，其他人都喝咖啡。

月惠把茶杯放到漱次朗面前，问道："那哥哥想怎么办呢？"

"我可不要跟杀人魔一起过夜，要是那样，我宁可在自己的房间里伏击凶手。"

"可是太贺老人就是在房间里遭到了凶手的袭击，就算你把自己关在巳蛇间里，也不一定是安全的。"加茂反驳道。

月彦则显得不慌不忙，他露出浅笑，道："这我也知道啊。但我能保证自己的安全。"

在加茂看来，这就是月彦亲自竖起死亡旗帜的一句话。可漱次朗似乎不这么想，他畏畏缩缩地插嘴："我也觉得跟大家待在同一个房间过夜心理上受不了。要是在迷迷糊糊睡过去的时候被凶手袭击，我可能一下都撑不住。"

尽管事情会这样发展并不出乎预料，但加茂真的想尽量避免这样的情况。他深深地叹了口气，说道："我不勉强你们……那么，我希望赞成我的提议的人，集中起来过夜。"

"看看会有几个人赞成你呢？"

月彦立即插嘴。小口喝着可可的文香露出不高兴的样子，说："我赞成加茂的提议。"

"那我也这样吧。"

跟着文香开口的是幻二。看到月彦意外地扬起眉，幻二露出苦笑，道："不管怎么说，这孩子还只是个初中生。之前我就觉得让文香一个人待着实在不放心，文香要是想这么做的话，那我也这么做……而且，我觉得加茂说的有一定道理。"

"这笨侦探说的话有道理？"

"要保护月彦和漱次朗，所有人都在一起是最好的。这样一来就可以互相监视，让我们都没有机会行凶。"

听了这话，之前看起来不知所措的雨宫也下定了决心般点点头。

"我同意幻二的想法。"

月彦冷冷地看了雨宫一眼，对身旁的月惠说："这就四个人了啊。那我们就——"

"哥哥，我也听加茂的。"

月惠说这话的时候甚至都没有看向自己的哥哥。月彦愣愣地看着妹妹，说道："你什么意思，要背叛我吗？"

他的声音很粗暴，同时把手上的茶杯重重地砸在桌子上。

巨大的声响让月惠身子一缩，可她马上摇头道："不，这是为哥哥和父亲考虑。"

看到月彦指尖蓄力，加茂慌忙插嘴："那就这么定了……我们五个人会同进同出，一直到明天早上，保证竭尽所能防止凶手行凶。同时，漱次朗和月彦，也请你们尽可能想办法保护自己。"

一直怒视妹妹的月彦终于将视线转向加茂。

"然后呢，侦探先生打算怎么阻止凶手行凶呢？"

"别墅内部我们已经调查了好几次，确认没有暗道或暗门。凶手只可能是在别墅里的我们中的一个，或者外人。那么，首先，我们要做到不让外人进别墅。"

后门已经插上了门闩，大家商量后又决定把仓库里的备用桌椅搬出来堵住门。于是，月惠、文香和漱次朗三个人留在娱乐室，加茂等四人去了仓库。

仓库里的椅子上落满了灰尘，但此时没时间清理了，他们直接把桌椅堆在了后门门前。干完这活儿，四位男性全都浑身灰尘。爱干净的月彦不断揉着长出胡须的下巴，抱怨说想快点去洗澡。

这样一来，无论是从里面还是从外面，都无法轻易打开后门了。

但正门玄关不能采用同样的办法，因为无法进出别墅会很麻烦……万一凶手闯进了别墅，堵住门也许会导致来不及逃跑。

于是众人决定将所有正门的钥匙都交给月彦，让他从里面锁上门。但凶手可能复制了正门的钥匙，所以这也说不上是万全之策。

雨宫又去自行车棚取来了链锁，缠绕在双开门的门把手上，等于上了两道锁。链锁的钥匙有两把，月彦和漱次朗各拿一把。

虽说不管做了多少防备措施，凶手只要把门弄坏，还是能闯入别墅。但那样应该会弄出很大的声响，会有人注意到，可以借此时间防守或逃跑。

其次就是要考虑若凶手在七个人之中的话，该采取什么措施。刚讨论没一会儿，月彦就嘿嘿笑了起来。

"侦探先生，就请你们在露营拖车里过夜吧。"

听到这个要求，加茂皱起眉。

"刚才我确实这么提议过，但你是怎么想的，希望我们出去？"

此时窗外的雨下得更大了，看了看雨幕，雨宫一副忍无可忍的样子责问月彦："这种天气……我倒算了，幻二、月惠还有文香小姐也一起哦？在娱乐室里过夜比较好，这不是肯定的吗？"

月彦哼了一声。看着他那因高兴而有些扭曲的表情，加茂明白，他是故意这么提议的。

自因太贺老人的事情发生争吵后，月彦就明显对雨宫怀有敌意。而从月惠说要听从加茂的建议那一刻起，同样的敌意也转到了月惠的身上。这似乎是他采取的一种低俗的报复方式。

月彦用平稳的语调，笑着对妹妹说："我知道自己不是凶手，也不认为老爸能干出这么大的事。我就直说了吧，说实话，我认为凶手在你们五个人中间……你们能稍微站在我的立场想想吗？希望嫌疑人离自己远一点儿，这不是很自然的嘛。"

看来再反驳也没用了，加茂放弃争辩，说道："那好吧。如果漱次朗也持同样意见的话，我们就在露营拖车里过夜。"

漱次朗一副心不在焉的样子接受了月彦的提议，他似乎满脑子想的都是如何保护自己，看起来好像甚至不担心亲生儿女。

之后，趁着雨小了一点的时候，加茂和雨宫把露营拖车推到了正门旁边、距离别墅五米左右的地方。这样的话，要是有可疑人物靠接正门，就能注意到。

幸好只要移开车轮挡块，几个人合力就能推动露营拖车。最终以车门对着别墅的方式停下了。

这时雨宫提议要不要吃晚饭，加茂便拖着累坏了的身体走向餐厅。互相监视之下做出的晚饭自然称不上佳肴，但也没人抱怨。与其说是吃饭，不如说是用茶水把食物硬送下肚，是一项痛苦的工作。

饭后，为了提神加茂又喝了一杯咖啡，喝完就快八点了。

*

四周全暗了下来，银色的露营拖车隐约浮现于暮色中。

拖车的设计很简单，箱型，前方支出一截金属，下面装着一个轮子，估计是用来连接牵引车的装置。

加茂正准备检查千斤顶部分及车轮挡块有无异常时，先一步进露营拖车里确认内部情况的雨宫和幻二过来了。加茂借幻二的手表看了看时间，八点四十八分。

之后加茂顶着强风，去自行车棚接避雨的文香和月惠。两个人打着伞，惊叫着跑进露营拖车。她们刚进车里，幻二就说要抽根烟，出去了，大概是照顾讨厌烟味的文香。

接着雨宫进车，伸手弄了一下装在床上方的提灯。

提灯散发出仿如日光的柔和光芒，洒满车内。在灯光下闪耀着各种颜色的，是从仓库拿来的瓶子。空饮料瓶、空红酒瓶此时装满了自来水，这是为防备凶手投毒而采取的措施，每个人自己清洗瓶子，装水，带过来，作为饮用水。

雨宫又拉开厚重的灰色窗帘，打开了一扇窗户。吹进来的风凉爽得不像八月的风。

露营拖车比加茂想象的大，尺寸约为宽两米、总长四点五米、高两米，里面有厕所和厨房。尺寸之大让加茂不禁担心拖着它能不能在日本狭窄的道路上拐弯，大概是直接把国外规格的产品买了过来。

床让给女生睡，加茂靠在车门旁。

文香拿出怀表，在吱吱呀呀声中上满了发条，然后把表放在了床边的小桌上。月惠在她旁边，梳理被淋湿的头发。雨宫看在眼里，善解人意地打开柜门，拿出毛巾递给两个人。

加茂决定再确认一次车内的安全。于是又查看了一遍大家带上车的东西、抽屉及架子，连床垫下面都翻了一遍，别说猎枪了，连弹药都没藏一发。

他调查结束的时候，说要抽烟而出去了五分钟左右的幻二浑身湿透地回来了。为保险起见，加茂检查了幻二身上的东西。这时候风雨变大，露营拖车会时不时晃动。

加茂用毛巾擦了擦挂着雨滴的沙漏，雨宫像是想起了什么，小声叫道："糟了，雨伞放在外边没拿回来。"

他说之后风大了，伞被吹走会很危险，便向车外走去收雨伞。

加茂目送他出去还不到三十秒，就听一个雷落在近处炸响，震耳欲聋的响声让文香跳起来惊叫。加茂担心起雨宫，决定去外边看看。

一打开车门，就见雨宫抱着五把伞站着，浑身湿漉漉的。加茂看到他，松了一口气。雨宫用几不可闻的声音对他说："我害怕……打雷。"

让加茂检查完身上的东西后，雨宫跳进车里，加茂则站在外边，仰头看天。云层中，紫色的闪电窜来窜去，把道路和草原都照得亮堂堂的。光亮之强让加茂感觉到危险，就回到了车里。

车里，雨宫正解下手腕上的皮表带手表，准备放到厨房。从加茂的位置看不清表盘，但能看到表带淋湿了，正往下滴水。雨宫大概是想晾干吧。

加茂用从仓库找来的绳子绑住露营拖车的门，保证不让任何人轻易从车里出去。然后守在车门旁的阶梯边，便于监视进出的人。这时他总算能歇一口气，拔下带来的红酒瓶瓶塞，喝了一口。里面装的是自来水，但沾了些红酒的酒气，变成难以下咽的味道。

他正不知该怎么处理这水才好，月惠缓缓开口了。

"我们要怎么办？不可能就睡到早上吧？"

幻二正准备坐到床边的折叠桌上，闻言提议道："大家一起讨论一下怎么样？也是为了找出凶手……今天的调查完全没有新发现，对吧？"

最后的问题是对加茂说的，但加茂故意没回答。他把红酒瓶放到脚边，拿起挂在胸前的沙漏吊坠。

"真抱歉，我想都说出来……你要是不喜欢，就别偷偷摸摸躲着，赶紧现身出来，霍拉。"

除了文香，大概没人明白他在嘀咕什么。待在厨房的雨宫一脸怀疑他疯了的表情，月惠则以轻蔑的视线冷冷扫了他一眼，幻二以为他在开低劣的玩笑，露出失笑与失望夹杂的表情。

话是这么说，但加茂没期望霍拉会回答。不过他也不是在要求他回答，只是打算对不知在什么地方偷听的霍拉通报一声。

加茂并不知道霍拉在什么地方，他的手机没电了，也许霍拉真的想跟他联系，却做不到。

加茂松开沙漏，视线投向幻二。

"说起来，我还没向幻二道谢呢。"

"道谢？"

幻二眼中闪过戒备的神色。

加茂轻轻点了点头，继续说道："那时你帮我圆谎，说听过我的名字，谢谢了。托你的福，我没被赶出别墅。"

幻二困惑地看向文香。文香似乎理解了加茂的意图，但并不开口。看到这情景，幻二的态度强硬起来。

"你这是在坦白自己就是杀人凶手吗……我能这么理解吗？"

"不，不是这样的。我虽然不是私家侦探，但也不是杀人凶手，更不是引发一连串凶案的元凶。"

"那你说这话是什么意思？"

"已经有太多的谎言和敷衍了，我想把一切都说出来，然后问一下幻二你为什么要帮我打掩护？"

从加茂不带情绪的口吻中幻二似乎察觉到了什么，他的表情略微缓和了一些，叹了口气说："你说的没错，我看出侄女文香在说谎。"

"我想也是，她的谎言太荒谬了。"

"如果这孩子平时就喜欢故意骗人，那我可能马上就把你抓起来了吧。可文香不会做这种事，这点我是最清楚的。"

文香小声说了句"对不起"，她正要继续说些什么时，幻二打了个手势，制止了她。

"如果这孩子说谎，原因只可能是想让谁高兴或者保护谁。正因如此，看到文香意志坚决地想圆谎，我感到迷惑……一开始我怀疑是不是你骗了这孩子，可你却并没有把谎言说到底的意思，看起来甚至跟我们一样，对这孩子的谎言感到茫然。"

加茂不由得露出苦笑。

"突然当上了'名侦探'，我真是不知道该怎么办啊……可你不担心我可能是杀人凶手吗？"

"这一点我打从一开始就没怀疑过。你一直在别墅外，不可能杀害哥哥和光奇，而且你也不像是别墅里的某个人的同伙……那天娱乐室里整晚都有人，这是个偶然，杀人凶手不可能算准这点，提前找好同伙。"

幻二的分析很犀利，加茂沉下脸，嘀咕了一声："原来如此。"

"不仅如此，还因为你身上没有被蚊子或蚋叮咬的痕迹。"

这个原因出乎加茂的预料，他瞪大了眼睛。

"跟蚊子有什么关系？"

"你也知道的，诗野位于山脚下，这个季节在外边过上一夜的话，应该会被蚊子叮得浑身是包，不是小事。"

"哦，这样啊，这我真没注意呢。"

"因此，我知道你既不是杀人凶手，也不是杀人凶手的同伙。所以，要是把肯定不是凶手的你抓起来，也怪可怜的。"

说到这儿，幻二的笑容突然带有促狭之意，他继续道："而且，我有个自己都束手无策的毛病，碰上能引发我好奇心的事情，我就会头脑发热……那时文香说的话实在太有意思了，我忍不住想看看事情会怎么发展，这也是一个原因。"

仿佛看到了幻二的真心，让加茂有些无奈。幻二则拿起毛巾，一边擦拭手表的金属表带，一边开口道："不过，你要是做出哪怕一丁点的可疑举动，我可不打算放过你。但是我马上感觉到你是认真对待这起凶杀案的。"

文香依然默不作声地凝视着幻二，那眼神仿佛在诉说什么。幻二坦然接下了她的视线，继续说道："所以我就这样想，或许不知是出于直觉，还是有具体的依据，文香认为别墅里会出事。但就算她去找父亲，也就是我哥商量，我哥也只会认为那是小孩子的胡话，不会当真。这孩子没办法什么都不做地傻待着，就决定邀请你到别墅来。"

"嗯，文香说她曾擅自邀请过魔术师来家里。"

加茂没那么紧张了，幻二微微点点头。

"是的，因此叫私家侦探来，这种事她也是做得出来的。所以直到刚才，我都真的认为你是侦探，那么，你到底是什么人呢？"

"我仅仅是个为杂志供稿的写手，不过虽然我的专业不是查案,但的确是为了阻止在诗野发生的惨案才来这里的。"

加茂能感觉到大家都在等着他继续说下去,可接下来要说的话连他自己都觉得过于匪夷所思。加茂把声音压低,用几乎听不见的音量说:"我事先就知道这里会发生惨案,因为我是从未来来的。"

"对,加茂是从二〇一八年来的。"

听到文香铿锵有力的补充,其余三人互相对望。

雨宫一脸惊疑,眼神飘忽;幻二和月惠的反应却比加茂预料的平淡。此时加茂倒期盼他们直接骂他是个骗子,反而能轻松一些。

最先开口的是雨宫。

"果然……"

"果然?"

听到加茂的反问,月惠呵呵地笑出声来。

"这样就好理解了,你的说话方式,还有衣服、眼镜,等等,全都和我们的不一样。我一直觉得奇怪来着。"

加茂呆住了,一句话也说不出来。幻二用毛巾裹着手表,放到床边的桌子上,开口说出颇有决定性的话:"你的运动鞋(sneakers)连在特摄片里都没看过,设计非常有趣……说实话,我还半当玩笑地想过你可能来自未来。"

听着听着,加茂不禁觉得事情的走向有些不对劲。

"搞来搞去原来早就露馅儿了啊。早知这样,我何必说什么谎呢,一开始就全都说出来好了。"

加茂说着冲文香笑了笑,开始解释自己会来到"这里"的原因。说到之后这里会发生泥石流,以及降在家族唯一继承人文乃的子孙身上的龙泉家的诅咒,又说到遇到霍拉大师,穿越时空……最终文香也加入进来，把两个人至今为了阻止发生新的凶杀案而做过的事全都说了一遍。

其余三人连珠炮似的问了关于穿越时空的问题，加茂正要说明穿越时空的限制时，一个耳熟的声音插嘴道："为避免发生误解，由我来说明吧。"

*

加茂到处找寻声音来自何处，后来发现是沙漏在发声。他用右手指尖捏起微微发光的沙漏。

"真见鬼，这窃听器还带扬声功能啊……不过电池装在哪儿呢？"

"没放电池哦，加茂。"

听到霍拉仿佛责怪加茂的话，除了文香，另外三个人都半张着嘴。他们大概也凭直觉知道声音是从沙漏传出来的。霍拉把沙漏弄得更亮，说道："初次见面，我是霍拉大师，关于时空转移，让我来说明吧。"

沙漏开始有条不紊地讲述曾对加茂和文香说过的规则。

月惠和雨宫像是理解不过来，愣愣地听着；喜欢科幻小说的幻二则颇感兴趣地侧耳倾听。这期间霍拉让沙漏一直在发光，可沙漏摸起来还是冰凉的。

等霍拉说完，加茂问出了他早就觉得奇怪的问题。

"说到底，你究竟躲在哪儿呢？"

"我没逃也没躲，一直在你身边。"

加茂眨了好几次眼，扫视房间里的四个人，当然也包括文香。四个人开始各施所能，表明不是自己。霍拉的笑声在露营拖车里回响。

"这可真是令人高兴的误解,你居然以为我是人类。"

这话让加茂再次低下头看着发出淡光的沙漏,说:"莫非你的真身就是这个沙漏?是沙漏形状的时空机吗?"

"正是如此。我是为进行时空转移试验而被制造出来的artificial intelligence,也就是人工智能。"

闻言幻二愉快地低头看着沙漏,说:"二〇一八年已经有穿越时空的技术了啊,感觉挺有意思的。"

加茂耸耸肩道:"我所知道的未来可不是这种科幻仙境……霍拉应该来自比二〇一八年更远的未来。"

霍拉让沙漏发出的光变成了黄色,说道:"我生于距离加茂所在的时代再过二百九十年左右的未来。开发者给了我沙漏的形状、'霍拉大师'这个名字,以及特殊的任务。"

文香惊讶地问:"特殊的任务是什么?"

"如果有人改写了过去,我就要回到过去,把历史修正成原本的样子。"

这个说明让加茂难以理解,他不解地问:"这真的能做到吗?如果过去被改写了,那应该会出现新的未来,而改写前的未来会消失,这样不是没有人知道原本的未来是怎样的了吗?"

"普通的时空转移装置大概会是那样的吧……但我的开发者为了解决这个问题,把我从这个世界独立出去了。"

无法理解,加茂怔怔地说:"独立?"

"你手里的沙漏,装的不是什么沙子,而是装着一个小小的世界。"

加茂觉得吓人,松开了捏着沙漏的手,但悬挂在脖子上的沙漏始终只有一颗小石头的重量,怎么会是一个世界呢?

霍拉沉着地继续说："换句话说，我既是时空转移装置，也是等同于你们所在的世界的另一个世界。我的世界里有台量子电脑，里面装着'身为AI的我的数据'和'过去被改写之前，你们所在的世界的档案'。"

"什么另一个世界，真是荒唐。"

霍拉所说的内容早就超出了加茂的想象，更别说生活在一九六〇年的文香等人了，听在他们耳中，这番话完全不明其意吧。但即使这样，他们仍流露出一副努力理解的样子，专心倾听霍拉的解释。

"我的内部时间是完全独立的，是不可从外部侵入的。所以，不管你们所在的世界发生了什么，就算历史被改变，就算开发者在创造出我之前就被杀了，我的内部数据及档案也不会被改写。"

"这简直不是霍拉大师，这不是卡西欧佩亚吗？"

加茂忍不住挑刺。他说的是在米切尔·恩德的《毛毛》中登场的角色，乌龟卡西欧佩亚。《毛毛》中的卡西欧佩亚可以在时间停止的世界中自由行动，要说为什么，是因为它拥有个人独享的特殊时间。

霍拉再开口时，语气中带着怀念的色彩，他说道："我的开发者巴斯蒂安博士希望我能成为时间和历史的守护者，所以给了我'霍拉大师'这个名字。"

"不管怎么说，从你刚才的说明中，我明白了一件事。"

沙漏发出挑衅的黄色光芒。

"哦？你明白了什么？"

"这个凶手的行动有很大的特点。首先，即便出现了娱乐室里整个晚上都有人这样的突发情况，那家伙也能利用这点，制造了一起不可能犯罪。其次，那家伙像是钻空子一样改变了行凶的顺序，还把羽多怜人画的《奇美拉》移到了荒神之社。"

"我不觉得这些事有什么关联。"

"我第一次注意到这几点，是在荒神之社找到《奇美拉》那幅画的时候。我想了想凶手为何宁可冒着风险也要转移那幅画，就知道了。"

闻言文香眯起眼睛沉思，终于一副恍然大悟的样子喃喃道："对啊，荒神之社在泥石流之中幸存下来了，对吧？"

"对。对凶手而言，羽多应该是个特别的人。既然是凶手把他的画搬到了荒神之社……那就只有一个可能，这么做是为了保护画不会毁于泥石流中。"

露营拖车里一片安静，大概大家都听出了加茂话中的意思。

他继续说道："也就是说，这名凶手知道会发生泥石流，也知道只有荒神之社幸免于难。和我一样。"

雨宫面带困惑，他摸着头发，不确定地说："可是，有可能发生这种事吗？"

"一开始我也觉得这个想法太傻了，但如果还有一个时空旅行者的话，那一切就都可以解释了。"

幻二看向地板，沉吟道："如果凶手是位时空旅行者，那也就是说，这家伙预先知道你会在清洁工具间监视。那里是最适合监视酉鸡间的地方，凶手应该猜到了你会利用那里。"

"然后那家伙将计就计，改变了杀人的顺序，搞出一起正因为我在清洁工具间才能成立的不可能犯罪……那家伙滥用关于未来的知识，肆意妄为地行凶。"

说到这儿加茂顿了一下，然后将视线投向沙漏，继续说道："正因为有一位时空旅行者改写了过去，你为了把历史恢复原状，才把我带到这里来了，不是吗？"

不知为何霍拉的语调中带着笑意。

"你基本上都说中了。不过实际上不是有另一位时空旅行者，而是有另一个时空转移装置。"

加茂一心以为是来自未来的罪犯造成了"死野的惨剧"，听了这话大为不解。

"在未来，到底发生了什么？"

"情况严重得超出你们的想象……本来是不允许对过去的人说未来的事情的，但我就打破这条禁忌，跟你们说了吧。"

此时霍拉已完全失去光芒，恢复成与普通沙漏无异的模样。

"我生在一个名为全球分析实验室（Global Synthesis Laboratory）的研究机构，简称 GSL，巴斯蒂安是 GSL 的研究员。他制造了两个时空移动装置的试验品，其中一个具有补正历史的特殊功能，也就是内部有另一个世界的我。另一个是只有时空转移功能的'卡西欧佩亚'。"

"'卡西欧佩亚'？"

加茂不由自主地叫了出来，霍拉平静地回答："巴斯蒂安从小就爱看米切尔·恩德的作品，所以以《毛毛》中霍拉大师的朋友，那只乌龟的名字为它命名。顺便说一句，卡西欧佩亚和我一样，也是沙漏形状的，里面有量子电脑。基本性能和可进行时空转移的功能跟我完全一样。"

"卡西欧佩亚也一样受到'穿越时空的四条规则'的限制吗？"

"嗯，因为只有我内含独立的世界和时间。"

"哦，看来你是卡西欧佩亚的向上兼容机种？"

"我们没有上下之分。我们只不过是能够带着时空旅行者安全地进行时空转移的领路人。之后，巴斯蒂安利用卡西欧佩亚进行了很多次实验,研究进行得很顺利。"

"你说的这些我都听懂了,只是,为什么一个时空穿越装置会跑到过去大开杀戒?"

"有犯罪分子得知了GSL正在进行的实验,那个人的真名是爱丽丝(Alice),但常被叫作玛丽斯(Malice)[①]。"

"不会是男的吧?"

加茂不禁追问了一句,霍拉无动于衷地回答:"是女性。她曾是GSL的优秀研究员,特别是在人工智能方面,她是第一人。我会诞生,也是因为有她……遗憾的是,玛丽斯因嫉妒GSL的同事兼好友创下的'功绩'而发了狂。"

"原本的研究员成了犯罪分子啊,头脑好就是麻烦。"

"不管是追杀的还是被追杀的,都是能称为天才的人物。为了弄死曾经的好友,玛丽斯不择手段,犯下了多项罪行。"

"那位被追杀的研究员没事吧?"文香担心地问道。

霍拉罕有地以温和的声音答道:"当然。他每次都能挫败玛丽斯的计划,阻止她的恶行。多次的失败,让玛丽斯也终于放弃追杀曾经的好友。她换了个方式——夺走卡西欧佩亚,回到过去,试图把他的存在从这个世界抹去。"

玛丽斯的执念之深让加茂感到一阵发冷。

"真是够乱的。那结果她成功了没有?"

"从某种意义上说,她既失败了,也成功了。玛丽斯在偷走卡西欧佩亚的时候被特种部队阻截,受了致命伤。但怀有丧命心理准备的她破解了卡西欧佩亚,把里面的AI替换成了别的数据。"

[①] Malice的意思是恶意、怨恨。

"她把什么数据放进去了?"

"是完全复制了她的思想的 AI。濒死的玛丽斯让自己成为时空旅行机器,逃到了过去……卡西欧佩亚的内在已经变成了玛丽斯,方便起见就叫她'暗黑·卡西欧佩亚(D.卡西欧佩亚)'吧。"

"既然如此,那找不到 D.卡西欧佩亚在哪儿吗?比如想办法探测你们发出的某种特殊电波?"

霍拉的语气显得很无奈。

"如果能做到的话就不必如此费劲了。开发者压根儿就没想到时空转移装置会被用在犯罪上,所以我没有寻找其他装置的功能。就算 D.卡西欧佩亚就在旁边,带着我和加茂一起进行了时空转移……我可能都发现不了自己被转移了。"

"喂,你这试验品,功能也太逊了吧。"

"被你这么说我很痛苦。不过只要花点时间,我就能定位自己所在的地点和时间。"

这时文香像是突然注意到了什么,脸色变了。

"先不说那些……你说 D.卡西欧佩亚来'这里'是要害我们,莫非……"

"是的。玛丽斯想杀的人名叫'Eugene Ryuzen'(龙泉优仁),他是龙泉太贺的子孙。"

没想到这一层的加茂过于吃惊,连话都说不出来了。

霍拉平静地继续解释:"优仁博士是遗传工程学和地球物理学领域的天才。他最大的功绩是在二二五八年预测到'数十年之内地球会遭遇大规模异常气象',在他的计算中,到那时生态系统将被彻底破坏,很可能发生让地球上的生物全部灭绝的毁灭性灾难。"

"然后那异常气象真的发生了?"幻二担心地问道。

霍拉马上回答:"正如他所预测的,二二七九年,异常气象'大灾害'袭击了地球。那次灾害的规模比让恐龙灭绝的那次更大,不过幸好优仁博士说动了联合国,提前采取了对策,所以将受灾程度抑制在了最小范围。因为这件事,博士成了名副其实的救世主。"

这故事过于宏大,没有现实感。加茂茫然地低声说道:"我总结一下你刚才说的……D.卡西欧佩亚来到过去,是为了把龙泉家的人灭门,这样优仁就不会出生了?"

"是的,她的行动仅仅是这一个目的。"

听了这番话,隔着一段距离都能看出雨宫在发抖,他说:"可是,优仁要是消失了,那不是要出大事了吗?"

"我并未确认被改写之后的未来……不过优仁的研究用的是他自创的方法,从这点考虑,出现另外一个人,能同样发现'大灾害'的可能性大概不到百分之一。"

"不是吧?如果继续任由D.卡西欧佩亚逃窜下去的话,百分之九十九的概率人类会灭亡啊!"

听到加茂的惊叫,霍拉口气惊讶地说:"我事先说过了啊,情况严重得超乎你们的想象。"

"你说得也太轻描淡写了吧!"

"总之,玛丽斯为了毁掉优仁不择手段。D.卡西欧佩亚也是,哪怕牺牲整个人类换取她的消失,她也会很高兴这么做吧。唉,不过我想她其实是打算利用'大灾害',只让对自己有利的人活下来,重建这个世界。"

"这是什么情况啊!既然有这么棘手的家伙存在,把我卷进来之前你就该好好说清楚啊。"

霍拉轻飘飘略过加茂的怒火,转移了话题。

"在第三次世界大战中,东南亚和欧洲一部分的国家及地区因受到敌国的攻击,所有电子数据都被毁了。优仁的曾祖母龙泉直美就住在其中一个国家。她成了战争孤儿,在第三次世界大战中失去了关于祖上的记录,所以我的档案里关于优仁的祖上部分也只能追溯到龙泉直美。"

说到这里霍拉顿了一下,才继续道:"只是,优仁曾听曾祖母说过一个像恐怖怪诞的故事,那就是他的祖上曾卷入'死野的惨剧'一系列可怕的凶杀案中。玛丽斯也听说过这件事,进而查出了优仁的祖上是你们龙泉家的人。"

听了这话幻二皱起眉。

"可这不是很奇怪吗?'死野的惨剧'应该是D.卡西欧佩亚一手造成的,为什么会在她改写过去之前就发生了凶杀案呢?"

"其实在过去被改变之前,诗野的别墅就发生了连环凶杀案,并有多人死于泥石流。"

这话又让幻二睁大了眼睛。

"也就是说,不管有没有来自未来的干涉,都有凶手隐藏在我们之中。我们的命运就是成为凶案的受害者?"

"正是如此。"

加茂无法继续保持沉默了,他咬牙切齿地对霍拉说:"既然你知道这件事,那你的档案里应该有关于凶手的记录吧?就算跟现在的历史发展不同也能作为参考吧。总之,现在马上把相关信息说出来。"

"很遗憾,我的档案里也没有记录谁是凶手,因为泥石流把一切都搞得乱七八糟……然而,原本案情并非和现在一样哦,

'死野的惨剧'是一桩更为单纯的案子。"

"不像现在这样，全是些不可能犯罪？"

"我的档案里，验尸记录中没有遗体被肢解的记载。原本的凶手并没有分尸。"

听到"验尸记录"这个词，加茂沉思了一下，问道："在你的档案里，泥石流之后，警方发现了谁的遗体？"

"究一、光奇、漱次朗、刀根川，还有文香五个人的。其他人的遗体都找不到了。"

这五个人……这和加茂知道的未来，也就是Ｄ．卡西欧佩亚改变了历史之后的未来是一样的。看到文香双手掩面，月惠把手放在她的肩上像在安慰她。加茂假装没看见，继续说道："有什么不一样的吗？和我知道的'死野的惨剧'不一样的？"

"这个嘛，第一起凶案比现在晚了两天，应该是发生在八月二十三号的深夜。"

"这样啊……所以你把我带到了二十二号。"

"嗯，我是按照过去没被改变的档案信息行动的，根本没想到凶手会提前两天动手。"

"但如果说凶手提前动手是受了Ｄ．卡西欧佩亚的影响……也还是不对劲。为什么Ｄ．卡西欧佩亚选择的都是无法解释的行凶方式呢？一般罪犯都不会这么做啊。"

面对大为不解的幻二，霍拉平静地回答："玛丽斯不是一般的罪犯，她还有一个别名，叫不可能犯罪女王(The Queen of Impossible Crimes)。"

这话让加茂瞠目结舌。

"不可能犯罪女王？"

喜欢看推理小说的幻二和文香也露出一副无话可说的表情，

不知是不是察觉到了他们的吃惊，霍拉平淡地继续说道："迄今为止玛丽斯犯下了许多罪行，比较出名的有'太空船时刻表不在场证明诡计案''银河内千人同时密室被杀案'等，她会选择介入'死野的惨剧'，也和她喜欢大张旗鼓地犯下大案的性格相符吧。"

加茂觉得头很痛，闭上了眼睛。

"够了，我知道未来是个荒唐的世界了……D.卡西欧佩亚是玛丽斯的复制版，所以那家伙来到'这里'，更要犯下一堆不可能犯罪了。"

"严格来说，D.卡西欧佩亚无法单独作案，她和我一样不能自由行动，如果没有跟人类一起，甚至无法穿越时空。"霍拉解释道。

"也就是说，那家伙有个人类同伙。"

"我不知道她是怎么找到的，但她好像事先找到了潜入龙泉家的凶手，利用他实施了犯罪。那个人应该也和你一样，把沙漏藏在了什么地方。"

"这可相当棘手了。只要凶手想，还可以穿越时空逃掉呢。"

"还有一条确切信息。玛丽斯的性格是完全不相信他人的，为了将被出卖的风险降至最低，她实施犯罪的时候从未有过一个人以上的同伙。"

加茂有些惊讶地反问："玛丽斯也许是这样，但不能保证D.卡西欧佩亚也一样吧？"

"不，这是复制了人类思想的AI的缺点之一。AI必然会受到这个人类生前所执着的事情的束缚。"

"也就是说，D.卡西欧佩亚只可能找一个人当同伙吗？"

"嗯，将她的计划付诸行动的凶手，无疑是单独作案的。"

闻言文香抬起泪湿的脸,说:"等等!不管怎么说,我们都会在泥石流中丧生,对吧?本来就注定会死,D.卡西欧佩亚为什么还非要追杀我们?"

"这大概是因为她跟凶手做了交易吧。"

听到霍拉的话,加茂微微发抖,说道:"这名凶手潜入龙泉家,目的是杀害来诗野别墅的人。不,真正的目的也许是把跟龙泉家族有关的人全都杀掉。另外,D.卡西欧佩亚想找到一个能由她随意操纵的时空旅行者,再让这个人杀掉可能是优仁祖先的人,也就是龙泉太贺的子孙。"

"是的,他们的目标基本一致。"

分明是夏夜,加茂却止不住地浑身发抖。

"我多少有些明白了。D.卡西欧佩亚和成为她的时空旅行者的凶手才是……龙泉家的诅咒的真身?"

"你很聪明。D.卡西欧佩亚为凶手出谋划策,帮他达到目的,作为交换,凶手要绝对服从。对龙泉家怀有深仇大恨的凶手自然乐意接受这个提议。"

加茂压抑着上牙打下牙的哆嗦,开口道:"'死野的惨剧'结束后,D.卡西欧佩亚和凶手多次穿越时空,又杀害了文乃的子孙,并全都伪装成意外或命案?"

"嗯,这就是所谓诅咒的背后真相。"

"我们究竟做了什么啊!为什么?"

听到文香悲痛的叫喊,幻二和月惠二人低下了头。霍拉像是没注意到他们两个人的样子,继续说了下去。

"不管怎么说,受加茂出现的影响,D.卡西欧佩亚采取了跟被改变过一次的过去不同的行动。多次改变过去,会加重世界的不稳定性,现在已经出现连我都搞不清楚的现象了。"

幻二皱起眉，低头看着沙漏问："具体是什么现象？"

"大概一个小时之前，我的全时空定位系统出现严重异常。具体来说就是，我们所在的地点、时间和通过计算重力波得到的地点、时间之间有重大的偏差。"

"细节部分我理解不了，可为什么会发生这种事？"

"我想主要原因是世界变得不稳定，因而产生了扭曲。但我也不知道详细情形……为了补正这个偏差，我需要重新计算，这要耗时十二个小时。在补正完成之前，无法再进行时空转移了。"

加茂听着这些话，脑子里想着留在二〇一八年的伶奈。

她是龙泉家最后一个还活着的后人，可是因为病情，她的生命随时都可能消逝。不管伶奈是龙泉优仁的祖上，还是她的堂兄弟姐妹中的某人是，对加茂而言都无所谓，他只要能救伶奈就足够了。

可他心里有一个疑问，浮现之后便始终挥之不去。

"为什么呢？"

"全时空定位系统与全球定位系统（GPS）相似，进行时空转移的时候，输入的出发地数值哪怕只有丝毫偏差，都无法进行安全转移，必须调整到和根据重力波测算出的值一致。"

"我不是在问这个，我想问的是，为什么选择我当时空旅行者？"

霍拉发出一声不像 AI 的深深叹息，然后开始解释。

"我的存在，即便在 GSL 里也是顶级机密，好像就连卡西欧佩亚都不知道我的存在，玛丽斯也以为卡西欧佩亚是'独一无二的时空转移装置'……优仁得知卡西欧佩亚被抢走后，从留在 GSL 的数据中看穿了她的目标地是'死野的惨剧'现场，因此我和巴斯蒂安一起前往一九六〇年，目的是阻止 D．卡西欧佩亚，阻止历史被改变。"

"可你不是跟巴斯蒂安，而是跟加茂一起来的，这中间究竟发生了什么？"

对于文香的问题，沙漏痛苦地给出回答："转移过程中情况失控，我和巴斯蒂安被丢到了一万年前……不知是因为D.卡西欧佩亚对过去的干涉导致世界变得不稳定，还是玛丽斯在GSL的电脑里输入了破坏性数据，原因现在仍不清楚。"

听到这番绝望的话语，所有人都不禁呻吟出声，霍拉的口吻变得很悲伤。

"根据时空转移的第一条规则，再次转移需要等十二个小时。我在补充能量时利用全时空定位系统计算当前所在的坐标，可巴斯蒂安没能坚持下来，他遭到了像是剑齿虎一类生物的袭击。"

有一会儿没人说话，沉默持续了二十秒左右，加茂问："那之后你怎么办了？"

"失去了时空旅行者的我什么也做不了，渐渐被埋到了深深的地下。巴斯蒂安给了我即使用上一千年也不会坏的强度，所以我的容器经历了一万年也没有损坏。可我的内在似乎不一样了。"

一万年，这是人类通过常识无法想象的漫长时间，既然AI是根据人的思想做出来的，那对霍拉而言，这也是一段长得要命的时间吧。

"经过了漫长的年月，我变了。我明白了AI本无从体会的名为绝望的真义……我以为这牢狱会持续到地球毁灭，但幸运的是，我被挖掘化石的人挖了出来。二〇一五年快结束的时候，我终于自由了。"

加茂想起关于奇迹的沙漏的都市传说就是在二〇一六年左右流行起来的。

"那之后你辗转经过了数人之手?"

"结果就是我被称为'奇迹的沙漏',但这是错误的说法,我并没有制造奇迹的力量。"

"等等,我听说有人靠'奇迹的沙漏'赌马赢了大奖,那不会是……"

"我的档案里记录有过去发生过的所有赌马信息,我以此作为帮助我的回报。"

"喂,你也改写了过去,这算怎么回事啊!"

"在那个牢狱里我学到的是,为了阻止人类灭绝,就应该不择手段。而且我找到了最适合阻止 D.卡西欧佩亚和凶手行凶的人……那就是你,加茂。"

加茂背上窜过的寒气仍未消除,他低声问:"你认为我是合适人选的理由是什么?"

"你是龙泉伶奈的丈夫,且有一定的才智。"

"仅仅如此?"

"你为了救妻子,什么都愿意做,你有强烈的意志。综合这些来看,没人比你更合适了吧?"

听到霍拉一口咬定,加茂放弃了追问,摇摇头,道:"你说的听起来不像谎言,但你并没有把实情都说出来。选择我,其实另有原因吧?"

"这个理由,你有勇气听我说吗?"

不知为何,沙漏发出的声音带上了挑衅的味道。

"我做好心理准备了。"

"嗯哼。"

"即使 D.卡西欧佩亚原本并不知道你的存在,见到我之后他也应该知道了。我是另一个时空穿越装置带来的时空旅行者,是从未来过来阻止'死野的惨剧'的,那伙人肯定早就知道这些了。"

"应该吧。本不该出现的人突然出现了,你又毫不掩饰我,也就是这个沙漏的存在。"

加茂将左手按在胸前,说:"说直接点吧,对他们而言,我是最大的障碍。继究一和光奇之后被杀的是我也不奇怪。"

加茂感觉到按着胸口的指头在发抖,可他不打算说到这里就停下来。

"然而那伙人没对我出手,明明不管是用毒杀还是什么方法都可以轻易杀死我……甚至可以杀掉我,再抢走霍拉。"

"因为加茂跟龙泉家没有血缘关系,肯定是这样。"文香这样说。

可加茂心知这不是真正的理由。

"D.卡西欧佩亚是个冷血的人的复制品,不可能放过碍事的人。但我没事,肯定是因为有不能杀我的理由。"

"那理由是什么呢?"

霍拉的声音仍充满挑衅,但不见丝毫慌乱。与之相对,加茂的声音止不住地发颤。

"D.卡西欧佩亚害怕引发时间悖论。"

一直沉默着的月惠不解地连连眨眼,问:"那是什么意思?"

加茂苦笑着看向她,说:"简单点说,就是我是玛丽斯的祖先,D.卡西欧佩亚如果是我的后代的复制品,那他们杀了我,就等于是子孙杀了祖先,会引发时间悖论。是这样的吧,霍拉?"

加茂边说边觉得难以相信,他觉得好笑,又觉得心里难受。

"是的。玛丽斯的全名是 Alice Kamo(爱丽丝·加茂),她是你的后代。"

"这算怎么回事啊？我还没有孩子呢，就成了杀人魔的祖先。"

"虽然不知道你会怎么想，但我要说，加茂和玛丽斯的遗传因子只有极小一部分是一致的，但仍能看出在性格上你们有相似的地方。"

加茂猛地止住了笑，说："可……我至少不是个罪犯。"

"单看眼下……是这样的。"

霍拉冷冷地说，加茂惊恐地闭上了眼睛。

霍拉会这么说，肯定是因为在档案中他将来会染指犯罪。而他和不是伶奈的某个人生下了孩子，那个孩子就是玛丽斯的祖先。

"正因为你知道这一点，认为我不是值得信任的人，所以才隐瞒了一切，把我带到'这里'来，对吧？"加茂问道，可霍拉没有回答。

加茂发现自己的手不知何时已不再发抖了，尽管情形怎么看都比之前更糟糕了，可不知为何他的心情平静了许多，也许这种奇怪的反应就是与玛丽斯的相似之处吧。

"这么一来我知道你选择我的真正原因了。第一，你知道选择别人当时空旅行者会被杀害，所以选择了那伙人无法杀害的我。第二，不管我是否能成功抓住凶手，你都可以修正历史。"

意外的是，幻二同情地看着加茂，说道："真是残酷啊……如果你能看破真相，让凶手无法下手的话，就能让接下来预计被杀的人免于丧命。但如果推理失败了，只要你死在这里，未来的玛丽斯就不会出生了。"

"不管事情朝着哪个方向发展，优仁都有机会逃过被害的命运。如果我找不出凶案的真相，你就打算直接带着我时空转移到宇宙空间或者海里杀了我吧？"

"嗯，作为最后的手段，时空转移到深海是备选之一。只要能达到目的，就算我无法行动了也没关系。"

霍拉将计划和盘托出，加茂又笑了。这笑不是不知从何处迸发的那种，而是更为自然的笑。

"你有你的决心，这我知道了。那么，现在我要怎么办才好？是继续扮演侦探呢，还是为了伶奈去死比较好？"

仿佛从加茂的声音里感受到了什么，霍拉的口气恢复了之前的平稳，说："我一直没告诉你D.卡西欧佩亚的事有两个理由，一是要是你全知道了，可能会把我丢掉，与她合作。"

"我才不会那么做。"

听了这话，霍拉低声说："我搞不懂，现在的你是真心想保护龙泉一家人，这跟档案中的数据有很大不同。D.卡西欧佩亚应该没对这一部分动手脚，可为什么会有这么大的偏差呢？"

"因为……我遇到了伶奈。"

加茂用几乎没人能听见的声音说。他深知遇到她之后自己的变化有多大，他身边的人也都这么认为。

这一瞬间，刚刚消失的强烈寒气又回来了，加茂承受不住，闭上了眼睛。他心里清楚，这不是出于身体不适或恐惧，而是因为绝望。

"你说什么？"霍拉问。

加茂发现自己不知何时双手掩面，喉咙深处发热，几乎当场就要哭出来。他勉强压下了哭泣的冲动。

等心情平复下来之后，他摇摇头，说："没什么……不说这个了，你说不告诉我玛丽斯的存在有两个理由，另一个是什么？"

"知道了未来,每个人的行动都可能会有极大的改变,我怕对优仁和玛丽斯的存在产生影响。"

加茂无法理解霍拉这话的意思。

"玛丽斯无法降生不正是你期望的吗?"

"当然不是。走上犯罪道路之前的爱丽丝博士也是独一无二的优秀人才。"

"也许她做出过什么对人类有贡献的事,但犯下的罪行更大啊。"

"不巧,人存在于世的理由是很复杂的。"

"你在说什么啊?"

"爱丽斯博士和优仁博士还是好友的时候,互相激励着推进了许多项研究。要是没遇到她,优仁也未必能成为研究员,在这一点上她也一样。爱丽斯参考了优仁写的关于生物进化学的论文,不断推进AI研究;优仁又借助她做出来的AI,成功降低了异常气象的危害。"

文香似乎因为过于兴奋而面颊微红,她轻声说道:"这两个人缺一不可,关系就像一枚硬币的两面?"

"嗯。所以我没把玛丽斯的事告诉你,因为我害怕你厌恶玛丽斯,从而做出妨碍她出生的行动。加茂,夺取你的性命是我的最终手段,那样做对未来绝对没有好处。"

豆大的雨点打在露营拖车的车顶,剧烈的风晃动着露营拖车。过了足足一分钟,加茂才开口道:"说到底,就是只有解开'死野的惨剧'之谜,找出凶手,把被凶手藏起来的D.卡西欧佩亚拿回来这一个办法了,对吧?"

"嗯,这样做能得到最好的结果。"

在床上默默听完一切的月惠挪动了一下双腿,说:"幻二,雨宫，你们相信他说的吗？"

幻二正把玩着烟盒，闻声抬起头说："我想可以信一次。加茂和霍拉讲的这些挺有意思的，肯定是真的。"

"很符合幻二的性格啊。雨宫呢？"

月惠盯着雨宫，雨宫手里揉着湿漉漉的毛巾，说："太难了，我不太懂，但我相信幻二的判断。"

月惠突然微微一笑，这是加茂第一次看到月惠露出发自内心的笑容。

"那我也选择信一次吧。话说回来，凶手有穿越时空装置，这点很棘手。不能排除移动尸体和凶手自己移动时没有借用 D. 卡西欧佩亚的能力吧？"

听了这话，加茂露出苦笑，说道："标榜不可能犯罪却使用时空转移能力，这不公平嘛。不依靠超能力而制造出无法解释的情况，这才是不可能犯罪。"

"未必如此。过去玛丽斯的确从未将无人知晓的特殊技术用在不可能犯罪上，但如果那样的技术是众所周知的，就另说了。"

加茂不由得睁大了眼睛，说："这次有霍拉在，而我和文香一开始就知道有时空穿越这回事……那么，站在 D. 卡西欧佩亚的立场，她可能会认为这是'众所周知'的？"

"正是如此。在她看来，把时空穿越用在犯罪活动上，根本没有什么公平不公平之说。"

听了这话，幻二摸着下巴上新长出来的胡楂沉思起来，最终说："可是……根据时空穿越的第二条规则，转移的最小单位是边长三米的立方体，对吧？别墅里的天花板不高，只有两米多一点，要是从别墅里面转移到其他地方的话，不管将立方体的底边设在哪里，天花板或者地板都肯定会被揭掉一块。但事实上没有这样的痕迹，那也就是说，没人从别墅内转移吧？"

文香一副恍然大悟的样子，问霍拉："顺便问一下，你能移走尸体的一部分吗？"

"跟时空旅行者一起的话可以，但不能把尸体当成时空旅行者进行转移。"

"这样啊，那就是不能只把尸体的一部分移到别墅外边呢。"

"是的……不过活着的人，不管是谁，都可以强行让他成为时空旅行者，进行转移。"

实际上，霍拉就是未经加茂同意，就带着他穿越了时空。他之前的做法就是强行把加茂当成了时空旅行者。

听了这个回答，文香沉吟着说："你和时空旅行者分开，是不是也可以穿越时空？"

"嗯，时空旅行者不需要贴身携带时空转移装置。我或卡西欧佩亚，只要在时空旅行者周围一米左右的范围内，就可以进行时空穿越。"

这个说法让加茂十分震惊，他探身问道："喂，这是真的吗？"

"当然，与时空旅行者之间有东西隔着也没问题……你怎么了，想到什么了吗？"

加茂脸上失去了血色，他不假思索地急急说道："如果这样都行，那凶手那时应该是强行穿越了——"

但他的话被幻二打断了。

"这不好说吧，就算加上刚才说的条件，依我看，也不能断言凶手在犯罪时利用了穿越时空的能力。"

"正如幻二所说。别忘了还有第三条规则，时空穿越是不能精准移动到指定地点的。正负五米，这个误差放在别墅里还是很明显的。"

霍拉的话让加茂自感失言，他红着脸说："确实不可能有这种傻事啊……想出现在房间里的话，家具等障碍物太多，挺危险的。"

听众人聊到这里，幻二开始总结发言。

"照这么想下去，凶手把哥哥的头部和光奇的躯干搬运出去的时候应该是没有进行时空穿越的。因为别墅里有天花板和地板的限制，没有哪个地方有三米以上的空间，而且不能只转移尸体。"

月惠用力点头，开口道："爷爷的情况也一样。没有符合条件的地方，所以也不可能强行用穿越时空的方式把爷爷从房间里移走。"

雨宫又含蓄地补充："而杀害刀根川本来就不需要穿越时空，谁都有机会给她下毒。"

霍拉进一步总结道："是的。以存在时空转移技术为前提思考，反而更加证实了这几起事件是不可能犯罪。"

*

接下来加茂等人开始互相搜身。

这是为了确定是否有人身上藏着 D．卡西欧佩亚。最终没从任何人的衣物或随身物品中发现沙漏——是加茂提议抽查随身物品的。

待在厨房的雨宫看来是站累了，走到了床边。但大概因为月惠和文香在他不好意思，就坐到了紧贴桌子的床沿，与二人保持一定距离。

幻二则直接在厨房里的垃圾桶上坐下,像是想起了什么,小声叫道:"啊,沉迷在穿越时空的事里,我都给忘了。其实,有件事我想推心置腹地跟大家说一下。"

文香不解地望着幻二,幻二面带哀伤地回望着她。

"我想文香和月惠应该都没听说过这件事,我也是自己调查才知道的……加茂,我想说的是有关羽多怜人身世的秘密,我觉得必须说出来。"

"哦,我也觉得他身上应该藏着些秘密。莫非他是龙泉家某人的私生子?"

加茂的问题问得太直接,幻二顿时露出苦笑。

"对外人称怜人是我母亲那边的'表兄弟',可实际上……他既是我的兄弟,也是我的叔叔。"

这话让加茂彻底混乱了。

怜人是幻二的叔叔,也是兄弟,那他就要既是太贺的孩子,也是幻二的父亲瑛太郎的私生子。但这两点是不可能同时满足的。加茂费劲地回想以前调查资料时看过的龙泉家家谱,发现还有一个可能。

"莫非你的意思是,按父母两家算,你们俩分别是哥哥和弟弟、叔叔和侄子的关系?"

幻二轻轻点头,解释道:"我母亲凉子曾在东京本宅当保姆,当然,那是在她和我父亲瑛太郎相遇之前。然后……爷爷让母亲怀了孕。"

文香和雨宫都倒吸一口气,月惠沉默地盯着地面。幻二语气哀伤,继续说道:"爷爷怕被奶奶知道这事,就马上把母亲送回了她的老家。母亲是在老家分娩的,婴儿被当成母亲的哥哥博光伯父的孩子抚养。"

加茂不禁接话道："那个孩子就是羽多怜人……对幻二而言，他既是同母异父的哥哥，也是父亲家的叔叔。"

"嗯。我母亲的娘家羽多家很穷，博光伯父认为需要爷爷答应给的那笔抚养费，因此只能闭口不提妹妹怀孕一事。"

"爷爷他怎么会做出这种事……"文香闷闷不乐地说，大概是得知了太贺老人不为人知的一面，心里有些乱。

幻二的表情愈发黯然，继续说了下去。

"之后，母亲得到机会，去了爷爷的公司工作，拿着比同龄女性相比较高的工资。我想那也是爷爷为了赎罪而安排的……然后，母亲在公司里遇到了我的父亲瑛太郎。"

加茂想不通地问道："他们两个人是怎么走到一起的啊？"

"爷爷彻底隐瞒了怜人的存在，父亲长年在国外留学，更是毫不知情。父亲对母亲一见钟情了。"

"可是……"

"爷爷的情妇成为他的儿媳，正常来说这难以想象吧？一开始母亲也挺烦父亲的，想要保持距离。可从某种意义上说不幸的是……父亲有颗不适合做生意的诚实又温柔的心。而且最重要的是，他对母亲的心意是真的。可能花了一些时间，母亲终于也爱上了父亲，这一点我相信。"

没人插嘴，幻二继续苦涩地坦白。

"爷爷也没反对他们结婚。爷爷那个人，讨厌传统和习俗这类东西的程度甚至过了头，也是个不能以常理度之的人……实际上，爷爷不仅向羽多家提出提供经济支持，还要把怜人接到龙泉家抚养，并答应分给他与哥哥和我相同的遗产。不管是为了羽多家还是为了怜人，母亲都只能接受这个条件。"

听了这番话，浮现在文香和雨宫脸上的表情绝不是同情。看着他们的样子,幻二垂下了头。

"最终,母亲和父亲成婚,又领养了怜人,搞出这种扭曲的局面……但愿一直到发生东京大空袭,夺走母亲的生命那天为止,母亲的人生都是幸福的。"

不知为何,此时加茂的脑海中浮现出伶奈的样子。

不管她背负着怎样的秘密,就算那些秘密是为世间大众所不容的,加茂觉得自己也并不会介意。他更在意的是,凉子是怀着怎样的心情跟瑛太郎结婚的。

加茂轻吸一口气,说:"不管前因后果为何,凉子能和自己的三个孩子一起生活,我想这是任何事情都无法取代的。所以凉子应该是幸福的。"

这话让幻二有些惊讶,但他很快就露出了微笑。

"谢谢你。"

"怜人本人知道自己身世的秘密吗?"加茂问道。

幻二眯起眼睛,像是在回想,过了一会儿说:"至少小时候是不知道的。"

"就算太贺老人极力保密,亲戚里应该也有人打探吧?"

"嗯,知道这事的人不少,比如光奇的母亲翔子婶婶就知道。我就是趁她喝醉的时候问出来的。其他人……"

"我父亲也知道。还有月彦哥哥。"

听到月惠表情不变地插话,幻二瞪大了眼睛。

"漱次朗确实应该是知道的,可为什么连月惠你们也知道?这是你们出生前的事啊。"

"我和月彦哥哥一起看了父亲藏起来的日记。"

这话让幻二颇感意外,他露出苦笑,说:"是这么回事啊……现在回想起来,叔叔和婶婶一直对怜人态度冷淡,应该也有知晓秘密的原因在吧。"

怜人能够分得巨额遗产,知道此事的亲戚中有人心怀不满也很正常。

加茂想了想,把浮现于脑中的疑虑问了出来。

"那漱次朗和翔子为什么不提这件事呢?他们甚至可以全都告诉瑛太郎,并责问太贺老人。"

幻二像是难以启齿般垂下视线,月惠替他开口解释。

"我的父亲极为嫉妒将要继承龙泉家的瑛太郎。从父亲的日记能看出,看着瑛太郎一无所知地抚养妻子生下的孽子,父亲会有一种扭曲的愉悦。我想不只如此,也许他还想着以后能以此为筹码,威胁瑛太郎和爷爷。父亲就是这种人。"

她直白又粗暴地说着,带有讲出真话时特有的魄力。

幻二深深地叹了口气,终于开口道:"说回怜人的事情吧……应征入伍了的他在一九四六年回来了,可就像变了一个人,始终与我和哥哥究一保持距离。我们一心认为他在战场上遇到了什么事,但似乎原因不是这样的。"

"你是说有人告诉了怜人他身世的秘密?"

幻二微微点了点头,说:"也许是临出征前,母亲全都告诉他了。"

收到红色征召令时,凉子大概做了最坏的心理准备,也许再也见不到这个孩子了。这样想来,就算她把本打算带进坟墓的秘密全都说了出来,似乎也说得过去。

"两年后瑛太郎去世,怜人也失踪了。"

"我现在都忘不了在香港收到的那封电报的内容。"

一阵沉默之后,幻二说了这么一句,并再次悲痛地开口。

"我无法接受父亲的死讯,送我到港口时,父亲是那么精神。

怜人会离家出走我也觉得难以置信，这是绝不可能的。于是我一回到本宅，就去追问哥哥究一。"

话题中出现了父亲的名字，文香的脸色一下子变青了，慌忙问："那我父亲说了什么？"

"他一口咬定自己什么也不知道。可哥哥不擅长说谎，我马上就看出他有事瞒着我。"幻二又面向加茂，进一步说明，"那之后我又去问了爷爷、问了漱次朗，还问了刀根川，可好像每个人都在隐瞒什么，没人能给我一个可以接受的解释。我想着正面进攻的方法行不通，就在翔子婶婶喝醉的时候试探了一下……可没用。"

听了这番话，月惠耸耸肩，道："我父亲也是。一提那天的事就把我骂走，什么也不告诉我。"

加茂脑中浮现出两种可能性。

一是"羽多怜人毒杀了瑛太郎，之后逃走"；另一个就是"某人认定瑛太郎的离奇死亡与羽多怜人有关，因此杀了怜人，之后抛尸"。

大概第二个更接近真相吧，他这样想着。凶手比拟"䴗"进行犯罪的方式，感觉也包含了给羽多怜人报仇的意思在内。

加茂再次扫视露营拖车里的所有人。

一九四八年事发时，幻二在国外，月惠和文香一个八岁、一个才一岁，雨宫那时候还没被领到龙泉家。看来他们是没法儿再提供更多的信息了。

他轻轻点点头，之后平静地说："知道当时发生了什么的，应该就只剩漱次朗和凶手两个人了……等明天直接问漱次朗吧。"

霍拉的声音几乎与后半句话重叠在一起。

"在那之前漱次朗没事才好啊。"

又是不分场合的发言，加茂忍无可忍地瞪着霍拉。明明是高性能AI，可在这方面就是废物一个。

加茂把长链子挂到脖子上，拿起沙漏丢进胸前的口袋里。他想遮住霍拉的镜头。

"没用的。就算被遮住，我也能准确了解周围大概一米范围内的情形，这是安全转移时空旅行者时必备的技能。"

加茂吼着问道："喂，没有办法能让你闭嘴吗？"

霍拉好像不知他为何发怒，不解地回答："我想，把我放在水里的话，声音会很难传到空气中吧。如果想让我永远闭嘴的话，我可以告诉你火是我的弱点……你该不会是认真的吧？"

加茂没搭理，霍拉也什么都没再说了。

大概受不了尴尬的沉默一直持续，幻二提议要不要回顾一下到目前为止发生的凶杀案。

还有段时间才天亮，于是五个人围绕D.卡西欧佩亚和她的同伙是如何制造不可能犯罪的展开思考。最终总结出妨碍查明凶案真相的四大待解问题：

①凶手是如何将死者的头部和躯干搬运到别墅外边去的？

②在二楼走廊被监视的情况下，凶手是如何把太贺从辰龙间带出去的？

③比萨窑里的死者真的是太贺吗？

④比萨窑里那具尸体的腿去哪儿了？

加茂本想让大家各抒己见，可没能讨论起来，因为没人能提出满足所有情况的假设。

说着说着，大家纷纷出现不同程度的困意。加茂起先疑心是不是晚饭时被下了安眠药，可很快就发觉原因可能很简单。

加茂和文香二十二号在清洁工具间里熬了一夜，雨宫和幻二二十一号在娱乐室通宵未眠，而且当日就发生了凶案，这样的事实无疑影响了大家的睡眠。唯一没熬夜的月惠号称一天要睡十一个小时，所以大概就不适合通宵吧。

最先睡着的是年纪最小的文香。

发现她发出轻微的鼻息声，雨宫赶忙从壁橱里拿出浴巾，轻轻地盖在她身上。为了驱散睡意，加茂离开车门处，打开文香放在桌子上的怀表，表盘显示此时是凌晨两点零三分。

幻二从旁看到，意外地说："已经两点了啊。"

加茂看到时也有同样的感觉，他以为还不到一点。月惠忍着呵欠微笑道："好久没这么晚还没睡了。"

雨宫突然想起自己的手表还晾在一边，急忙去厨房把表拿了过来，却略显纳闷地用右手揉着下巴。他很年轻，皮肤像女性般细腻，几乎没长胡子。

"我的表是两点十二分……应该是防水的啊，被雨淋坏了，所以走得快了吗？"

月惠瞥向他的表盘，开口道："不管哪个是正确的时间都无所谓吧。我不想被时间束缚，所以一直不戴表。"

说完月惠就闭上了眼睛。幻二闻言伸手去拿自己那块被毛巾包着的表。

"看来文香的表是准的呢。"

加茂探头看了一眼幻二的表，看到表针指着两点零二分。

幻二把手表戴到左手手腕上，伸手去拿文香的表。见他要给表上发条，加茂慌忙站了起来。他动作太急，脖子结结实实地撞到了提灯上。车内唯一的光源随之晃动，众人的影子变得忽长忽短，在车里扭动。

虽然撞到提灯的时候没觉得热，但加茂还是担心会不会烫伤，便揉了揉脖子，幸好似乎没什么事。

在他旁边的幻二停下动作，睁圆了眼睛问："你怎么了？"

"没……我看文香动不动就给表上发条，还以为只是她的习惯性动作，但好像不是呢。"加茂微微红着脸，敷衍了一句。

幻二带着怀念的表情点点头，说："嗯，是因为需要才那么做的。爷爷特别订购的这款怀表需要手动上发条，是特意设计成比较麻烦的样式……爷爷把这一部分比作家人。"

加茂伸手接过还没上发条的怀表，说："他是想表达家庭的维系需要细微的关怀吧？"

"是这样的。爷爷也很注意，不让自己的表停转。"

雨宫也用力点头。

加茂想了一会儿才开口道："对了，文香好像说过，这块表拧满发条也只能维持半天……"

"嗯，只能维持整十二个小时。因为就是这么设计的。"

幻二的话让本就快憋不住了的霍拉激动地出声，他在口袋里发着光说："就算是在一九六〇年，这也是相当不方便的设计啊。"

"一个沙漏，插什么嘴。如果用你来计时，且不说能不能用，就算能用，顶多也就能坚持五分钟吧。"

加茂的讽刺让口袋里亮起了红色的光，霍拉生气的时候好像会发出红光。

这时，本以为已经睡着了的月惠睁开了眼睛，说："这表父亲也有一块，和爷爷房间里的那块一样。不过，看起来每天都上好几次发条的只有爷爷和文香两个人啊……这就是理想和现实的差距。"

加茂回到车门边坐下来，露出苦笑。月惠的分析很犀利，但也说中了事实。

他决定借用文香的怀表。

虽然借用她母亲的遗物心里过意不去,可他打算等她醒来再跟她商量一下能不能多借几个小时。

第六章

　　察觉到有微弱的光亮从窗帘缝隙射入，加茂打开了窗帘，看着窗外灰色的天空。不知不觉间，天快亮了。

　　幻二低头看看手表，说："快五点半了。时间有点早，但我担心他们俩，要不去别墅里看看情况？"

　　加茂点点头，从车门旁站起来。手臂、腿脚和腰都发出咯吱咯吱的声音，不过稍微活动了一下就放松开了。雨宫弄了一下挂着的提灯，光亮渐渐变弱，最终消失了。在他旁边的文香睁开睡眼惺忪的眼睛，月惠也一脸疲惫，视线茫然地投向窗外。

　　结果露营拖车里的几个人中，只有幻二和雨宫坚持整晚没睡。两点半过后，月惠裹着浴巾睡着了。之后加茂也打了好几次瞌睡。尽管自觉情绪紧张，可连熬两天确实很困，不过他一直背靠露营拖车唯一的出口坐着，可以肯定没有人出去过。

　　雨下得更大了，前方几米远处就看不清了。加茂打着伞绕到露营拖车后方，停下了脚步。

　　在他的记忆中，露营拖车应该停在距离别墅五米左右的地方，如今两者之间的距离却几乎有八米。

　　同样发觉有异样的幻二和雨宫互相看了看。

　　加茂蹲下来，察看露营拖车的车轮挡块。挡块没移开，可草坪一片凌乱，全被水淹了。

"可能是被风吹得挪了位置。"

他刚说这么一句，就感受到有人抓着他的肩膀用力拉。加茂惊讶地抬起头，就见文香脸色发青地指向一处。

别墅的大门破了，旁边的地面上插着一把斧头。

加茂踏过积水跑向正门。看来是有人在门外挥动斧头，把门锁砍坏了。不过看起来自行车的链锁用斧头砍不坏，但木质门把手断了。

加茂依次望向在场的所有人。

他听见雨宫和幻二在讨论：目前站在这里的所有人晚饭之后都是共同行动的，有单独行动的，时间也不超过五分钟，在那么短的时间内不可能砍坏正门玄关的大门。而加茂守住露营拖车的出入口之后，没人离开过车厢……这就是他们两个讨论的内容。

顺着这条思路想下去，那破门的就是这里的五个人以外的人。漱次朗或者月彦，又或者潜伏在别墅外边的外来凶犯，还是如月彦所说，其实太贺还活着？

幻二觉得有这个可能，但加茂马上发觉了一个很大的疑点。雨宫代他说出了这个疑点。

"风雨再大，砍坏一扇门应该也会发出很大的声音，且会持续一段时间。车上的窗户开着，离这么近，我们不可能没注意到。"

正如他所说。就算有一段时间在打瞌睡，加茂也绝不可能忽略了砍门的声音，这解释不通。

"我很担心漱次朗和月彦。"幻二说着，脸上浮现出已经做好了最坏打算的凝重神色。加茂顺着他的视线看过去，马上就明白了。插在地面上的斧头上有凝固的血迹和碎渣，这意味着什么，不言而喻。

加茂把斧头从地上拔了出来，打算拿来当自卫工具。他带头走进别墅，小心防备着是否有人躲在暗处。其他人将娱乐室里的桌球杆拿在手里当武器，然后一起向二楼走去。

到二楼一看，寅虎间和巳蛇间的房门果然都破了。一行人先走向近前的寅虎间。

桃花心木色的房门上开了一个大洞，看来凶手是从这个洞把手伸进去，从里面打开了门锁。堵在房门内侧的桌椅等障碍物是用蛮力撞开的。

房间里有一片发黑的血海，已快凝固。

而漱次朗倒在屋子正中央，身上没沾染血的部分皮肤惨白，感觉不到一丝生气。胸口处像被挖掉了一块，伤口周围残留着火药的痕迹，呈同心圆状，这应该是被霰弹枪打中了。

血海之中的漱次朗没有双臂，连着衣服一起被割下来的双臂被随便丢在旁边的垃圾桶里。

看来这是在比拟老虎的前腿。

因为恐怖的事情接二连三发生，众人的感觉已完全麻木，此时没有一个人惊叫或流泪，都只是呆呆地低头看着尸体。加茂仔细检查室内是否有可疑人物，确认浴室、厕所和壁橱里都没有人。

"哥哥呢？"月惠突然喃喃问道，似乎已极度慌乱。她向巳蛇间奔去，加茂等人跟在她身后。

月彦的尸体在巳蛇间的壁橱里……他穿着牛仔裤和POLO衫，吊在里面。加茂摸了摸他的颈部，已经断气了。

一根细绳勒入月彦的颈部皮肤，绳头绑在柜子里的挂衣杆上。和之前的受害者不同，他没有遭到肢解，也没有全身染满鲜血,可这反而让他的死相显得更为可怜。

俊美的脸因充血而涨红,惨不忍睹,头发及额头上附有灰尘和污渍,大概是在搬东西堵后门时弄脏的。胡子剃得干干净净,唇角有唾液流出的痕迹,地板上有大小便失禁的痕迹并散发出恶臭。

壁橱里的挂衣杆只有一米四高,所以被绳子吊着的他身体前扑,双臂无力地垂着,穿着袜子的双脚在身后拖在地面上。

因为上吊的地方较低,所以体重并没有全压在脖颈处,是随着时间慢慢流逝,气管和颈部的血管被一点点压迫,最终丧命。

加茂听见轻声吸气的声音,回过头,月惠示意他看壁橱门的内侧,上面有一句用血写下的话。

This silly tale is over.

"'这荒唐的故事结束了'……是这个意思吧?"

加茂喃喃自语了一声,他胸前的沙漏发出淡淡的光。

霍拉说道:"这能看成是月彦的自白,然后他自杀了吗?"

加茂没回答这个问题,打量着巳蛇间。已经确认房间内没有别人了,此时他的视线停在摆在床上的东西上。

床上放着失踪了的柴刀、猎枪,还有衣服和鞋子。柴刀上的血已凝固,颜色漆黑,长袖长裤的睡衣和皮靴上溅满了血。恐怕凶手杀害漱次朗时穿的就是这身衣服。

加茂松开一直拿在手里的斧头,抓起猎枪闻了闻枪口,确实闻到了火药的味道。

幻二把桌球球杆放在床边,开始检查尸体。他抬起月彦的右手,看到右手的指尖沾着血。月彦的身上没有流血的伤口,所以那发黑的血应该是漱次朗的。

雨宫紧握着球杆，疑惑地闷声问道："这行字……真是月彦写的吗？"

闻言月惠垂下长长的睫毛，低声说："也可能是杀害哥哥的凶手写的。"

加茂往浴室里看了看，里面有一种混着淡淡血腥味的香皂香味。他又回头看向众人，开口说道："我认为墙上的血字是一种伪装。有人杀了漱次朗和月彦，并想把所有罪行都嫁祸给月彦。"

"你这么认为有什么依据吗？"幻二惊讶地反问。

加茂指着床上，说："杀害漱次朗的时候，凶手身上应该溅上了大量的血。如果被丢在那儿的睡衣和皮靴就是凶手行凶时所穿的衣物的话，确实能最大限度保护脖子以下的部分，可是脸和头发没有任何防护。"

"我明白了，也就是说，凶手的脸和头发也会溅上血，对吧？"

接着，加茂看向月彦的尸体，继续说道："而你们也看见了，他的头发上有灰尘，但没血迹……这说明月彦和我们一起堵住后门之后，还没来得及进浴室清洗就被杀害了。或者被凶手下了药，无法自由行动。"

文香探头进浴室，马上双手捏着鼻子嘟囔："可是肯定有人用过浴室，因为浴室里有香皂和血腥味。"

"是凶手用了浴室。为了洗掉溅到身上的血。"

这时霍拉插嘴道："但是月彦的死好像不符合比拟杀人的规律，人没有尾巴，凶手无法割下死者身上没有的部位。"

幻二一边沉思一边拉扯又长了一些的胡须，最终说道："也许不是这样的。英语里，表示'故事'的 tale 和表示'尾巴'

的 tail 发音相同。"

加茂脸上抽动，苦笑着说："原来如此。如果把 tale 换成 tail，那行血字的意思就变成'这条荒唐的尾巴已经完蛋了'。"

文香蹦出一句："不管怎样，这就能确定凶手不在我们几个人之中了。因为毫无疑问是我们在露营拖车里的时候，凶手杀了漱次朗大叔伯和月彦。"

雨宫的表情也一下子明亮起来。

"太好了，这样就不用互相猜疑了吧？"

可月惠依然皱着眉。

"可是凶手潜伏在诗野这是事实。说不定真的是爷爷，因为只有爷爷的遗体无法确认相貌。"

文香和雨宫都低下了头，看来他们无法反驳月惠的意见。加茂一直凝视着窗外，雨敲打在房顶，整栋别墅里都有咚咚的闷响，雨点在玻璃窗上汇成一道，缓缓流下。

"这种天气，凶手没办法躲在外边吧。此刻恐怕就在别墅里。"

这话让大家感受到逼近的危险，雨宫脸色发青地提议："那我们马上分头去找出凶手吧。"

加茂慌忙摇头，说道："最好别这么做，以现在的情况，我们完全不知道对方手上有什么，盲目搜索很危险。"

"可这是找出凶手的绝佳机会啊！"

加茂换上劝阻的语气对愕然的雨宫说："现在我们要做两件事。一个是继续尽全力戒备凶手出其不意的攻击，另一个是继续调查凶杀案，揪出凶手。只要知道了他是谁，说不定就能找到反击的办法……除此之外，没别的办法能阻止 D. 卡西欧佩亚。"

见没有人提出异议，加茂转头继续检查已蛇间。

房门被用跟寅虎间相同的方法砍坏，房门后堵着的桌子和椅子都被推倒了。

原本挂在壁橱里的西装裤及夏威夷衬衫此时随便地堆在床边的地上，地上一角放着黑色老式电话和杯子等，旁边有一个空的黑色旅行箱。

浴缸里是湿的，但没有血迹，凶手大概是仔细冲洗之后才离开了房间，细心得连排水口的毛发都清理了。

接着，加茂调查了床铺，在枕头底下发现一把刃长十厘米左右的刀。刀身没有血或油脂的痕迹，看来凶手行凶过程中没用到这把刀。

这把刀肯定是月彦在仓库里找到，或者是他带来的，也许他想用来当作防身武器，才藏在了枕头下。

幻二盯着刀，皱眉道："正如你所说，月彦应该被凶手下了安眠药。有刀的话，正常情况都会向破门而入的凶手发起反击吧。但没看到有打斗的痕迹，也就是说，月彦当时甚至无法拿出枕头下面的刀。"

文香困惑地眨着眼，喃喃说道："莫非晚饭里被混入了安眠药或麻醉剂？"

"有这个可能呢。"加茂边这样回答，边回想当时吃的东西。

前一天晚上只吃了饭团和水果，但可以肯定吃的东西里面没下药，因为如果下了药的话，已经熬了两个通宵的加茂和文香肯定早就睡得不省人事了吧。

水果很难预测谁会分到什么，用注射器打入药物也很费功夫，所以安眠药应该会下在饭团或饮料中……想到这里，加茂灵光一闪，开口说道："对了，漱次朗和月彦总是喝红茶，对吧？昨晚吃完饭后他们喝的是什么？"

负责端茶和打杂的雨宫立即回答了这个问题。

"他们俩都不喝咖啡,昨天给他们准备的也是红茶。"

"那要是只想给漱次朗和月彦下药的话,下在红茶里最省事呢。"

"可昨天我们都喝过咖啡或红茶,对吧?在我们商量怎么防范凶手,同时保护自身安全的时候,我想应该是四点半左右……我用同样的茶叶、热水壶还有茶杯泡了红茶,可是那之后他们俩都没有犯困的样子,直到八点多跟我们分开,都没有特别不对劲的地方。"

加茂承认这话是对的,但眼镜片后面的眼睛眯了起来。

"那么凶手就是在那之后,并且是在晚饭后的茶端上来之前,也就是四点半左右到七点半这段时间,把药掺入茶水的……有人记得这期间茶叶、茶壶和杯子是怎么保管的吗?"

"一直放在厨房。晚饭之后的红茶是文香小姐泡的吧?"雨宫问,文香略显不安地点了点头。

见她点头,雨宫继续说道:"装红茶的茶壶是我端到餐厅的桌子上的。"

"而茶杯是我在准备晚饭的时候从餐具架上拿下来,放到了厨房的桌子上。"

听到月惠的补充说明,加茂叹了口气,说:"谁都有机会趁其他人不在厨房的时候,把药下到茶叶或者茶壶里啊。准备晚饭和饮品的时候也可以办到,尽管我们互相监视,但趁人不注意时下药也是有可能的。"

月惠的脸上忽然浮现出笑容。

"可为了下毒,凶手人必须在别墅里面。"

"这的确是个问题。"

听到加茂这样说，文香奇怪地问："凶手可以溜进别墅，然后躲在某个地方吧？我觉得没什么问题啊。"

月惠皱着眉，替加茂答道："如果躲在仓库或机械室等地方，那大概不会被我们发现。可下药之后，凶手肯定要离开别墅，因为正门是从外面被破坏的。"

闻言文香轻轻倒吸一口气，说道："还真是……可后门插上了门闩，又用东西堵着，所以凶手不可能从后门出去。正门的话，从四点半到开始准备晚饭，我和月惠都在娱乐室。"

"之后我们因为要吃饭，所以都在餐厅附近。对凶手而言，走正门玄关出去应该是伴有危险性的行为，他是明知道有被人看到的危险，却有必须出去的理由，还是……"

幻二接过月惠的话，道："或者说不定我们之中有凶手的同伙，有可能是这个人在傍晚的时候把药下到红茶里，然后在别墅外边的凶手打破正门闯进来。"

"不可能。因为复制了玛丽斯的思想，D.卡西欧佩亚只可能有一个同伙。"霍拉紧跟着插嘴。

不知幻二是否毫无保留地相信了这句话，总之他没再继续说下去。可月惠低声说："不管怎么说，凶手用什么方法打破了正门，依然无法解释。没被我们注意到、不发出声音地砍坏一扇门，应该不可能啊。"

这时加茂扫视众人的脸，说："也许此时进行推理，线索还不够，要继续展开调查。"

他边说边再次察看月彦的尸体，发现他的左臂上有一个红点，红点处可见极为少量的出血。位置是抽血时会刺入的部位，伤口还很新。

加茂抬起月彦的手臂，让大家都能看到那像是针眼的伤口。

"凶手用安眠药让他睡着之后,又用注射器加了药。"

幻二把脸凑过去看那个伤口,不解地问:"为什么要这么做?"

"我不知道安眠药的药效能持续几个小时,不过可能是药效过了,他快醒了。或者是想趁着药效没过提前采取措施,大概是出于其中一个原因吧。"

调查完巳蛇间的时候,如何处置凶手留下的猎枪成了一个问题。猎枪作为防身武器无疑是强大的,可要是被凶手夺去,就会成为最危险的凶器。

幻二自顾自地检查了猎枪的子弹仓,发现里面没有子弹。这么一来,加茂等人没有一发子弹,而凶手有二十发以上,情况很不妙,最终大家得出的结论是,干脆让这把枪彻底不能用了更好些。

加茂把折起来的猎枪从接缝部位掰断,沉进放满水的洗脸池里。虽然他不太了解枪支,但觉得这样一来应该就用不了了。

处理完枪之后,他们进行了尽可能的武装。

加茂拿走了月彦的刀,幻二拿着斧头,雨宫拿着柴刀,女生们各拿一根桌球杆。然后一行人慢慢地通过走廊,回到斜对面的寅虎间。

这边的壁橱没有被乱翻过的痕迹,里面整齐地挂着漱次朗的西装和衬衫等。浴室里放着黑色老式电话等物,可能是堵门的时候嫌碍事拿过来的。包括厕所在内,屋里没有特别奇怪的地方。

加茂再次察看尸体,发现细节都符合平时极为注重整洁的漱次朗,梳理整齐的头发几乎不见一丝凌乱,胡须看来也像是刚打理过不久。

加茂最想确认的是漱次朗身上是否也有注射针头的痕迹。他仔细察看了被丢进垃圾箱的两条手臂，果然找到了类似注射针孔的痕迹。

他摸着长了一些的胡须，沉思着，最终提议："回娱乐室吧，那里挨着正门玄关，能确保有退路，比较稳妥。"

*

娱乐室里的挂钟显示此时是六点四十一分，和向文香借来的怀表时间一致。距最后一次进餐已经过去约十一个小时了，可加茂一点食欲都没有。

众人先在屋里看了一圈，确认安全，才在娱乐室的沙发上坐下了。

"十二年前在这栋别墅里发生了什么……已经没人知道了。"

加茂说着，凝视着沙发上月彦的专属座位，此时那里空着，大家都故意避开不坐。

幻二像是头疼一般按着左边太阳穴点头道："也依然不知道为什么会有人恨龙泉家的人到这个地步……不过，至少我想知道怜人身上到底发生了什么。"

闻言月惠低下头，看着地面。雨宫顾虑地瞥了文香一眼，说："不管曾经发生过什么，在这里的人都跟十二年前的事情毫无关系。当时幻二不在日本，月惠是个八岁的孩子，文香小姐还是个婴儿，对吧？即使这样，凶手还要继续作案吗？"

关于这点，加茂也无法预料。

如果"死野的惨剧"的起因是十二年前的事，那凶手已经把相关的人都杀了。

可凶手背后还有D.卡西欧佩亚在，让一切都不明了了。不把优仁的祖先、龙泉家的所有人都杀光，D.卡西欧佩亚也许就不会停手，她很有可能会这样煽动凶手。

幻二哀伤地喃喃道："说起来，把雨宫卷进此事最让我于心不安……你要是没跟龙泉家扯上关系，就不会被卷入这么可怕的事情里来了。"

"没有的事！我幸福得不能再幸福了。"

听到雨宫立即这样回答，幻二不由得笑了。

"你没必要到这时候了还照顾我们的感受。"

"不……这是我的真心话。要是没有老爷的帮助，我不知道自己会变成什么样。我很感激能遇到龙泉家的各位。"

不知何时文香已湿了眼睛，她点点头，说："嗯，我也觉得能认识雨宫真好。"

感觉到这样的气氛下可能所有人都会说一番这样的话，加茂挠着头，先说道："打断这么好的气氛真不好意思……可别再说这些像是要永别了的话了吧。"

"呃？"文香怔住了。

加茂回了一个苦笑，继续道："现在就放弃还太早。就算不知道动机，也有可能找出凶手。"

幻二一副疲惫不堪的样子看向日翻日历，开口道："明天是二十五号……是发生泥石流的日子。已经没多少时间了，我们真的能改变命运吗？"

日历还停留在八月二十三号那一页，但这只是因为没人去翻日历而已，日子早就已经变了。

加茂轻轻咬着嘴唇，终于，他对口袋里的沙漏说："霍拉，泥石流是几点发生的，档案里留下记录了吧？"

"根据当地警方的记录，是上午十一点四十七分发生的。"

凶手和D.卡西欧佩亚极有可能打算在那之前逃到未来去。不管是为了驱除龙泉家的诅咒，还是为了救伶奈，都不能让他们逃走。

加茂说道："那么，不管多晚，今天都必须找出凶手，收回D.卡西欧佩亚。为了这个——"

有个声音打断了加茂。

"要是知道十二年前发生了什么，我们的命运就能改变，大家就都能得救吗？"

是月惠在轻声说。所有人的视线都集中到她身上，但坐在沙发上的她依旧没抬头。

发现她的声音抖得十分厉害，加茂便去她旁边蹲下，说："我知道了。你曾看到了别墅里发生的事，对吧？"

"不是看到了……我是那起事件的当事人。"

这话完全出乎加茂的意料。

"当事人？当时你才八岁吧？"

"这跟年龄无关……那个夏天，哥哥和我杀了人。"

过于震撼的发言让在场的所有人都僵住了。月惠面部扭曲，继续说道："那时我们都在这栋别墅里，哥哥和我被瑛太郎狠狠骂了一顿，因为我们朝着在九头山画画的怜人丢泥巴团，把他的画毁了。"

幻二以手托着下巴，一脸困惑地开口道："怪了。不管是父亲还是怜人，我都从没见过他们因为孩子的恶作剧而生气。"

"那不是什么恶作剧……我们在泥巴团里加了钢笔水和墨汁，就是为了毁掉怜人的画。那是恶意的结晶。"

闻言雨宫身子微微发抖，他低喃着："那是月彦想出来的吧？"

"提出计划的是月彦，但同样参与了丢泥巴团的我也有罪。"

"月惠……"

"父亲讨厌怜人，我们知道了以后就几乎每天都找他的麻烦，那是我们最着迷的游戏。弄坏他的油画画材，烧掉他的衣服，做了很多坏事。"

这些事由小孩子做出来，的确很恶劣。幻二哀伤地摇了摇头，说："然后就被我父亲发现了吧？"

"被瑛太郎骂过以后哥哥去了冥森，去找一种红色的蘑菇。"

听到这句话，加茂的脑海里马上浮现出在九头河边发现的东西——像红色手指的蘑菇。

"莫非是……火焰茸？"

他不禁喃喃问了一句，月惠触电般抬起头，又立即换上明白过来的表情，轻轻点头道："你也在冥森看到那个了啊。"

"嗯，那蘑菇就长在发现尸体躯干部分的现场旁边。"

像是听不懂这两个人说的话，幻二受不了似的开口问道："然后呢，那蘑菇究竟是什么？"

"是生长在日本的毒蘑菇中格外危险的一种。中毒后不仅会有呕吐、腹泻这类消化器官问题，还会出现肾脏受损、皮肤溃烂等症状。"

加茂的回答让幻二和文香的脸上失去了血色，因为这和瑛太郎身亡时的样子一模一样。加茂继续道："可是，这种蘑菇的毒性为大众所知应该是那一年之后的事了，那时你们就知道火焰茸有毒了吗？"

"确实，蘑菇图鉴上只写着'食毒不明'，可是我的奶妈知道这种蘑菇，她说光是碰一下那蘑菇，都很危险……"

待在加茂口袋中的霍拉接着说道："我查了档案，成书于江户时代的植物图鉴《本草图谱》中，有关于火焰茸有毒的记载。就算不广为人知，以前至少也发生过火焰茸中毒死亡的案例吧？会有人知晓其危险性也不出奇。"

不知是不是想起了当时的事情，月惠用双手捂住脸，指尖仿佛痉挛般微微发抖。

"哥哥知道那蘑菇有毒，把蘑菇掺进了他的饭里，我就在旁边看着……瑛太郎是被我们杀死的。"

如果瑛太郎是因中了火焰茸的毒而死，那也不能怪医生找不出死因了，因为当年还几乎无人准确知晓其毒性。从结果上看，两兄妹的行为已基本构成了犯罪。

知道了父亲的死亡真相，幻二的脸扭曲了，但在愤怒爆发之前，他控制住了自己。他垂下头，无力地说："可你们当时一个九岁，一个八岁，大概还不明白这一行为会造成多么可怕的后果……那不算杀人，更接近意外。"

月惠微微摇头，说："不，我们的行为无法被原谅。"

"没这回事。"插嘴说这句话的是雨宫，他看向正吃惊地看着他的月惠，说了下去，"我知道的……你一直害怕你的哥哥月彦，没人的时候他还会对你暴力相向，对吧？"

加茂也曾几次目睹月惠对月彦表露出惧意，也能从中嗅到与暴力有关的味道。

看着眼里浮现出泪光的月惠，雨宫又说道："你太害怕月彦了，所以，为了保护自己，你不得不听他的。我全都知道哦。"

"就算是这样……我本可以阻止哥哥的，没去阻止他，是我的罪过。"

说这话时她已恢复了面无表情。不知是不是感觉到了她声音里的坚持，雨宫也茫然地闭上了嘴。

一阵沉默之后，月惠又断断续续说了起来："下毒后的第三天傍晚瑛太郎就去世了，哥哥逼我答应不跟任何人说，可他还是害怕有人发现我们干的事。"

加茂已凭直觉猜到，月彦威胁了自己的妹妹，逼她答应保密。吓坏了的八岁女孩只能听从。月惠又说了下去。

"哥哥听说大人们深夜要在餐厅碰头，就带着我去偷听。来的有父亲、翔子婶婶，还有光奇，他们怀疑瑛太郎是被人谋杀的。"

加茂深深地吐出一口气，问："然而讨论的方向越来越偏，最终得出了'杀害瑛太郎的肯定是羽多怜人'这一结论，对吧？"

月惠轻轻点头。

"我想，父亲和婶婶一开始就想把话题引到这个方向去……最后他们说要仔细询问怜人，便去了卯兔间。"

做梦也没想到会被怀疑的怜人，大概听从三个人的话，从房间里出来了吧。

"哥哥很高兴事情会如此发展。他说绝对不能错过好戏，带着我跟在大家后面去了柴火房。柴火房的墙上有缝隙，因此我们在外边也能看到里面的情形。"

"然后你看到了什么？"

"父亲他们上来就认定怜人是凶手，当然，怜人否认了，可谁都不听他说话。询问变得越来越暴力，情绪激动的光奇把怜人打得飞了出去。"

这不是询问，这已经是私刑了。

"不管被怎样暴力对待，怜人还是坚称自己是无辜的，可他没做任何抵抗。终于，被踢了一脚之后，怜人失去平衡，仰面倒下，头撞在了桌子角上……那情景至今仍印在我的脑海里，无法消失。他摸了摸后脑勺，手全染红了。"

不知是不是想象出了当时的画面，幻二流出了泪水，嘴角挤出一句话："就因为那伤，怜人他……"

月惠咬着牙继续讲述。

"即使这样，怜人还是向前爬了几步，悲痛地诉说自己什么也没做。我想，只要能让大家相信他是无辜的，性命什么的对他而言都无所谓了……最终，在低头木然俯视的父亲他们面前，怜人不再动了。"

这番过于凄惨的诉说让文香和雨宫都落了泪。月惠仍在继续。

"父亲和婶婶开始商量把尸体扔到冥森深处的沼泽里，这时我不知不觉地晕了过去，醒来的时候已经在房间里了，想必是哥哥把我搬回了房。"

从声音就能听出月惠的情绪起伏得厉害，她再次用双手捂住了脸。

"第二天哥哥又去偷听大人们的谈话，结果得知父亲叫来了究一夫妇和刀根川，进行密谈。让人大吃一惊的是，父亲把怜人身世的秘密告诉了他们，还说'羽多怜人承认毒杀了瑛太郎，然后失踪了'。"

究一听了这些话应该深受打击吧。仅仅是亲如兄弟、一起长大的怜人杀害了自己的父亲一事就够他难以接受了，还得知了怜人复杂的身世。

幻二像是忍无可忍了，低吼着说："他们竟如此厚颜无耻，说出这样的谎话？"

"父亲就是这种人。可哥哥觉得这谎话很有趣，他说长大之后可以拿这个威胁父亲……而究一完全相信了谎言，并同意不把这件事告诉爷爷。"

"瑛太郎和怜人都是太贺的亲生儿子，究一大概是觉得告诉太贺其中一个杀了另一个过于残忍了吧？"

听了加茂的话，月惠轻轻点头，道："究一夫妇答应保密，并让刀根川做出同样的保证。父亲因为分享了一个虚假的秘密，而成了他们的同伙。"

加茂终于明白为什么幻二要求解释怜人的事的时候，大家的反应都那么奇怪了。

漱次朗、翔子和光奇是想隐瞒曾犯下的罪行，因而保持沉默；究一夫妇和刀根川是为了保住虚假的秘密而不肯开口；太贺老人则是害怕怜人的身世暴露，所以避开了幻二的追问。

月惠放下捂着脸的双手，仰起被泪水打湿的脸，叫道："我全都说出来了。如果你的目的是复仇的话，那杀了我，一切就都结束了！"

这话不是对加茂他们说的，而是向潜藏起来的凶手传达的悲痛信息。雨宫战战兢兢地把手放在她的肩上，说："请别这么说，会变成这样并不是你的错。"

"可是……"

加茂摸着又长了一些的胡须，点点头，说道："月惠你不需要赴死，接下来只要我们在凶手行动之前查明凶案的真相就好了。"

"说得简单，真的能做到吗？"幻二这么说着，声音里夹杂着疑心和死心。

"当然能。凶手如果继续按之前的规律行动的话，下一起凶杀案就会发生在今天的深夜。还有足够的时间。"

这话是顺势说出来的，加茂并非真的这么想。但为了说服众人，他不得不这么说。

雨宫和月惠点了点头，可幻二和文香二人看来并不接受。

加茂站起身来，说道："好了，我们把据点换到露营拖车吧。"

"为什么？"

文香会有此疑问很正常，加茂马上答道："如果在别墅里，不知道什么时候就会遭到凶手的袭击吧？在能监视正门的露营拖车里就安全得多了。"

没人反对这个提议。加茂进一步说道："今晚可能要打一场持久战，说不定我们都不能再回别墅来了……所以，麻烦文香和月惠从储藏室搬些食品出来，再多准备些喝的，可以吗？"

文香和月惠互相看了一眼，一起点点头。

接着加茂转向雨宫，说："雨宫，我希望你去仓库找些或许能在发生泥石流时派上用场的东西，比如能用来防雨的防具，或者休息用的寝具。"

"知道了。"

"幻二，我想麻烦你在储藏室和仓库附近负责警戒，防止凶手突然袭击，可以吗？这项工作有些危险。"

"那加茂你做什么？"

幻二惊讶地看着加茂反问，加茂只好苦笑着说："为了能顺利转移，我决定当个侦察员。"

"侦察员？"

"凶手也有可能埋伏在露营拖车附近，因此我先行一步回露营拖车，确认没有异常并做好准备后，来找你们会合。"

加茂说完便快步向玄关走去。他下意识地摸了摸放在裤袋里的刀，这动作让他意识到自己此时极其紧张。他确信"全员去露营拖车"这个判断是对的，但这之后，哪怕只有一个判断出错，都可能导致凶手和D.卡西欧佩亚成功逃脱。

不能再有人遇害了，为此，只能去做该做的事情……加茂这样想着，走出了别墅。

霍拉大师致读者的挑战

恕我逾越，在此我要向各位读者递上一封挑战函。

在诗野的别墅，有六个人遇害了。其中除了刀根川鹈之外，其余五个人都是在所谓不可能犯罪的情形下被害的。

我希望各位解答以下两个问题。

①凶手（即D.卡西欧佩亚的同伙）是谁？
②该凶手是如何完成这一系列不可能犯罪的？

本格推理小说中约定俗成的规则：用于看穿真相所必需的材料都已经展示在各位面前了。且正如序文中所写，故事中的我说的都是真话，当然凶手也是名字出现在"登场人物表"中的人。

对手头的信息进行分析、按正确顺序组合后，就能推导出谁是凶手，知晓其行凶手法，等等。

那么，祝愿各位读者武运亨通，英勇奋战。

第七章

加茂在露营拖车里等着大家过来，视线落在绿色的红酒酒瓶上。

这是昨天晚上装了自来水拿过来的瓶子，加茂确认过瓶塞牢牢地塞住了瓶口，然后把瓶子丢进了露营拖车后方装衣服的抽屉里。

雨应该已经小多了，可敲打在车顶的声音格外惹人心烦。加茂打开借来没还的怀表看了看，时间是晚上七点四十五分。就夏天来说天过于黑了，不过只要拉开窗帘，车内也不需要点灯。

加茂望向车窗外，看到文香他们从被破坏的大门里出来，正向这边走来。打着伞走在最前面的文香板着脸，让他担心，但不管怎么说他们四个人都没出事，他还是松了一口气。

加茂确认链子上的吊坠确实放在胸前的口袋里之后，前去打开了露营拖车的门。

把搬来的水和食品随便地摆进厨房后，五个人就把床当成长凳并排坐下。

"刚才在储藏室，我和雨宫说了。"文香一坐下来就开口道。

幻二沉着地问："说什么了？"

"我跟雨宫解释了一下穿越时空的规则，结果……可能解决了。"

"解决了什么,冰块吗?"①

加茂想到了储藏室里的冰箱,这样问道。

文香摇摇头,说:"不是,是解开了凶案的谜底。"

加茂有种名副其实迎头遭到一棒的感觉。

之前他也想过,只要能阻止"死野的惨剧",不管由谁来主导,都无所谓。这想法现在也没变,他甚至觉得,龙泉家的人能比他先看穿真相也不奇怪。然而,他完全没想到,在这个时候,竟是文香担起了侦探的角色。

加茂瞥了其余三人一眼。看起来幻二和月惠最为震撼,他们怔怔地看着文香。

雨宫极为认真地点点头,说:"她没告诉我真相是什么。可是……文香小姐确实有了重大发现哦。"

加茂几乎苦笑出声,他勉力压了下去。

幻二一脸疑惑地问文香:"真的吗,文香?这么可怕的事情是谁干的?"

这个问题让文香痛苦地闭上了眼睛,用力深呼吸之后她才下定决心般开口道:"从二十一号晚上到今天早上,可以说发生了四起凶杀案。第一起是父亲和光奇被害,我们找到了被残忍肢解的尸体。第二起是爷爷失踪,并在比萨窑里发现了一具烧焦的尸体。"

见她激动得喘不过气来,加茂替她说道:"第三起是刀根川被毒杀,第四起是漱次朗和月彦被杀,对吧?"

"是的。而第一起凶案之所以说带有不可能犯罪的色彩,是

---

① 日语中表示解决的"解ける"与表示融化的"溶ける"发音相同。

因为父亲的头部和光奇的躯干不可能悄无声息地被搬到外边。"

加茂承认这是事实，点了点头，说："那天晚上，漱次朗他们几个在娱乐室待了个通宵，在那样的情况下，确实无法神不知鬼不觉地从别墅里把尸体的一部分带到外边。"

"既然没人能把头部和躯干带到外边去，那反过来想想呢？凶手把尸体的一部分从别墅外边带到了里面。"

幻二一脸理解不过来的样子，纳闷地问："那也就是说，杀人现场不是在别墅里，而是在别墅外？"

"关于父亲被害一事，这样想的话，就能解释得通了。"

"可是，哥哥那天晚上在别墅里啊，我忘了是几点了，他还打内线找过雨宫，对吧？"

雨宫像是要对幻二的话进行补充说明一般，开口道："幻二说得对，我是九点二十分左右接到的电话。"

"那不是父亲打去的。"

"啊？"

"那是凶手为了让人觉得父亲在别墅里而制造的假象……我想真相应该是这样的，父亲跟凶手说好在别墅外见面，他不知道自己被骗了，晚饭之后就马上出去了。"

刚吃完晚饭，那时漱次朗父子还没去娱乐室。七点十分之前，究一是有可能在不被漱次朗等人目击的情况下出去的。到目前为止，跟加茂所知的信息没有矛盾。

"那么，究一是在碰面的地方遇害的吗？"

加茂轻声嘀咕，文香抬头看着他，点点头，说道："可怕的是，凶手不仅割下了父亲的头，还割下了他的手臂和双腿。"

雨宫不解地眨着眼。

"不对啊，手臂和双腿被割下来的是光奇哦。光奇被用来比拟狸猫，因而仅剩躯干……"

"比拟是个误导（misleading）哦。"

文香的话让雨宫怔住了，幻二解释说明道："这个词的意思是'把人引向错误的方向'。通过某种手段引开他人的注意，让人无法看到真相。"

加茂露出苦笑，开口道："人是很奇怪的，遇到不明缘由的事物会奋力追根究底，可一旦找到一个差不多像样的理由，就马上满足，不再追究下去了。凶手是故意让人以为'肢解尸体是比拟杀人'，以此搅乱调查吧。"

这时，刚才一直在沉思的月惠低声说："总结一下就是说，在冥森发现的头部、在九头河发现的躯干，以及在大浴场发现的手臂和双腿，都是究一的？"

"嗯。而我们以为是父亲的，其实才是光奇。"

"就算这样仍有疑问啊。凶手是怎样把割下来的手臂和双腿带进别墅里的呢？"

"只是把手臂和双腿带进来的话，就不需要走正门了……我没直接看到，父亲的手臂是从大臂正中被砍断，腿是从膝盖下方被砍断的，对吧？那样的话，应该能通过大浴场的窗格塞进去……"

月惠仍是一副半信半疑的样子。加茂检查过别墅里的所有窗格，知道她的推测是对的。

文香又继续说："大浴场的窗格，空隙有十二厘米左右。凶手用防水布包住父亲的手臂和双腿，带到地下庭院，从窗格丢进了大浴场。"

听着她的描述，加茂看了看自己的手臂和双腿。

加茂身高近一米八，单说手臂和双腿的话，似乎能通过十二厘米的空隙。究一比他矮，且身形偏瘦，手臂和双腿要通过窗格的间距更是绰绰有余吧。

"对了，之前雨宫说过吧，说究一和光奇两个人的身高都是一米六七左右。"

加茂边说边想起文香的日记里写着："究一和光奇外表相似"。

闻言幻二微微点头，说道："是的……而且在尸体遭到残忍肢解的状态下，可能谁都没注意两个人的身体被调换了。"

究一和光奇的头部均置于没有水的地方，而其余部位散布于河边、大浴场、房间里的浴缸，全都浸在有水的地方……这也是凶手故意为之的吧，为了让除头部以外的部位皮肤肿胀，就更不容易被察觉到身份的调换。

文香继续淡淡地说："往在父亲房间里发现的无头尸上倒洗发液，我想这是为了掩盖光奇身上的烟味。为了伪装成不抽烟的父亲的尸体，不得不这么做。"

她的解释没有疑点，加茂只能在内心呻吟。

雨宫仍觉得迷惑，喃喃道："那天晚上到底发生了什么？"

这句话促使文香用力深呼吸，然后开始说明。

"首先，我想凶手应该给一些人下了安眠药。月惠也说那天晚上困得不行吧？除了我和月惠之外，还有人说感觉格外困、格外疲劳，比如爷爷和刀根川他们两个人。"

幻二沉思着，用指尖摸了摸下巴，开口道："除了被杀害的两个人和在娱乐室里的四个人，剩下的所有人都觉得很困倦吧？"

"凶手从D.卡西欧佩亚那里得知了当晚谁会跟漱次朗一起在娱乐室待到天亮，为了降低行凶过程被目击的危险，就给其他人都下了安眠药……做好这些准备后,凶手找了个理由,把父亲约到外边,杀害了他。"

想象着那样的情形,加茂的脸扭曲了。

在提灯的光亮中浮现出挥起斧头行凶的凶手……这个人应该准备了雨衣之类的东西,以防自己身上溅到血。万一手上沾到血,旁边有九头河,应该能在回到别墅之前洗掉。

"凶手把父亲的头部割下来放在散步道边,我想他是希望第二天早上月彦他们能发现。然后把躯干丢到了九头河的旁边,他特意脱下父亲的衣服,让人看不出那是谁的躯干……"

最后清理痕迹时,凶手应该把身上披着的雨衣和究一的衣服一起丢进九头河里冲走了。想象着那样的情景,加茂止不住地发抖。

文香的表情变得更为痛苦,但仍继续说明下去。

"之后凶手用防水布包着父亲的手臂和腿,去了地下庭院。只要提前打开大浴场的窗户,应该就可以把包裹丢进大浴场里。"

之前加茂听雨宫和幻二说过,用大浴场的人很少,特别是晚饭后,泡温泉的只有光奇……凶手把包裹丢进大浴场之后,大概不慌不忙地离开了。因为他知道只要杀了光奇,就不必担心被人看到,可以在大浴场里慢慢地做手脚。

文香又低声继续道:"那之后,凶手回到别墅,杀害了光奇。杀人现场应该不是在大浴场,而是申猴间。"

"为什么不在戌狗间,而是在究一的房间下手呢?"

月惠插嘴提了个一针见血的问题。这时文香第一次露出不太自信的表情,说道:"我想凶手把光奇约到了申猴间,不过方法还不知道……凶手杀害父亲的时候,应该能偷到申猴间的钥匙。"

雨宫像是恍然大悟般抬起头,说:"凶手用那把钥匙进了申猴间，在浴室勒死了光奇，对吧？然后夺走光奇手中戌狗间的钥匙，并给他穿上了壁柜里的衣服。"

"嗯。因为父亲有穿同样款式衣服的癖好，所以就算穿的不是晚饭时穿的那套，别人也看不出来。给尸体换完衣服后，凶手割下了光奇的头部，然后在他身上倒上洗发水掩盖烟味，好让人觉得那是父亲的尸体。"

凶手那时也准备了雨衣以免溅上血吗？或者他用淋浴洗掉了溅到身上的血，之后才离开了申猴间？不管是哪种情形，都让加茂感到极为反胃。

"然后凶手找了个东西包住光奇的头，带到大浴场去了？"

听到幻二呆呆的低喃，文香伤心地点点头。

"凶手还把光奇本来穿着的衣服一起拿到了浴场的更衣室。大浴场里放着通过窗格丢进去的手臂和腿，凶手把父亲的手臂和腿跟光奇的头部，还有戌狗间的钥匙放在一起，就造成了看起来好像只有光奇的躯干消失了的情形。"

这么想的话，究一和光奇的颈部断面都参差不齐的理由也有了。

既然是光奇的头部配究一的躯干，究一的头部配光奇的躯干，那伤口不可能吻合。所以，为了不让人发现不是同一个人的尸体，就故意弄得参差不齐了吧。

加茂陷入沉思，这时月惠小声叫出来："等等！你刚才说的那些事，能做到的人有限吧？"

对于这个问题，文香板着脸，面无血色地回答："是的。如果凶手是一个人行凶的话……能下手的就只有那天晚上出入过别墅的人。"

这句话让露营拖车里一阵沉寂，只有雨点敲打车顶的声响。

终于，幻二毫不掩饰困惑地闷声说道："满足这个条件的只有四个人。"

"去外边抽了一根烟的月惠，去过柴火房的雨宫，去庭院散步的幻二，以及早晨出去清扫的刀根川。就这四个人。"加茂补充道。

文香用力点头，说道："刀根川显然不是凶手，因为她只出去了不到十五分钟。"

"确实如此，这么短的时间，是不可能杀害究一并肢解尸体的。还要考虑处理溅到身上的血迹的时间，行凶过程至少需要三十分钟。"

边说加茂边巡视另外三人。他们都铁青着脸看着文香。

"你不会是想说，我们之中有一个是凶手吧？"

雨宫的问题让文香痛苦地垂下眼。

"我想再确认一次……雨宫去砍柴是从几点到几点？又是从几点开始，去娱乐室和漱次朗待在一起的？"

片刻的语塞之后，雨宫吸了一口气，回答道："我是七点二十分出去的，在外边待到快八点半。回别墅后立刻回了自己的房间，九点半左右去了娱乐室。"

"在外边待了一个小时，回来之后也有一个小时没有不在场证明啊……很遗憾，要是有这么多时间，那是可以完成这一连串行动的。"

听到文香如此断定，幻二苦笑着说："那我也一样。我八点前出去的，在庭院里闲逛到快九点。回到别墅，到十点四十五分雨宫来房间找我为止，没有不在场证明。"

"嗯，叔叔在外面待了一个小时，回来之后有一个半小时以上的时间没有不在场证明。也有可能行凶。"

月惠也无奈地叹口气，说："我不到七点十分就出去了，四十分回来的。以同样的逻辑来说的话，我在外面待了三十五分钟左右，回来之后也没有不在场证明。"

跟其他人相比，月惠在外面的时间较短，但这不足以洗清她的嫌疑。

文香闭上眼睛，继续说道："最后，凶手又做了一项伪装工作。那就是为了让人以为父亲在房间里，而用内线打了通电话。"

加茂听完点点头，补充道："那通电话应该是晚上九点二十分左右打的，这个时候他们三个都在自己的房间吧？"

"嗯，因此他们三人都有机会做这项伪装工作……雨宫说接到了父亲的电话可能就是谎言，叔叔或者月惠都有可能模仿父亲的声音，从自己的房间打电话过去。"

文香说得毫不容情。雨宫眼里露出绝望的神色，反复强调自己没有说谎；月惠也不断表示自己不可能模仿究一的声音；只有幻二沉默无言，视线落在床上。

可文香看起来不打算给他人一丁点喘息的机会，她抬起头，缓缓开口道："谁是凶手，只要想想第二起案件，也就是爷爷失踪，又发现烧焦的尸体，以及第四起案件，大叔伯和月彦遇害，自然就能明白。"

这句话似乎让他们感到害怕，一直努力反驳的月惠和雨宫也都沉默了。

月惠没提第三起凶案。

加茂明白她为什么不提。只有第三起凶案不是不可能犯罪，谁都有机会给刀根川下毒。因此，要借此找出凶手也很难。

只要知道凶手是谁，再反过来推算，应该就能推理出凶手是在什么时候下的毒。如她所说，现在要先就第二起和第四起凶案展开推理。

文香依次看向幻二、雨宫和月惠,又开口道:"遗憾的是,这两起凶杀案不能以普通的想法去思考……因为凶手行凶时利用了 D.卡西欧佩亚。"

幻二似乎察觉到这句话里的意思,睁大了眼睛道:"你不会是想说,凶手利用穿越时空行凶吧?"

在文香回答之前,雨宫先抛出反论。

"那就不对了,至少第二起凶案中明显没利用穿越时空的能力。不是说了时空穿越的四条规则是障碍,因此没法儿用吗?"

加茂同意雨宫的意见。

如果要从别墅里穿越到其他地方,至少边长三米的立方体内的东西会一起转移,也就是说天花板或者地板一定会被掀掉一块。反之,如果要穿越到别墅里,到达地点的误差会成为障碍,应该无法顺利进行。

月惠也帮着雨宫,扬起柳叶眉,反驳道:"第四起凶案也一样。就算凶手在我们之中,那个人穿越了时空,也无法解释所有疑点。"

听了这话,幻二用手指敲了敲床,点点头,说:"月惠说得没错。要行凶就必须弄破房门,杀害两个人并砍下漱次朗的手臂,做这些最少也需要一个小时吧?"

"嗯,大概要花这么长的时间。"文香不慌不忙地回答。

幻二保持着沉着的口吻,继续说道:"就算凶手穿越到了未来,也就是穿越到两个小时之后,也无法争取到行凶所需的时间……因为这么一来,对凶手而言是一秒钟,对其他人而言则是两个小时零一秒,凶手反而损失了两个小时的时间。"

"是啊,要想争取时间,就只能回到过去。可是不能穿越回刚发生过的过去吧？"雨宫不太自信地问。

这个反驳的观点加茂可以接受。

霍拉曾这样说明过。若穿越回刚发生过的过去，会造成同一时间存在两个同一人物的扭曲状况，从而引发时间悖论。

可文香边微微摇头边说道："不，凶手有可能利用穿越时空的能力争取时间……因为不是凶手，而是我们穿越了时空。"

*

"我们什么时候穿越时空了？"

加茂一边在脑中反刍文香说过的话，一边反问道。

"我想是一进露营拖车就穿越了。因为唯独那个时候出现过只有一个人在车外，剩下的所有人都在车里的情况。"

闻言加茂开始在记忆中搜索。

"确实，为确保安全，最先进入露营拖车的是幻二和雨宫两个人吧？我们都进来之后幻二出去抽了根烟，等幻二回来之后，雨宫去车外取雨伞。最后是我出去了一趟。"

同样回想起当时的情形的雨宫纳闷地嘀咕："可幻二只出去了五分钟就回到了车里，我也只在外面待了几分钟。至于加茂，感觉好像不到一分钟。"

"这样就足够了。"

文香的话让雨宫半张着嘴僵住了。她继续说道："霍拉说过的吧？这两个时空转移装置不仅能带着人穿越时空，只要是和人一起，最多还能同时转移边长六米的立方体内的物品。"

文香边说边张开双手比画着整个露营拖车。

"看，这辆露营拖车大概只有两米乘四点五米乘两米大。这个大小，D.卡西欧佩亚是能带着穿越时空的哦。"

从刚才起一直皱着眉沉思的月惠开了口："也就是说，凶手让我们和露营拖车一起穿越了时空？"

"嗯，这么想的话，就能解释为什么大家都没听到砍坏玄关大门时的声音了。因为那时我们还不存在于这个世界，也就不可能听到声音。"

文香边说边在口袋里翻找，最终拿出圆珠笔，在从本子上撕下来的纸片上写着什么，同时嘴上说着："我们是下午八点五十分左右进入露营拖车的。凶手把 D.卡西欧佩亚藏在车内某处，自己一人离开了拖车。D.卡西欧佩亚确认他出去后，就带着整个露营拖车穿越了时空。"

说完她把纸片展示给大家看，上面写着：

—— ※ 假设 PM 九点穿越时空，目标定为次日 AM 零点
——出发时间　　　到达时间
——PM 九点 →　　PM 十点（误差为负两个小时）
——PM 九点 →　　AM 零点（无误差）
——PM 九点 →　　AM 两点（误差为正两个小时）

"像这样，把目标设定为凌晨零点，实际到达的时间就会在当天晚上十点到第二天凌晨两点之间。因为根据第三条规则，时间上最多会有正负两个小时的误差。"

加茂在脑中迅速计算，然后点点头，道："确实如此……最终穿越到晚上十点的话，就是我们在不知不觉间过了一个小时，而凶手没有穿越时空，就争取到了这么多的时间……最终穿越到凌晨两点的话就更糟了，杀人者能获得五个小时的时间。"

幻二似乎无法接受这个说明，他歪着头说："如果凶手在露营拖车之外的话，那车里就是没有时空旅行者了，在这种情况下，D.卡西欧佩亚要怎么穿越时空呢？"

"只要是约一米范围内的人，时空穿越装置都可以强行让这个人成为时空旅行者，对吧？这样的话，只要露营拖车里有一个人，就足够了。"

关于这一点，加茂已经体验过了。他自己就是在毫无预警的情况下成了霍拉的时空旅行者，被带来了过去。文香继续说道："凶手就是这样用获得的额外时间，进而行凶的。我想杀人之后，凶手就在门厅里耐心地等待，等到穿越了时空的露营拖车出现。"

突然，月惠抬起头，一副恍然大悟的样子说道："莫非早晨看露营拖车所在的位置与原本停着的位置偏离了几米就是……"

"当然不是风的原因，是穿越时空时发生的误差导致的偏离。露营拖车进行穿越的时候地皮应该还被揭掉了一块，只是周围全是积水，我想谁都没注意到那个痕迹……然后凶手一脸若无其事地与完成穿越后出现的我们会合，取回了D.卡西欧佩亚。"

"手表呢？我们穿越了时空，手表显示的时间应该会和实际时间相差几个小时，当然，跟凶手的表也不会一样。"月惠提出质疑。

文香摇了摇头，说："昨晚，我把怀表放在了床边的桌子上，幻二叔叔和雨宫也都摘下了手表，凶手完全可以趁大家不注意时调快我们的表。"

在加茂的记忆中，幻二的手表一直放在桌子上，雨宫的手表放在厨房附近。确实如她所说，很可能有人对表动过手脚。

加茂看向雨点密集的车窗，开口说："这么想的话，能犯下第四起凶杀案的，肯定是曾独自去到车外的人……也就是我、幻二,还有雨宫,对吧?"

"再加上也能犯下第一起凶杀案的,就是幻二和雨宫两个人。"

说这句话的是月惠。可语气里没有自己洗脱了嫌疑的喜悦,只有哀伤。幻二和雨宫互相对看,什么都没说。

加茂盯着保持着危险的沉默的两个人,也许下一秒他们之间的均衡就会被打破。

他们是凶手和受害者。

受害者已能确信面前的这个人就是凶手,他可能还不愿接受,还抱着最后的希望——文香的推理是错的。而凶手,应该会竭力把罪行推到对方身上。

可是,有件事加茂怎么也想不明白……凶手是以怎样的心情倾听文香的推理的呢?是事到如今仍心存侥幸,认为他们不可能找出真相?还是发现自己正慢慢被逼进死路,为此感到心惊胆战呢?

"最后说说剩下的第二起凶案,还是跟穿越时空有关。"

文香的话让加茂回过神来,他苦笑着说:"好像发现了我的存在之后,D.卡西欧佩亚和凶手就马上改变了计划呢。"

"正如霍拉说的,她大概由此判断穿越时空一事已是众所周知的,于是利用时空悖论,夺走了爷爷的性命。"

"这次是时空悖论?"雨宫失措地嘟囔。

"嗯,凶手事先把D.卡西欧佩亚藏在了爷爷的房间里。D.卡西欧佩亚在屋里等着爷爷吃完晚饭回来,然后看准时机带着爷爷穿越到了过去,而且是刚刚发生的过去。"

幻二深深地叹了口气,没精打采地说:"结果就是发生了时空悖论,爷爷这个人从这个世界上消失了,对吧?"

文香重重地点头。

"假设是穿越到了十分钟之前的世界,受到时空悖论的影响,十分钟之前的爷爷就会消失,最终整个世界也都回到了十分钟之前。"

"我明白了,这么一来,爷爷穿越时空时本该留下的天花板及地板上的痕迹也就不见了。"

"爷爷回屋后恐怕准备洗澡,所以脱下了衣服,叠好放在椅子上。D.卡西欧佩亚记得那是几点几分几秒发生的,就把这个时间点设置成目标时间,让爷爷穿越了……用这个方法的话,就不会被我们目击到行凶过程,凶手可以待在自己的房间。"

根据穿越时空的第四条规则,他们二人所说的在逻辑上说得通。

可加茂不认为这是真相,立即反问道:"你认为发生了时空悖论的依据呢?"

"我们在辰龙间找到了房间的钥匙。"

"哦,那把弯曲的钥匙啊。"

"晚饭的时候那把钥匙自然在爷爷身上,而后来我们在辰龙间找到了钥匙,也就是说……加茂和我开始监视前,爷爷已经回了辰龙间。"

拆下辰龙间的房门进入屋里后,加茂立刻就看到并收起了那把弯折的钥匙。可以肯定,凶手没有机会调包钥匙。

文香继续说道:"如果说爷爷进入了辰龙间的话,那能不被监视的我们看到而成功行凶的方法就只有一个了,那就是利用时空悖论杀人。"

幻二震惊地低喃道:"可是,龙的根付是在比萨窑边找到的吧?"

"那是凶手特意丢在那儿的,为了制造出那具焦尸是爷爷的假象……晚饭时,凶手割断了爷爷钥匙上连着根付的绳子,偷来了根付,而爷爷应该没太在意,认为只是弄丢了根付而已。"

雨宫频频眨眼,问:"那在比萨窑找到的尸体是谁的?"

"我想那具尸体是凶手从外边带到别墅来的,为什么要这么做我也不知道。因为加茂的出现,D.卡西欧佩亚不得不改变计划。但我们无从得知改变之前的计划是什么,所以也就没办法知道凶手准备尸体的理由。"

说到这儿,文香垂下眼帘,用几不可闻的声音继续说道:"可怕的是……我想凶手先是把尸体藏在了别墅以外的某地,然后,冥森里的野兽闻到了尸体的味道。"

加茂忍住咳嗽,说:"你该不会是想说,那具尸体会没有双腿……是因为成了野兽的食物吧!"

"嗯。凶手没办法,只好用那尸体比拟老虎的后腿。而只要把尸体烧掉,就不会被人发觉那不是爷爷。"

一阵沉默之后,雨宫问道:"我还是有不明白的地方。如果说老爷穿越了时空,那辰龙间的某处应该藏着沙漏吧?可我们搜索房间的时候没发现那样的东西。"

面对他的质疑,文香也没显出一丝慌乱,她回答道:"我们第一次进入辰龙间的时候,只是为了找爷爷,所以并没有仔细搜查整个房间。搜索猎枪的时候也是,一心在找猎枪和装了二十四发子弹的弹夹,对吧?没有专心去找一个小小的沙漏,就算看漏了也不奇怪。"

"这确实有可能……"

"而加茂和我再次去房间搜查,是下午两点之后。凶手完全可以在那之前拿回沙漏。"

听了这番话，加茂开始回想都有谁进过辰龙间，谁没进过辰龙间，然后他开口道："第一次，弄坏房门的合页进入房间的，只有我、文香和幻二三人。找猎枪的时候负责辰龙间的应该是漱次朗、月彦和月惠三个人……我们之中没有机会取回沙漏的，看来只有雨宫一个人。"

"除了那两次搜索辰龙间以外，我们还曾分头在别墅里进行搜索。那个时候雨宫应该是和叔叔一起行动的。叔叔，雨宫没进过辰龙间吧？"

一直盯着地板的幻二抬起头，平静地回答："他没进过辰龙间。"

这话听起来就像承认了自己是凶手。根据文香的推理，符合所有条件，并且能够从辰龙间取回沙漏的，只有幻二。

文香深深叹了口气，说："那叔叔就是承认自己犯了罪？"

幻二直视着文香，说："我不是凶手。既然你监视过二楼的走廊，应该知道吧？那天晚上我早早就回了丑牛间，不可能从二楼的房间溜出来，去比萨窑烧尸。"

"你可以提前准备好焦尸。发现尸体被动物啃咬的时候，叔叔可能就已将尸体转移到了能关上门的比萨窑。这样一来，只需在准备晚饭的时候从厨房溜出来，往窑里添柴，再用定时装置点火就好。"

"那我是如何把沙漏藏到爷爷的房间里的？"

幻二的声音不见慌乱，与此相对，文香却罕见地露出严厉的表情。

"决定委托加茂调查之后，叔叔去辰龙间和爷爷谈过话。那个时候就能动手脚。"

"也许是这样……那我把它藏在了哪里呢？"

"怀表里啊。"

这回答让幻二瞪圆了眼睛,但他立刻露出苦笑,说:"哦对,龙泉家的怀表是有暗格的。"

霍拉所在的沙漏最宽的地方不到一厘米,高有三厘米左右。而留在辰龙间的怀表有一个一厘米乘四厘米乘两厘米大的暗格,应该能装下时空转移装置。

文香继续责问:"你以为藏在怀表里就不会那么容易被发现吧?"

"可那里不算是个藏东西的好地方。因为取回沙漏时不得不打开怀表的盖子,那样会发出声音。"

"不,叔叔的话应该没问题,因为你有一块相同的怀表。"

这话让幻二有些狼狈。

"你不会是想说我趁着大家都没注意的时候,用自己的怀表调包了装有D.卡西欧佩亚的怀表吧?"

"我确实是这么想的。叔叔有这个机会,调查辰龙间的时候你去过抽屉旁,而且是最后一个从房间里出来的……另外还有其他证据。"

露营拖车中的所有人都倒吸了一口冷气。加茂立刻追问:"你说的证据是?"

"辰龙间里的怀表停在六点四十六分,可这是不可能的。"

"为什么,也许是停在早上的六点多了啊?"幻二惊讶地反问。

文香用力摇了摇头,说:"那块表是象征着龙泉家族的重要物品,所以爷爷一直坚持给它上发条。我问你们,知道爷爷为什么晚饭之后,一定要在八点半之前回房间吗?"

"这我怎么可能知……不、不会吧!"幻二口中嘀咕着,表情严肃起来。

文香看着他，难过地往下说："要是像我这样随身带着怀表，就可以随时上发条。但爷爷不是这样的，他的怀表一直放在房间里，不定时上发条，表就会停。"

"你是说，爷爷每天上午和晚上八点半左右，会回房间给表上发条？所以他必须在八点半之前回房间？"

"嗯。所以如果那是爷爷的表的话，应该会停在八点半前后。停在六点四十六分的怀表，肯定不是爷爷的。"

加茂掩饰不住内心的惊讶，一时说不出话来。倒是月惠喃喃冒出一句："原来是象征着龙泉家纽带的怀表揭示了凶案的真相啊……"

文香再次看向幻二，直视他的双眼深处充满哀诉。

"求求你，请住手吧。叔叔心里很倾慕羽多怜人吧？是这份心情让D.卡西欧佩亚钻了空子。叔叔被骗了。"

"不……我不是凶手，文香的推理错了。"

幻二这样反驳，可加茂冷冷地盯着他，说："即使你否认，结果也不会改变。既然知道了谁是凶手，那要怎么做，也不必多说了。"

"你要干什么？"

"首先要搜身，看你是否带着沙漏。如果找不到的话，就只有重新搜索露营拖车和别墅里面了。"

其他三人点头同意加茂的提议，幻二耸了耸肩，说："请，随你们的便。"

"你倒是胸有成竹。你们帮我盯着他，别让他把那东西藏起来了，好吗？"

嘱咐完加茂就命令幻二站起来。他老老实实服从，依加茂的指示走到露营拖车后方,举起了双手。

"反正不可能找到任何东西。"幻二这样嘟囔着。

"确实,找错了地方可就没办法了。"

几乎与此同时,加茂听见一声轻微的响动,像是有东西擦过玻璃。

加茂回过头,看到了惊讶的文香和月惠,以及在她们背后、右手正伸向挂着的提灯的雨宫。刚才的声音应该就是他弄出来的。和加茂四目相对,雨宫像是吓了一跳,马上抱歉地说:"我想着搜身的话车里太黑了,打算把提灯点亮。是不是做了多余的事?"

加茂对事情的发展感到满意,嘻嘻一笑,道:"那个'灯',和你以为的不一样。"

雨宫赶忙低头看向自己的右手,从他的指缝间传出一个闷闷的声音:"很不巧,我不是D.卡西欧佩亚。"

这毫无疑问是霍拉的声音。

过于震惊的雨宫身体绷紧、松开了右手,沙漏掉在了地上。不过经受过一万年漫长岁月的沙漏没有损伤半分。

加茂捡起滚过来的沙漏,说:"正如你们所见,凶手不是幻二,而是雨宫。"

*

"你给我下了个圈套?"

雨宫像是遭到了沉重的打击。

经历了短暂的搏斗后,加茂和幻二把他按在了地上。加茂的眼镜被打掉了,雨宫受了点伤,没人受重伤。

加茂没回答雨宫的问题，把他的双手绑了起来，用来绑住露营拖车车门的绳子又派上了用场。确认绳子已绑紧，加茂捡起掉在地上的眼镜。镜框歪了，镜片上有裂纹，他放弃了戴上的打算，把眼镜放在了桌子上。

像是明白了抵抗也没用，雨宫在床上坐了下来。文香、月惠，还有刚才还被当成凶手的幻二都掩饰不住心中的惊疑，看着雨宫。雨宫的视线则落在被绑着的双手手腕上，露出苦笑。

"我还觉得奇怪呢，那么啰唆的霍拉竟然进入露营拖车之后就一直默不作声。"

"哦，因为霍拉在提灯里，假装成 D. 卡西欧佩亚等着呢。"加茂答道。

他手里的霍拉立刻插嘴道："就是这样，所以我想说话也不能说啊。"

加茂拉出塞进胸前口袋里的吊坠链子，当然，那上面没有沙漏。刚才挂在他脖子上的只有链子。

见状雨宫深深叹了口气，问道："那她呢？D. 卡西欧佩亚在哪儿？"

"昨天晚上我说过要抽查随身物品吧？"

"说了。"

"既然是抽查，事先预告就是犯傻了……可我这么一说，凶手就会提防着，怕被搜身，就会把 D. 卡西欧佩亚放在露营拖车里才出去。然后我再找个理由回到露营拖车，找出沙漏藏在哪里。"

一边解释，加茂一边从装衣服的抽屉里拿出一个红酒瓶。

瓶子里的东西激烈地闪着光，绿色的瓶子时明时暗。仔细听，能听见远远传来的尖声叫喊，可被水和玻璃阻挡着，微弱得几乎听不见……瓶子里装着D.卡西欧佩亚。

明白过来的雨宫流露出敌意瞥向加茂。

"连她都落到你手上了，我们好像没有胜算了呢。"

幻二定定地看着加茂，似乎终于恢复了平日的冷静，开口道："莫非文香开始推理之前，加茂就知道他是凶手了吗？"

加茂一边监视着雨宫的举动一边点头。

"嗯，知道。"

闻言文香脸涨得通红，闷闷地说："知道的话为什么不早点说出来啊？"

看她下一秒就要哭出来的样子，加茂低下了头。文香的指责合情合理。

"抱歉。第一次在露营拖车里从霍拉口中听到D.卡西欧佩亚的事情的时候，我就在心里一点点完善自己的推理，但我没有信心认定那就是真相。虽说逻辑上是讲得通的，但没有具体的物证……所以，我决定准备一个圈套。"

"圈套？"

"对。我想，只要雨宫上钩，就能证明我的推理不是纸上谈兵。"

文香的眼里落下一串眼泪，说："就算是这样，你也可以阻止我说那么一堆推理啊。我真不敢相信，我对叔叔说了那么过分的话。"

幻二看不下去了，苦笑着说："这个你不用在意，污蔑我应该也在雨宫的计划之中。"

听了这话，雨宫冲文香微微笑了一下，说："你还没注意到吗？你会推导出错误的解答，正是因为我在储藏室里诱导你去这么想。"

雨宫满意地看着这冷酷的一句话让文香的表情僵住了，他又转向加茂，开口道："不过，加茂似乎发觉了我想让文香做出错误的推理呢。"

"嗯，我猜想是你教唆她的。"

"难怪文香进行着错误的推理，你却不阻止她，而是任她折腾。这是为了让我上钩。"

这时月惠摇着头插嘴道："可我不觉得文香的推理哪里不对啊，任何一点都是完美的。"

"那么，就从第一起凶杀案开始，再重新梳理一遍吧。"

加茂说完用力吸了一口气，然后开始正式说明。

"其实，关于第一起凶杀案，我的推理和文香的推理基本是一样的。究一是在别墅外被杀害的，凶手把手臂和双腿带到了大浴场。凶手调换了两位受害人的头部和躯干，打造出不可能犯罪的场景。"

雨宫眯起眼睛，点点头，说道："你说对了。首先，我把究一叫到了冥森，我骗他说有私密的话想跟他说。老实的究一很早就出来了，而且因为吃了掺有安眠药的晚饭，他熟睡过去，完全不知将要被我杀掉。"

他哀伤地笑着，可笑容里似乎不带一丝悔意。

"然后你就杀了究一，并肢解了尸体，对吧？"

"是的，之后也和文香所推理的一样。当然，堆在柴火房的柴是我为了制造不在场证明提前准备好的。话说回来，光奇那人很肤浅吧？我早就知道他沉迷赌博，金钱上十分困窘。可我只是给他表演了一番我有盗窃癖，他就黏上我了，真逗。"

闻言，文香恍然大悟地睁大了眼睛，问："东京的本宅几次遭贼，莫非都是你？"

"你猜对了。光奇胁迫我一起偷盗，偷来的东西他应该卖掉了，可我一分钱也没分到。"

发现文香的眼神饱含着绝望，雨宫的语气反而越发愉悦，他继续说道："那天晚上我找到光奇，跟他说我偷到了申猴间的钥匙，问他要不要趁究一不在的时候去找找有没有好东西。而且我说可以假装成有外人来偷，光奇就彻底放心了。"

加茂不由得低吼："你就是这样把光奇引诱到申猴间的？"

"我让他先在自己的房间等着，等我做好准备，然后我们一起去申猴间。干掉毫无防备的他，简单得毫不尽兴。顺便说一下，杀究一时我用的是预先藏在屋外的斧头，肢解光奇的尸体时用的是留在屋内的柴刀。"

"也就是说，那天晚上，柴刀是藏在别墅里的？"

"是的，和防水布一起藏在地下仓库的天花板夹层里。这样的话，就算遇到最坏的情况，这些东西被发现，也不会暴露所有的真相……幸好没人发现。第二天晚上，我取回柴刀和防水布，藏到了冥森的树洞里。好了，关于杀人的过程，如果你的推理正确的话，我答应你全都说出来。怎么样？"

他露出一个和善的笑容。

在加茂看来，雨宫那当游戏般说出这些话的态度就让他无法容忍，可现在似乎只能接受。

"我还有一个问题。在你的计划中，应该是早就打算让幻二当替罪羊，那么，恐怕他去庭院散步也不是偶然吧？"

听了这话雨宫呵呵地笑了起来。

"当然是我下的套，可理由幻二无法对任何人说。这是凭你掌握的信息无法推理出的部分。"

加茂的视线从雨宫身上移开，看向幻二问道："能请你说一下那天晚上你为什么要去荒神之社吗?"

幻二犹豫着,眼睛盯着地面,终于,他下定了决心,开口说道:"大概两个星期前,我在公司收到了一封信,黑色的信封。"

"黑色的信封?"

"嗯,里面有一封信和七张照片。收件人是我,但照片上的人不是我。"

幻二开始踌躇是否要说出更多内容,雨宫接过了话头:"我往信封里放了某个少女的照片,选的还都是和男人一起,见不得光的那种。"

"不好意思,照片上的女性跟你有关系吗?"加茂追问。

幻二的表情愈发苦涩,雨宫饶有兴趣地看着他,说:"不是哦。我很意外,幻二居然是个拿得起放得下的人,如果是他自己身上的不光彩之事,大概命案刚发生时他就放弃隐瞒了。"

此刻,加茂对问了刚才的问题感到深深的后悔。

幻二坚决不肯明说,肯定是为了保护照片上的少女,那恐怕就是文香吧。

"同时寄来的信里宣称寄信人就是一起出现在照片里的人,还要求'要是不希望照片散布出去,就准备好钱'。照片上能清楚看到那个男人的长相,但对方威胁不许跟任何人说,更别说报警了,所以我也未能查出对方的身份……一个星期之后又收到了一封信,信上指明了收钱的地点,我按照上面的指示,二十一号晚上去了荒神之社,信上说要在那里用钱交换底片。"

"可那不过是为了把你骗到别墅外而说的谎言。"

"是的。我在荒神之社等了快一个小时,意识到被放了鸽子。"

略作沉思之后,加茂开口道:"这么说来,你进入辰龙间之后极为关注那个抽屉呢。莫非也是？"

"嗯。我不是被怀表吸引，而是因为别的东西。"

"我好像有些明白了。第一次进入辰龙间的时候，我看到抽屉里有一个黑色信封，再去的时候信封却不见了……第一次进房间时只有我、文香和你，文香是跟我在一起的，所以能拿走那个信封的，只能是幻二你了。"

幻二吃惊地睁大了眼睛，又马上露出苦笑，说道："你注意到了啊。抱歉我自作主张地做了些事，因为那信封跟寄给我的威胁信是一样的，我怕里面又是照片，因此马上藏了起来，后来一看里面是空的。"

文香似乎没察觉到那照片和她有关，一头雾水地听着。雨宫看到她这样，说道："那个信封也是我放到抽屉里的，当然是为了让幻二在辰龙间做出可疑的举动……机会难得，我还是说出谜底吧，照片上的，不是幻二以为的那个人。"

"什么意思？"

"但有个和她长得一模一样的少女，照片上的就是这位少女。"

他指的是谁显而易见，是文香的双胞胎妹妹文乃。

已知晓这一切的加茂就算知道了照片上的不是文香，却也还是没办法高兴起来。幻二和月惠阴着脸，大概他们也在想同样的事吧——有一个少女遭遇了不幸。

雨宫像在揭露一个秘密般继续道："那名少女喜欢上了一名学生，可这个学生败给了金钱的诱惑，于是他下药迷倒少女，拍了照片。而我买下了照片，拿来利用了。"

再追究下去，文香可能会注意到照片背后的隐情，加茂刻意转移了话题。

"说说第二起凶案吧。关于这起案件,我的推理和文香的有极大不同。"

正如他所期待的,文香马上揪住这句话追问:"我的推理哪里不对?"

"首先,第二起凶案凶手没有用到 D.卡西欧佩亚。凶手杀害太贺用的不是穿越时空的方法。"

这句话让除了雨宫以外的所有人都深吸了一口气。独自坐在床上的凶手说:"有意思,我是怎么做的呢?"

见他如此,加茂反问道:"这次的凶案牵扯到穿越时空这一特殊技术,可要是这种特殊技术毫无转折地直接与案情挂钩的话,你不觉得太没技术含量了吗?"

"或许是吧。"

"实际上,要是利用了穿越时空的技术,文香的推理才更有无法说通的部分。比如比萨窑里的尸体。文香认为那是凶手带来的不明身份的尸体,可现在这个季节,这么做太不合适了。"

闻言幻二深以为然地点点头,插了一句:"确实。气温太高,尸体大概很快就会腐坏。"

"做饭的时候我检查过冰箱,确定里面没有尸体。如果把尸体放在别的地方放好几天的话,肯定会有一定程度的腐烂。可那具死尸烧损不太严重的地方也没有发出腐坏的臭味,因此,那不是凶手从外边带来的,就是太贺的尸体。"

文香面露疑惑,反驳道:"可怀表停止的时间确实表示怀表被调包了。"

加茂拿出文香的怀表,盯着刻在上面的龙图案,说道:"停止的表针并非暗示着怀表被调包了,还可以证明太贺晚饭之后没有回辰龙间。"

"啊？"

"晚饭之后，太贺本来就没打算回辰龙间，并做好了长时间不回房间的打算。他打破了平日的习惯，晚饭前给表上好了发条，才离开辰龙间……为了尽量不让表停下。"

雨宫的笑意加深了，看他的表情，文香意识到加茂的推理是正确的，可她仍掩饰不住疑惑地说："爷爷是七点到餐厅的，如果是在那之前上的发条，表针停在六点四十六分倒是确实说得通。"

"证据不仅如此。还记得从放在辰龙间的轮椅上掉出来的珍珠领带夹吗？"

"嗯，那领带夹应该是放在桌子上的，不知为何掉了下来，在爷爷没注意的情况下夹进了轮椅吧。"

"太贺是几天前丢失了那个领带夹的，如果他每天都用那辆轮椅的话，丢失的次日，早上打开轮椅的时候领带夹应该就会掉出来，从而'失而复得'。而事情却没有这么发展，这就说明太贺这几天都没用那辆轮椅。"

"那难道是……"

"对，房间里的是备用轮椅，放在楼梯旁那个空间里的才是他平时常用的轮椅。而常用的轮椅放在房间外，就说明太贺没回辰龙间。"

文香立刻皱眉反驳道："可是辰龙间的钥匙在房间里，那应该是爷爷回了房间的证据吧。"

"那把弯折了的钥匙不是辰龙间的钥匙。"

"怎么会！加茂你试过那把钥匙的吧？"

"为了让假象看起来像真的一样，凶手需要把辰龙间的钥匙留在房间里，这样让人以为太贺是回了辰龙间的。为此，凶手玩了个花样……从屋内的状况来看，钥匙应该是不会弯折的吧？那是凶手故意弄弯的。"

"他为什么要这么做？"

"若在屋内捡起钥匙，我应该会立即插入辰龙间的门锁，确认是不是这个房间的钥匙。可当时大家急着寻找失踪的太贺，在那样的情况下，没有时间把弯折的钥匙弄直查证。凶手的目的就是这个。"

这次是月惠惊讶地开口："可就算争取到了时间，我觉得也没什么不同啊。"

"怎么会没有不同呢。凶手猜到我们会把辰龙间旁边的房间，也就是卯兔间的房门合页也弄坏，他预料到我会要求去锁住的房间调查……而别墅的房门全都一样，是桃花心木颜色的，光看外表区分不出来。"

月惠点点头承认他说的是对的。

加茂继续说道："雨宫弄坏了辰龙间和卯兔间两个房间的房门合页，把房门拆下来靠墙立在了走廊上。我们调查卯兔间的时候，他应该能找到机会对调放在走廊的两扇门，把卯兔间的门移到辰龙间旁边。"

"那也就是说，弯折的钥匙是卯兔间的钥匙？结果你是把卯兔间的钥匙插到了卯兔间的房门锁上，所以就吻合了？"

憋不住插话的是霍拉。

"就是这么回事。那把弯折的钥匙跟其他钥匙相比感觉更旧，凶手多半是弄到了太贺保管的卯兔间的钥匙吧。"

听到这里，文香还是一副无法相信的样子。

"那这样的话，爷爷晚饭之后跑到哪儿去了呢？"

"太贺上了二楼。无论是从升降机停在二楼，还是两辆轮椅都在二楼来看，这一点都是肯定的。实际上，在我躲进清洁工具间之前，轮椅就放在楼梯旁边的空间。"

"可不管在二楼的什么地方，雨宫都做不到避开我们的监视杀害爷爷啊。"

"不，有一个地方我们看不到。那就是小型物品升降机。"

文香露出难以理解的困惑表情，月惠和幻二也茫然对看了一眼。幻二像在替众人说出心中所想般开口道："可是，那台升降机连我都进不去，一层只有一米一乘七十厘米乘二十七厘米左右的空间而已。"

"是倒是，可小型物品升降机那地方很特殊。载物厢停在二楼时，人也可以在一楼操作，让二楼载物厢里的东西送到一楼，这是不被我们看见而把太贺带到一楼的唯一办法……实际上太贺确实从二楼消失了，那就只能认为他进了那个狭小的空间。"

这番草率粗暴的逻辑分析让幻二皱起眉。

"爷爷年轻的时候身高有一米七左右吧？由于年龄和生病的原因，身体大概更为僵硬，我不认为爷爷能钻进升降机里去。"

加茂没有理会幻二的反驳，自顾自地继续说道："太贺是因为糖尿病恶化，才不得不坐轮椅的吧？糖尿病这种病，若疏于治疗，后果会很可怕，好像会出现身体末梢部分血液不流通，甚至坏死的现象。"

幻二像是反应过来他话里的意思，双颊抽搐，说道："你不会是说……爷爷因为糖尿病并发症，双腿截肢了？"

"恐怕是的。但因为他的父亲和叔叔这对双胞胎之间曾发生过骨肉之争，太贺不愿对亲人坦白这一弱点，一直隐瞒着双腿截肢并装了义肢的事。"

若以加茂所在的现代的观点来看，认为因生病而失去双腿是个"弱点",这个想法本身就很奇怪。但是在太贺艰苦地与病魔抗争的时代,对残疾的歧视肯定比现代要根深蒂固。

加茂继续说道:"在比萨窑找到的尸体没有双腿,但那不是被杀害时割下来的。这么一想,找不到被割下来的双腿也就理所当然了……凶手是为了隐瞒太贺没有腿,才烧了尸体的。"

"这就是比拟鹈进行杀人的另一个理由吧?即使爷爷的尸体没有腿,也不会让人觉得不对劲。"

听到月惠难过的低喃,加茂点点头。

"是这样的。为了不被看到,凶手应该是趁大家都在沉睡的时候把尸体搬运到了比萨窑。而幻二在我们进入清洁工具间后马上就回到了丑牛间,到早上都没出来过,所以他没有机会转移尸体。"

听了这话,幻二露出无力的笑容,说道:"感谢你为我洗脱嫌疑……那么,在比萨窑的灰烬中找到的涂了涂料的木片,那应该不是涂了涂料的柴火,而是义肢烧剩的部分吧?"

"我也是这么想的。"加茂赞同道。

文香垂着头,声音哽咽地说:"可怜的爷爷……可是,雨宫是怎么唆使爷爷进入小型物品升降机的呢?"

"拆下义肢后,太贺应该就能钻进只有一米一的空间了。而且太贺的手臂肌肉很结实,平时他自己能照顾自己的吧?"

"嗯,这点他总是很自豪。"

"这样的话,在二楼楼梯旁从轮椅上下来,折叠起轮椅藏到油画后面,再利用手臂的力量移动,他应该可以自己进入小型物品升降机。"

对这点没人提出异议。加茂调整了一下呼吸,继续道:"可是,不管太贺如何小心地隐瞒自己装了义肢一事,平时照顾他的人还是瞒不住的。所以至少刀根川和雨宫都知道，对吗？"

雨宫发出低沉的笑声，歪着嘴，抬起头，说道："你答对了。我和刀根川知道老人家的腿的事。"

"那事情就简单了。你假装发现凶手在比拟鹈，给太贺老人灌输'下一个目标很可能是住寅虎间的漱次朗、住巳蛇间的月彦和住酉鸡间的刀根川'的想法，还向他推荐了绝佳的监视场所吧？只有太贺老人能进入的地方，让凶手想不到的地方，就是那个小型物品升降机了。"

雨宫重重地点了点头，之后开口说道："那天晚上，准备晚饭的时候我去了辰龙间，趁着说比拟杀人的事情的时候，把预先弄弯了的卯兔间的钥匙放在了床脚。老人家对我极为信任，毫无疑心地听信了我的话。最后我都没怎么诱导，他就自己说要躲到小型物品升降机里去。我随便编了句谎话，说我会在自己的房间监视酉鸡间。"他露出一个微笑，接着说道，"不过，喜欢侦探小说的人真有意思啊，会像故事的主角一样一头扑进危险中。鼓足了劲儿，就想亲手抓住凶手。"

"可是，太贺应该不会不带任何武器伏击凶手的，他大概是拿着猎枪钻进小型物品升降机里的吧？"

"聪明。我劝他带上猎枪自卫，老人家就把存放猎枪和子弹的储物柜的钥匙给了我，我把东西拿出来，事先放在了升降机里。"

"这是为了让太贺在进入升降机时不会心生怀疑吗？"加茂问道。

雨宫点点头，答道："要是没有枪，再怎么莽撞的老人家说不定也会害怕。我帮他换上便于行动的甚平，顺便准备了用于替换的、颜色相近的另一件甚平摆在椅子上。我做这些，就是希望你们认为发生了时空悖论。晚饭之后，老人家偷偷去了小型物品升降机，而我只要等待下在餐后咖啡里的安眠药发挥作用就好了。可有一个问题，那就是你，加茂。"

"我？"

"正因为有你这个可能看过文香的日记的人在，我才不得不改变原定的行凶顺序……说实在的，这让我和Ｄ．卡西欧佩亚都苦恼了一番。对我们而言，霍拉是一个未知的时空穿越装置，我们不知道他是否跟你说了Ｄ．卡西欧佩亚的存在。不过，来到'这里'的你，似乎没有做出什么着重调查是否有人藏着沙漏的举动。"

加茂无言以对，雨宫又继续说道："于是我们推测，由于霍拉十分不想透露玛丽斯的事情，因此，就连Ｄ．卡西欧佩亚的事都没告诉你。如果你不知道还有一个沙漏在，那就很容易猜到你会根据日记的内容，在清洁工具间里监视。果不其然，你本想紧紧跟在老人家后面离开餐厅的吧？而我叫住了你，跟你说话，以此绊住你。"

"我耽误了二十分钟……"

"有了这二十分钟，老人家就能顺利进入升降机。在那之后我只要看准时机，让升降机降到一楼就好了。"

"回想起来，躲在清洁工具间的时候我好像听到过升降机运行的马达声。但那时我以为是地鸣声，和文香都没多想，现在想想，这样就合乎情理了。"

雨宫好像有一丝惊讶，不过马上又说道："之后，我把睡着了的老人家勒死，取走了辰龙间的钥匙，因为不能让这把钥匙留下来。然后我把尸体和义肢放进比萨窑，点火焚烧，在窑前丢下龙的根付，准备工作就结束了。第二天，我的工作就是趁人不注意时，把弄坏了合叶的辰龙间的房门和卯兔间的房门对调。"

有一阵子没人说话，打破沉默的是霍拉。

"第三起凶杀案，是为了封住刀根川的嘴吧？"

"嗯，要让第二起凶杀案成立，就必须把知道老人家有义肢的人杀掉。幸好加茂说要调查窗格，所以刀根川让我们进了她的房间。那个时候，我趁人不注意，在她的杯子上涂了大量的毒药。"

他像在聊家常一样叙述着杀死刀根川的过程。得知是自己的要求害死了刀根川，加茂一时说不出话来。

雨宫的视线充满挑衅意味，他瞥向加茂，说道："那么，第四起凶杀案的真相是怎样的呢？"

加茂回瞪对方，开口道："关于第四起命案，文香的推理大致正确。这次你确实利用了穿越时空的技能。"

这话让幻二一脸无语地看了他一眼。

"刚才你不是说利用穿越时空的技能杀人太小儿科了吗？"

"我说的是毫无转折、直接利用的手法没有技术含量。第四起凶案并非没有转折地直接利用。"

"好吧，让除了凶手和遇害的两个人之外的所有人都穿越时空，这确实是个让人意外的方法。"幻二说着，却仍是半信半疑的样子。

加茂进一步说明道："首先我们来想想文香的推理哪里有问题吧。第一点是，从昨晚到今早，我们经历的时间原本应该是晚上九点到清晨六点的九个小时。"

说着，他用圆珠笔在文香写的笔记上加上了几行信息。

—— ※假设 PM 九点穿越时空，目标为次日 AM 零点

——出发时间　　到达时间　　实际感觉到的时间

——PM 九点 → PM 十点（误差为负两个小时）　八个小时

——PM 九点 → AM 零点（无误差）　　　　　　六个小时

——PM 九点 → AM 两点（误差为正两个小时）　四个小时

"你们看到了，本来应该有九个小时，但实际最短可能变成四个小时。不管多迟钝的人，肯定都能发觉异样吧，D．卡西欧佩亚应该不会做这么不切实际的计划。"

"还真是……"文香垂头丧气地嘟囔着。

"第二点和胡须有关……来到'这里'之后，我一次胡子也没刮，样子糟透了。幻二的络腮胡也比上次在露营拖车里的时候更长了。"

幻二闻言摸了摸脸，苦笑道："我也一天多没刮胡子了啊。"

"跟我们比起来，雨宫的胡子却没怎么长，之前在露营拖车里的时候他就是这样的。被害人漱次朗和月彦也一样，看尸体的样子，像是刚刮过胡子不久。"

月惠眯起眼睛回忆着，随后点点头道："确实是这样的呢。父亲的胡子像是打理过，哥哥也没有胡楂儿。"

"特别是月彦，我们一起找东西堵后门的时候，我记得他是有一点胡楂儿的。这么一来，说明他在变为尸体被我们发现之前应该刮过胡子，可他的头发和额头上却沾着尘土……没有洗澡，甚至没有好好洗脸，却只刮了胡子，这挺奇怪的吧？之所以会出现这种现象，是因为凶手刮掉了两个人的胡子。"

"可为什么要这么做呢？"

听到文香的问题，加茂用食指指着自己的下巴，说："胡子这东西，虽然每个人的浓密程度有所差异，但还是能大致依长度判断几天没刮的。我想问你们一个问题，在知道二十五号中午左右会发生泥石流的前提下，如果想让我们都死在泥石流中，要怎么做好呢？"

霍拉发出一声不像 AI 的惊叫，说道："不会吧！D.卡西欧佩亚设置的时空转移目的地不是几个小时之后，而是整整二十四个小时之后吗？"

"就是这么回事！我们以为今天是二十四号，但其实是二十五号。"

"我明白了……也搞清楚重力波的测算值发生大幅度偏差的原因了。如果今天是二十五号的话，那就和测算值完全一致了。"

这时，终于理解了的文香双手捂着嘴，喃喃道："原来是这样啊。就算知道发生泥石流的时间，可要是弄错了今天是几号，就什么意义都没有了……这是为了确保将我们全部置于死地，雨宫设下的最后一个圈套吗？"

"在增加新的受害人的同时把我们全部引向死亡，这才是他犯下第四起凶案的真正目的。刮掉胡子应该是为了掩饰我们在露营拖车中度过的天数和漱次朗他们度过的天数之间的偏差。"

不知何时，一直倾听的雨宫的眼里明显浮现出绝望的神色，这比什么都有力地证明了加茂的推理是对的。

*

不知从何处传来叮咚叮咚的声音。

加茂反应过来，那是怀表动力即将不足时的提醒音。他拿出放在口袋里的怀表，打开盖子，说道："自我们在露营拖车中被带着穿越时空，过了不到十一个半小时……因此，至少还有三十分钟，D.卡西欧佩亚是完全无能为力的。"

闻言雨宫一怔，马上咬着嘴唇说："文香最后一次给表上发条，是在我们第一次进露营拖车的时候啊？也就是我出到车外，D.卡西欧佩亚进行时空转移的前一刻？"

"那之后你应该动过这块表，所以怀表此时显示的九点三十三分这个时间很可能不准。不过可以把它当计时器用，因为这只特殊定制的怀表被设计成上一次发条仅能支撑十二个小时。"

雨宫稍稍抬起被绑着的双手，耸了耸肩，道："你是这样来计算D.卡西欧佩亚恢复时空转移功能所需的十二个小时的啊……但是我调表针的时候可以顺便上发条啊，你没考虑这一点吗？"

"这块表上发条的时候会发出很大的声音，你肯定是找准机会偷偷调整表针的，那样的情况下应该无法上发条。"

边说加茂边转动怀表的发条，怀表发出熟悉的吱嘎声。

凶手放弃了挣扎，喃喃说道："你说得对……到头来，我最应该戒备的原来是龙泉家的怀表啊？而来自未来的你也真了不起，不愧是玛丽斯的祖上。"

加茂没理睬这句讥讽，目光落在怀表的表盘上。

"没时间了。在D.卡西欧佩亚恢复功能之前，把凶案的一切都告诉我们吧。"

"好吧……先说第四起凶案吧……实话跟你们说，是我想到让大家，连同露营拖车一起穿越时空的哦。是听到加茂提议说要不大家都集中到露营拖车上过夜的时候，一瞬间灵光一闪想到的。幸运的是，月彦马上说要留在别墅里。唉，即使他不说，我也打算适当激怒他，引他留下来呢。"

他从喉咙深处发出嘶哑的笑声，继续说道："我先在红茶里下了安眠药,当然,这是为了将漱次朗和月彦的还手之力降至最低限度。之后我说想确认安全,先行一步来到露营拖车上,并利用车里只有我一个人的机会,把D.卡西欧佩亚藏到了提灯里。"

"为什么要藏到提灯里?"幻二惊讶地问。

加茂浮现出苦笑,答道:"因为那里是个藏东西的好地方啊,出人意料,又很安全。而且,那天晚上为我们照亮的不是提灯发出的光,而是D.卡西欧佩亚。"

这话让幻二一脸呆滞,雨宫却是一副理所当然的表情,点点头道:"嗯,她储存的能量甚至足够进行时空转移,照亮四周自然是轻而易举。所以我想,若是把她放到提灯这个车里唯一的光源里,不管是搜查露营拖车,还是搜身,都能躲得过去。"

"霍拉说过他能充当手电筒,所以能用她照明一事我是知道的。而且,我有一次撞到了提灯,对吧?"

"是有这么一回事儿。你过于紧张,想要阻止幻二拧怀表的发条,结果脖子撞到了提灯。当时我有些心惊来着。"

加茂摸了摸脖子,回想着当时的情形,说道:"那时我没感觉到提灯在发热。二〇一八年的话,有不易发热的LED灯,可一九六〇年应该还没有这一技术。这么一来,我就在怀疑那个提灯里有不应该存在于这个时代的东西了。"

闻言雨宫深深地叹了口气,说:"居然因为这么一点小事被你看穿……我本来的计划是靠'伪解答'争取时间,在发生泥石流的前一刻只带上加茂穿越时空呢。"

雨宫将饱含遗憾的视线投向发光的红酒瓶,继续对第四起凶案进行说明。

"那天晚上在露营拖车里的人中,幻二和月惠是抽烟的。我认为他们俩会顾及讨厌烟味的文香,很可能去外边抽烟——当然也要看雨下得大不大。"

"幻二马上就出去抽烟了。"

"幸亏他这样,我就能放心地下手了。按之前说好的,D.卡西欧佩亚趁我出去的时候,带着你们转移到了二十四小时之后。等你们跟着露营拖车一起消失,我就去冥森取出藏在树洞里的斧头、柴刀和猎枪。"

"然后你砍破了大门,闯入了别墅,对吧?"

"嗯,给漱次朗和月彦下的安眠药很管用,我没遭到任何抵抗,就进了他们的房间。"

"可你应该没有马上杀死他们。"加茂冷酷地说,雨宫点点头。

"因为我想着,把死了快一天半的尸体说成死了不到九个小时,有被人看穿的危险。所以我又用注射器给两个人注射了更多的安眠药,然后就悠闲地等待时间过去。"说到这里,雨宫哀伤地皱起眉摇着头,"遗憾的是,有一件事我算漏了。等到第二天下午五点左右,正准备送那两个人上路的时候我才注意到。"

"是胡子吗?"

"是的。他们两个人的胡子都长得比我想象的要长。好不容易从你们那儿夺得二十四个小时,要是因为胡子长了这个细节被识破,那就真是竹篮打水一场空了。没办法,我决定刮掉他们的胡子和我自己的胡子。"

这番功夫还是制造了线索,让人留意到有二十四个小时被盗取了。

加茂继续提问:"然后你就杀了他们两个?"

"我把月彦伪装成上吊的样子,漱次朗是用枪打死之后砍下他的双臂。这次时间充裕,还能好好洗个澡,轻松处理了溅到身上的血。"

加茂想起雨宫回到露营拖车上的时候浑身都湿透了，头发也是湿的，那是被雨淋湿的，还是因为洗澡洗掉了溅在头发上的血呢？

"得手之后你就待在某个地方，等着露营拖车出现吗？"

"我将目的地设定为二十四号晚上九点，可因为那该死的误差，实际上晚上十点之后你们才到。以防万一，我傍晚七点就在门厅等着了，所以我等了三个多小时，再久一点可能就要感冒了。"

他和善地笑了一下，之后继续道："据D.卡西欧佩亚说，加茂所在的未来普及一种叫什么智能手机的带手表功能的无线对讲机，对吧？听她说这种无线对讲机很容易没电，就算还有电，她也能搞乱内部的时钟……所以，回到露营拖车时我反而比较担心其他人用的普通手表。好在因为下雨，大家都把手表和怀表从身上拿了下来，我可以调时间……好了，我的说明就到这里了，可以吗？"

"说到底，你究竟是什么人？"幻二立即问道。

这个问题想必大家都想知道答案。

雨宫微微缩了缩脖子，答道："我吗？羽多怜人跟他的父亲龙泉太贺很像，他也一样藏着一个私生子……在去战场之前，他和羽多家的远亲雨宫铃生下了一个孩子，那就是我。"

看到所有人都睁大了眼睛，雨宫讽刺地撇了撇嘴，继续道："我没见过亲生父亲，母亲刚生下我就去世了，是被父亲的伯父博光抚养成人的。博光爷爷完全没向龙泉家透露过有我这个人，他大概是怕私生子的事闹出来，会让父亲的立场更加岌岌可危吧……所以，直到一九四八年父亲失踪，我一直认为博光爷爷是我的亲生父亲。"

"羽多怜人被杀害之后又发生了什么呢?"加茂问道。

雨宫淡淡地说:"得知父亲失踪,博光爷爷确信他是被龙泉家的人杀害了。他的直觉是对的,月惠已经证明了,对吧?自那之后,他每天都不厌其烦地对我念叨对龙泉家的憎恨。要说他教会了我什么,那就是该怎么做才能复仇,该怎么杀人,就是这些。他疯了,对他而言,我只是一个复仇的道具吧。"

"你居然经历过那么可怕的过去……"

文香向雨宫投去同情的目光,可这只是让雨宫觉得有趣。

"我并不觉得自己不幸哦。博光爷爷的教育得到了回报,因为我也打算向龙泉家复仇,并乐意奉献出自己。可在某天,我遇到了 D.卡西欧佩亚,她让平凡无知的我重获新生。"

说着,雨宫眼里发出几近狂热的信仰之光,继续说道:"说到博光爷爷,他总想把我置于他的掌控下,太烦人了,所以我就伪装成强盗杀了他。值得感激的是,他死之前曾威胁龙泉太贺的朋友,为我铺好了被领去龙泉家的路。知道这个的时候我高兴得几乎流下眼泪,我想这样就可以复仇了。"

雨宫的遭遇无疑值得同情,可他内心也有不值得同情的一面。羽多博光制造出了一个恶魔,又被那恶魔夺去了性命。

加茂感到无奈,盯着放在身旁的红酒瓶,说道:"说起来,雨宫可能也受到了 D.卡西欧佩亚的影响。不知道他是本来性格就扭曲,还是因为这家伙才变成这样的。"

雨宫忽然大声笑了起来,又说道:"要这么说的话,加茂你不也是霍拉的受害人吗?被迫穿越时空,又被他剧透了根本不想知道的未来……你甚至都没发现自己被骗了。"

这句话里有话,让加茂皱起眉问:"你什么意思?"

"我没骗加茂!"

霍拉像是生气了，发出红色的光。雨宫的视线也落在红酒瓶上，说："机会难得，直接听她说说怎么样？"

加茂拿起绿色的瓶子，一狠心拔出了瓶塞。他在厨房的洗碗池把瓶子倒过来，只见一个沙漏随着水流出来，掉落在了水池里。

"终于肯听我说话了吗？"

从发出淡光的另一个沙漏传出的，是比霍拉的声音更尖细的女性的声音。

加茂立刻问："告诉我，D．卡西欧佩亚，我被霍拉骗了是什么意思？"

"现在马上把她放回瓶子里去！"

虽然听见了霍拉的叫声，可加茂没听从他的指示。D．卡西欧佩亚咻咻地笑了起来，说："你以为回到二〇一八年就有能和伶奈一起生活的未来等着你吗？霍拉应该让你相信会这样吧，可那是骗人的。"

"不行，不许听！"

"你闭嘴，霍拉大师。只要想想就能知道，让你和伶奈走到一起的起因是'龙泉家的诅咒'，如果诅咒消失了，你们相识的命运不就也没有了吗？未来变成没有伶奈的状况了，这样真的好吗？"

这话让文香倒吸一口气。加茂也知道这邪恶的沙漏说的是对的，所以他露出一个似笑非笑的笑容，说道："这个啊，我早就想到了。"

过去霍拉曾说过"加茂的性格跟档案中记录的数据极为不同"，那时他便明白过来，这是因为遇到了伶奈，受到了她的影响，同时感到一种无计可施的绝望。

霍拉的档案中记录了Ｄ．卡西欧佩亚改写过去之前的一切事情，其中加茂的性格与现在不同，那就表示在没有"龙泉家的诅咒"的未来，他就不会结识伶奈。

他一直觉得能和伶奈结婚近乎奇迹，这直觉是对的，他们注定只能在被Ｄ．卡西欧佩亚改写了过去、失去了平衡的世界才能相遇吧。

听了加茂的话，最先显得惊疑不定的是雨宫，他像是看着无法接受的外星人一样盯着加茂。Ｄ．卡西欧佩亚的声音也变得极为慌乱。

"你要是明白这一点，为什么还要跟我作对？"

"因为你是杀人魔，是会把未来搅得一团糟的罪犯。"

"可我不是你的敌人。"

"不不，只是因为我是玛丽斯的祖先，你才没有杀了我吧？"

"你怎么就不明白呢？我跟不懂变通的霍拉不一样，我能帮你把未来改写成往对你有利的方向发展。你能如愿跟伶奈继续一起生活，生病的时候我还能带你们转移到二〇五〇年，那样就能接受更发达的医疗治疗哦。"

面对这个诱惑，加茂用力摇了摇头。

"没必要。免疫系统紊乱的疾病，压力是发病的导火索。只要'龙泉家的诅咒'消失，她长年承受的压力就没有了，患上急性间质性肺炎的未来应该也会消失。"

"可是那时她的身旁没有你。"

"那无所谓，只要她不会生病……就算没遇到我，她也能找到幸福。"

说完加茂低头看着胸前口袋里的霍拉，又说道："之前你说过吧，时空穿越装置经不起火烧。"

"嗯。为了让时空旅行者在必要的时候能把我们毁掉，时空转移装置上设计了一个弱点，那就是热。放在火中烧的话，能消除包括 AI 在内的所有数据。"

加茂拿起不停在叫着什么的 D.卡西欧佩亚，丢进放在厨房的陶瓷烟灰缸里。他不理会雨宫的呻吟和沙漏的尖叫，看了看怀表。

"现在是九点五十五分，D.卡西欧佩亚马上就能恢复穿越时空的能力了，没时间了……有人有打火机或者火柴吗？"

幻二和月惠分别拿出火柴和打火机，加茂接了过来，然后从一条白色毛巾上撕下一条，轻轻包住 D.卡西欧佩亚。做好所有准备花了不到三分钟。

他把点着的火柴扔进了烟灰缸。

尾声

睁开眼睛，眼前是熟悉的风景，石墙和垂樱，能看见停车场远处的 H 医疗中心的病房大楼。

"我回来了啊。"

"目的地设定为二〇一八年五月十九日下午一点二十分，不过从太阳的位置推测，好像已经下午三点多了。"

听到霍拉的报告，加茂不由得笑了。

"这点误差无所谓。话说回来，好冷啊。"

他脱掉被雨淋湿的上衣，用手摩擦双臂。穿越时空的时候，身上的雨及地面的一部分似乎也一起被带回来了，此时以他为中心、半径一点五米左右范围内是湿的，地上还散落着青草和泥土碎屑。

那之后，加茂烧毁了 D. 卡西欧佩亚。

沙漏瞬间被橙色的火焰包围，最终碎成一堆粉末。看着这一幕，雨宫如同行尸走肉一般，露出呆滞的表情。

文香他们带着连抵抗的力气都没有了的雨宫离开露营拖车，走向荒神之社。当然，这是想避开将要发生的泥石流。

走在最后面的加茂用只有霍拉能听到的声音说："回未来去吧。"

胸前口袋里的霍拉意外地问："连个招呼也不打，这样好吗？"

加茂轻敲伞柄，双眼望着文香等人一无所知前行的背影。

"我们的任务已经完成了对吧？怀表也还给文香了，别墅的钥匙还有根付和刀什么的都留在了露营拖车，应该没有问题了。"

"可是……"

"说老实话，就算一起去了荒神之社，我也不知道要跟他们说什么……我肯定要回未来，待的时间越长就越难过，他们要是对我道谢，我就更不知道该怎么办了。"

"我知道了。进入时空转移准备。"

加茂丢开雨伞，淋在雨中冲文香等人喊道："那么我就回二〇一八年了哦。"

走在数十米前的文香脸上是怎样的表情他看不见，这时他才发现把眼镜忘在了露营拖车里。

"加茂！"

文香叫喊的声音混在雨声中。

加茂也大喊："好不容易救了你们……你们都要幸福哦！"

看到文香跑过来，加茂感到胸前一热。明明一直很想回未来，可分别还是非常痛苦。下一个瞬间，文香等人的身影就变淡、消失了。

现在，加茂正望着H医疗中心的二楼。

"喂，未来变了吧？"

"理论上应该变了。龙泉家摆脱了因'死野的惨剧'而灭门的命运，D.卡西欧佩亚的'诅咒'也在发生之前就被扼杀了。"

闻言加茂微笑道："这样一来，让伶奈恐惧的原因也消失不见了,她患上急性间质性肺炎的命运应该也消失了吧?"

"想想伶奈的病是因为压力引起的,现在她肯定健康地生活着呢。"

不知何时,加茂的脸上流露出像要哭泣般的笑容。

让他和伶奈走到一起的是"龙泉家的诅咒",如今诅咒消失了,在被改写了的世界里,伶奈大概甚至不知道他这个人的存在。明明已经有了心理准备,可还是无法控制几欲涌出的泪水。

"只要她在某个地方幸福地活着,就好了。"

加茂这么说着,双手抹了一把脸。深呼吸几次之后,心情也稍微平静了一些。然后他再次四下打量,却觉得走投无路。

"可这之后我要怎么办才好啊?就连我在改变之后的世界里做什么工作、住在哪里,我都不知道。"

"因为现在的你还残留着过去改变之前的记忆……不过大概不用一个月,那些记忆就会淡化,并注入新的记忆以适应改变之后的世界。"

闻言加茂吓了一跳。

"怎么,我不能一直留着现在的记忆吗?"

"不可能。能做到这一点的,只有内含另一个世界的我。"

"我不想忘掉现在的自己。"

"那样的话,写成文字留下来不就好了。"霍拉笑着说。

加茂瞪圆了眼睛,问:"能这么做吗?道理我不太懂,可我想,就算记录下已消失的记忆,记录也会消失吧。"

"请放心,我会侵入你的电脑的。"

"啊?"

"我会保管你写下的文章,之后再把数据放回到你的电脑就好了。进入我的档案的东西,是绝对不可侵犯的。"

"就是不太情愿让你看到我写的东西呢……不过,谢谢。"

"不客气。"

加茂微微点头之后,视线投向住院大楼,沉思着嘟囔:"假如啊……未来进一步改变,玛丽斯压根儿没有出生的话,会怎样啊?"

"这个问题很难回答呢。那样你穿越时空回到过去的理由也就没有了,这么一来,阻止玛丽斯出生的契机也消失了。"

"这在某种意义上也是时空悖论吧?"

"不过这个世界有自净功能。以我的经验来说,我想你的后代中的某个人会成为玛丽斯,还是会在未来制造出一个D.卡西欧佩亚。"

"就是说我是罪犯的祖先这件事是不会变的啊。而不是我的我,也许会为了阻止D.卡西欧佩亚引发的另一个'死野的惨剧',又要穿越时空吗?"

"对。不是我的我会成为引路人,结果D.卡西欧佩亚的计划还是会被打破吧……总觉得很期待看到新的未来呢。"

"你说话开始不像AI了呢。"

边说加茂边向停车场出口走去。虽然还没想好要去哪里,可心情不可思议地轻松。

可还没走多远他就站住了。

"咦?"

那儿停着一辆熟悉的车,跟他过去开的车颜色车型都一样。他走近一看,连车牌号都一样。

他取出一直放在裤袋里的遥控钥匙,战战兢兢地按了一下,车锁打开了。

"怪了,这好像是加茂的车呢。"霍拉也跟他一样掩饰不住疑惑，说道。

加茂一把拉开车门，看了看车里。副驾驶座上放着公文包，能看到露出的资料。资料上写着《呼唤幸福的都市传说～奇迹的沙漏～（暂定）》。

"为什么啊！"

加茂不由得叫起来，他把手伸进公文包，果然翻出了熟悉的钱包和名片夹。又从钱包里找出驾照后，加茂和之前的某个时候一样，精神恍惚地坐到了驾驶座上。

驾照是加茂的，上面的住址和过去被改变之前的相同。打开名片夹，工作地点和职位也都没变。

"莫非我们……改变过去的行动失败了？"

"怎么可能？！我们确实毁掉了D.卡西欧佩亚啊。"

"可你看看现实啊，照这个情形，伶奈现在说不定还在住院呢。"

他坐立不安起来，从车上跳下来跑向住院大楼。

"咦，加茂先生？"

突然被叫住，加茂呆住了，回头看到一个不认识的护士站在医院的急诊入口旁。

"您摘了眼镜我还以为认错人了呢……您太太等您好久了，她想联系您，可手机打不通，正在发愁呢。"

"我妻子还在ICU？"

加茂无法掩饰不安，护士一怔。

"不，您太太的病房没变啊，还是在C2住院楼。"

加茂随口道了声谢，就跑了出去。

他在护士站询问"加茂伶奈"所在的病房号，得知确实在C2住院楼。跑到单人病房前时，他已经喘不上气来了。敲了敲门，加茂推门而入。

他看到了躺在床上的伶奈，视线先是去找氧气面罩，伶奈在打吊瓶，鼻子和嘴上什么都没戴。加茂松了一口气，当场蹲了下来。

"怎么了？"

伶奈把正在翻看的杂志放到床上，奇怪地看着他。加茂慌忙摇头。

"没怎么，看到你精神挺好我就放心了。"

"哦，现在一切正常……大后天就能按计划出院了。"

对此点头回应的加茂仍搞不懂为什么他们还是夫妻，也搞不懂伶奈为什么在住院。

伶奈坐起来，露出一副恶作剧般的表情。

"你这样子太糟糕了，浑身湿透，好像好几天没换衣服了。"

让她一说，加茂低头看着自己的衣服，露出苦笑。

"啊，这会污染病房的，总之我先回家换套衣服再过来。"

伶奈不知为何像是很愉快地望着他，终于问道："你的眼镜呢？"

"说来话长。"

"我知道……"

加茂还以为自己听错了。伶奈微笑着指了指床边的抽屉，那是用于存放贵重物品的带锁抽屉，此刻钥匙挂在上面。

抽屉里放着钱包和一叠住院相关的资料，更里面还有一个不太一样的东西……一个老旧的金属眼镜盒。当然，这不是加茂的。

加茂打开眼镜盒的盖子，不由得倒吸一口气。

发黄的报纸上放着一副坏掉的眼镜，镜框腐朽，黑色的涂层浮起，有裂纹的镜片已彻底变为黄色。可不管变化多大，加茂只看一眼就认出来了。

这是他的黑框眼镜。对他而言，这是仅仅两个小时之前放在露营拖车里的。看来，这副眼镜经历了漫长的时间，又回到了他的手中。

"这是？"

伶奈笑着点头道："对，是冬马五十八年前留下的。"

听到这话的瞬间加茂感觉他全都明白了。她会有这副眼镜，就是说文香他们把他的眼镜从露营拖车拿出来了，而且他们大概全都跟伶奈说了。

他因文香等人平安躲过了泥石流而放下心来，喃喃道："看来关于未来，你知道了一些了不得的剧透呢。"

伶奈笑眯眯地说道："文香没有孩子，就特别宠爱我。我还是孩子的时候，每次去她家玩，她都会跟我说起你。说你是救命恩人，说等我长大了，就会遇到命中注定的你。"

这番话让加茂脸红了。文香似乎觉得"名侦探"还不过瘾，又给他加了"命中注定的人"这一设定。

"什么啊，有点儿不好意思了。"

可这时，伶奈的表情稍显难过，说道："文香一直很期待，期待和去了过去又回来的冬马再次相见的一天……可她的心愿没有实现，文香患上了心脏病，在二〇〇四年去世了。"

就在刚才他还跟文香在一起，她还是初中生，那么精力充沛。可现在她已经去世了，让人无法接受。

加茂低着头，什么也说不出来，伶奈静静地继续说："对了……婚礼的时候见到了幻二和月惠，你记得吗？当然那个时候他们两个假装跟冬马是第一次见。"

他记得的婚礼是一场只有亲近的熟人来参加的小型婚礼。来客中没有龙泉家的人,这是过去被改写之前的记忆。

加茂轻轻摇头,说道:"抱歉,我现在还没有这部分记忆。这话听起来很怪,不过我刚从过去回来,完全不知道怎么了。"

"没事,慢慢习惯就好了。"

"如果你知道的话能告诉我吗,'死野的惨剧'之后发生了什么?"

伶奈什么也没说,指了指眼镜盒。加茂恍然大悟,拿出垫在眼镜下面的旧报纸,那是从昭和三十五年发行的报纸上剪下来的。

第一张上记载着雨宫广夜被逮捕的始末。他在救援队到来之前试图自杀未果,之后被警察带走了。

第二张报道了他的死讯。雨宫自杀未遂时受的伤演变成破伤风,在命案发生三个星期后死在了医院……报道中写着他供认了自己的罪行,但没说详细内容。

"原来雨宫最终还是送了命啊。"

加茂闷闷不乐起来,把旧报纸放回到眼镜盒里。

"具体的问幻二就好了。"

他听了一惊,又马上笑着点头,问道:"幻二现在身体还好吗?"

"他身体很好。他说冬马差不多要从过去回来了,正在东京的本宅等着呢。"

幻二应该已经八十过半了,加茂怎么也无法想象他的样子。不过,关于过去的五十八年,有太多事想问他了。

"今天晚上就去拜访他吧。待会儿你得告诉我东京本宅的地址和电话号码。"

伶奈拿起手机说："我们结婚的时候，真的受了幻二的好多照顾呢。出院之后带上雪菜，咱们三个一起去拜访一下吧。"

"雪菜？"

加茂想起来了，如果没有流产的话，他们俩的孩子预产期应该就是这个星期。同时他还发现了椅子上放着的婴儿用品。

在新世界的第一天，似乎充满了光辉。

*

公交车站的长凳上坐着一个约莫十二岁的少年。

他的眼神沉静、温柔，可眼底有与年龄不符的哀伤。周围来往的成年人没人多看他一眼。

"你听说过奇迹的沙漏吗？"

少年惊讶地抬起头，眼前站着一个戴黑框眼镜的男人。

因为学校里都传开了，所以少年知道关于沙漏的都市传说。可此刻恐惧占了上风，他想从长凳上逃开。

可看到男人从胸前口袋里拿出来的东西时，他停止了动作。银色链子前端挂着一个装着白沙的沙漏。男人像是在密语般继续说："别跟别人说哦，这就是那个沙漏。我已经获得了奇迹，所以下一个给你用吧。"

男人硬把沙漏塞到少年手里。

"为什么给我……"少年疑惑地闷声问道。

正要离开的男人回头微微一笑，道："谁知道呢？指定你为新主人的不是我，而是那家伙。"

男人歪了歪头，明显在指那个沙漏。

"这话真奇怪，沙漏会指定主人。"

"理由你直接问他吧。"

留下这句话,男人的身影就消失在熙攘的人群中。少年不知所措地低头看向手中的沙漏,沙漏像是想吸引他的注意般开始发光。

JIKU RYOKOSHA NO SUNADOKEI
Copyright © Hojo Kie 2019
Chinese translation rights in simplified characters arranged with TOKYO SOGENSHA CO., LTD.
through Japan UNI Agency, Inc., Tokyo
Simplified Chinese edition copyright: 2021 New Star Press Co., Ltd.
All Rights Reserved.
著作版权合同登记号：01-2021-1098

图书在版编目（CIP）数据

时空旅行者的沙漏／（日）方丈贵惠著；穆迪译．——北京：新星出版社，2021.5
ISBN 978-7-5133-4414-2

Ⅰ.①时… Ⅱ.①方… ②穆… Ⅲ.①幻想小说－日本－现代 Ⅳ.①I313.45

中国版本图书馆CIP数据核字（2021）第061668号

时空旅行者的沙漏

［日］方丈贵惠 著；穆 迪 译

责任编辑：王　欢
特约编辑：赵笑笑
责任校对：刘　义
责任印制：李珊珊
装帧设计：人马艺术设计·储平

出版发行：新星出版社
出　版　人：马汝军
社　　址：北京市西城区车公庄大街丙3号楼　100044
网　　址：www.newstarpress.com
电　　话：010-88310888
传　　真：010-65270449
法律顾问：北京市岳成律师事务所

读者服务：010-88310811　service@newstarpress.com
邮购地址：北京市西城区车公庄大街丙3号楼　100044

印　　刷：北京盛通印刷股份有限公司
开　　本：910mm×1230mm　1/32
印　　张：8.375
字　　数：133千字
版　　次：2021年5月第一版　2021年5月第一次印刷
书　　号：ISBN 978-7-5133-4414-2
定　　价：48.00元

版权专有，侵权必究；如有质量问题，请与印刷厂联系调换。